감상소설

이 도서의 국립중앙도서관 출판시도서목록(CIP)은
e-CIP 홈페이지(http://www.nl.go.kr/cip.php)에서 이용하실 수 있습니다.
(CIP제어번호: CIP2011001902)

세계문학전집
073

Михаил Зощенко : Сентиментальные повести

감상소설

미하일 조셴코 소설

백용식 옮김

문학동네

1판 서문

이 책, 이 『감상소설』은 신경제정책과 혁명이 절정일 때 썼다.

물론 독자들은 진실한 혁명적 내용, 거대한 주제, 지구적 과업과 영적 페이소스, 한마디로 충만하고 고상한 이념을 작가에게 요구할 권리가 있다.

작가는 부유하지도 않은 독자들이 낭비하는 것을 원하지 않는다. 그래서 작가는 마음속 깊이 아픔을 느끼며, 이 감상소설집에는 영웅적인 것이 많지 않다는 사실을 미리 알려주는 바이다.

특별히 이 소설집은 별로 잘나지 못한 작은 사람에 대한, 서민들에 대한 것이다.

이런 변변찮은 주제를 택했다고 해서 작가를 욕하지 말기 바란다. 어쩌면 작가의 성격이 변변찮기 때문이다. 어쩔 수 없는 일이다. 능력이 이것밖에 안 되니 이렇게 할 수밖에 없다.

첫째, 작가는 붓을 광폭으로 휘둘러 거대한 화폭에 온갖 에피소드를 스케치한다. 둘째, 작가는 혁명을 묘사한다. 셋째, 작가는 전쟁의 교향곡을, 넷째, 작가는 사랑의 음모와 문제를 다룬다. 작가는 고유의 감성과 유머감각에 힘입어 인간을 묘사한다. 그가 어떻게 살고 있고, 무엇을 하며, 본을 보이기 위해 무엇을 추구하는가를.

작가는 폭풍 같은 우리 시대에 이런 보잘것없는 아이디어로 대단하지 않은 개인들에 대해 이런 일상적인 이야기를 쓴다는 것이 정말 양심에 부끄럽고 정말 거북스러운 일임을 고백한다.

그러나 비평가들은 이런 점 때문에 실망하여 화낼 필요가 없다. 작가는 자신의 소설집을 이 시대의 재기발랄한 작품들의 대열에 슬쩍 끼워넣지는 않을 테니까.

아마 그래서 작가가 자신의 소설집을 감상적이라고 했을 것이다.

규모나 사상의 크기에 비추어볼 때, 이 소설들은 변변찮고 약한 사람들과 서민들에 대한 것이며, 사라져가는 가련한 삶에 대한 것이다. 따라서 이 소설들이 몇몇 비평가들에게는 삑삑대는 플루트와 감상적이고 무례한 짐승 내장 같은 소리로 들릴 수도 있다.

그러나 어쩔 수 없는 일이다. 혁명 후 처음 몇 년간의 상황 그대로를 써야 한다. 나아가 우리는 이 사람들이, 위에서 언급한 계층이 아직은 세상에 아주 광범위하게 존재한다고 감히 생각한다. 이런 까닭에 우리는 비슷비슷한 작은 주인공들이 등장하는 소설집을 여러분의 높은 관심 앞에 내놓는다.

이 작품집에 활력이 별로 없다고 생각하는 사람들도 있겠지만, 그것은 사실이 아니다. 여기에는 활력이 있다. 물론 지나치지 않을 정도로 있다. 소설집의 마지막 부분은 충만한 즐거움과 진심 어린 기쁨을 곧장 내뿜고 있다.

1927년 3월, И. В. 콜렌코로프

2판 서문

많은 질문을 받고 우리는 И. В. 콜렌코로프가 『감상소설』의 진짜 작가임을 알린다.

그의 간단한 이력은 다음과 같다.

И. В. 콜렌코로프는 Ек. Вас. 콜렌코로바의 친동생이다. 콜렌코로바는 소설 「사람들」에 다른 인물들과 함께 따스하고 사랑스러운 모습으로 등장한다. И. В. 콜렌코로프는 1882년 토르조크 시(트보르스카야 현) 여성복 재단사의 소부르주아 가정에서 태어났다. 그는 집에서 교육을 받았다. 젊은 시절 그는 목동이었고, 그후에 극장에서 연기했다. 그리고 드디어 인생의 꿈이 실현되어, 시와 소설을 쓰기 시작했다.

현재 И. В. 콜렌코로프는 동반작가 우익에 속해 있으며, 개조되는 중이다. 조만간 그는 자연파 작가들 사이에서 주목할 만한 위치를 차지할 것이다.

『감상소설』은 M. M. 조셴코의 지도하에 집필되었다. 조셴코는 문학서클을 이끌고 있으며, 명성이 자자한 우리의 작가는 약 오 년간 그곳에서 활동했다.

이제 이 소설집을 출간하면서, 이반 바실리예비치는 조셴코 동무에게 감사의 뜻을 전하고, 여러 가지로 힘든 교육활동에서 지속적인 성공을 거두기를 기원하는 바이다.

1928년 5월, K. Ч.

3판 서문

끊임없는 질문 때문에, 이 책에서 작가 M. M. 조셴코의 역할은 주로 맞춤법상의 오류를 교정하고 이데올로기를 바로잡는 것이었음을 밝히고자 한다. 주된 작업은 작가 И. B. 콜렌코로프의 몫이다. 그렇기 때문에 사실은 콜렌코로프란 성(姓)을 책의 표지에 표기해야 했다. 그러나 И. B. 콜렌코로프는 재산가로 알려지는 것을 원하지 않았고, 그래서 M. M. 조셴코를 위해 이 명예를 포기하였다. 원고료는 이반 바실리예비치 콜렌코로프가 모두 받았다.

이 사실을 밝히면서, 몇몇 감상적 어조, 불평, 그리고 이리저리 흔들리는 이념적 동요는 문학서클의 책임자가 아니라, 어느 정도는 작가와, 이 소설의 등장인물들과 관련이 있음을 말해두고자 한다.

이들 작품에서는 사라져가는 온갖 인간 유형이 여러분의 눈앞에 펼

쳐질 것이다.

   사라져가는 삶을 그 삶이 발현된 모든 현상 속에서 파악하기 위해서, 우리 시대의 새로운 독자는 필수적으로 그들을 알아야 한다.

1928년 7월, C. Л.

4판 서문

과거의 오해들 때문에, 작가는 이 소설들을 이끌어가는 인물은 소위 가상의 인물임을 평단에 알리는 바이다. 그는 지식인처럼 나약하고 평균적인 유형으로, 우연히 두 변혁의 시대를 살게 되었다.

신경쇠약, 이념적 동요, 큰 모순과 멜랑콜리. 우리는 이 모든 것을 '발탁된 책임자'인 *И. В.* 콜렌코로프의 몫으로 돌려야 했다. 작가 자신, 즉 그런 건강하지 못한 사람들의 아들이자 형제인 M. M. 조셴코는 오래전에 이 모든 것을 극복하였다. 현재 그에게는 모순이 없다. 이후에도 참된 마음의 안정이 없다면, 그것은 전혀 다른 이유들 때문일 것이다. 이 이유들에 대해서 작가는 나중에 어떻게든 이야기할 것이다.

그 경우 그것은 문학적 방법으로 이루어질 것이다.

작가는 무방비 상태의 작가에게 주먹을 쳐들기 전에 이 복잡한 정황들을 기억해주시기를 훌륭하신 비평가들께 간청하는 바이다.

1929년 4월, 레닌그라드

미하일 조셴코

아폴론과 타마라

1

어느 도시, 볼샤야 프롤롬나야 거리에 프리랜서 예술가가 살고 있었다. 이름은 아폴론 세묘노비치, 성(姓)은 페레펜추크로, 무도회 전문 피아니스트였다.

페레펜추크가 러시아에서 자주 접할 수 있는 성이 아니기 때문에, 독자들은 이 이야기가 시립 응급병원에서 일했던 의사 조수 표도르 페레펜추크에 대한 것이 아닌가 생각할 수도 있다. 더구나 이 둘은 같은 시기, 같은 거리에 살았고, 성격상 비슷하다고 할 만한 것은 없었지만 사고방식에는 어쩐지 유사한 데가 있었다.

그런데 의사 조수 표도르 페레펜추크는 훨씬 일찍 죽어버리고 말았다. 더 정확히 말하자면, 자연사 즉 명이 다해 죽은 것이 아니라 목매달아 죽었던 것이다.

당시 신문들이 이에 대해 나팔을 불어댔다. 시립 응급병원 의사 조수 표도르 페레펜추크 씨가 근무중에 스스로 목숨을 끊었다. 삶에 대한 절망이 원인이라고 한다…… 이런 투였다.

그렇다. 할 일 없는 기자 나부랭이들이 그런 난감한 기사를 썼던 것이다. 삶에 대한 절망이라…… 표도르 페레펜추크와 삶에 대한 절망…… 아, 어찌 이렇게 허접스럽고 터무니없을 수 있단 말인가!

그럴 수 있다. 피상적으로 생각해서 정말 사람이 살다 살다, 인간 존재에 대해 고민하다가 스스로 목숨을 끊었을 수도 있다. 언뜻 보기에 절망일 수도 있다. 하지만 표도르 페레펜추크를 가까이 알고 지낸 사람은 그런 터무니없는 말을 하지 않았다.

절망이란 단어는 무도회 피아니스트이자 음악가인 아폴론 페레펜추크와 잘 어울릴 것 같다. 왜냐하면 그 사람은 아무 걱정 없이 살면서 존재의 매력에 취해도 보았고, 그다음에는 순전히 물질적, 신체적인 이유로, 그리고 온갖 재난과 갈등에 시달려 삶에 대한 흥미를 잃었기 때문이다. 그러나 그에 대해서, 아폴론 페레펜추크에 대해서는 미리 말할 필요가 없다. 우선 우리 이야기를 계속하도록 하겠다.

자, 표도르 페레펜추크는 이렇다. 그가 자신의 사상에 이르게 된 것은 가난 때문도, 재난과 갈등 때문도 아니었다. 바로 여기에 그가 소유했던 개성의 힘이 있다. 아니다. 그의 사상은 탁월한 인간의 성숙하고 논리적인 성찰을 통해 탄생했다. 그에 대해 짧은 이야기만 쓸 수 있는 것은 아니다. 그에 대해 여러 권으로 된 책을 쓸 수도 있다. 하지만 모든 작가들이 이 일을 하려고 하지는 않을 것이다. 모든 작가들이 전기 작가, 즉 이 뛰어난 인물의 일과 사상을 기록하는 기록자가 될 수는 없을 것이다. 이를 위해서는 최고의 지혜와 최대의 박학다식을 갖춘 작가가 필요하다. 또한 아주 사소하고 자질구레한 것들에 대한 지식, 예를 들면 인류의 기원, 우주의 탄생, 온갖 철학적 입장들, 상대성 이론과 다른 잡다한 이론들, 별들은 어떻게 배치되어 있는가 하는 것, 심지어 역사적 사건에 대한 연대기 등 모든 지식이 표도르 페레펜추크의 개성을 연구하기 위해 요구된다.

이러한 점에서 아폴론 페레펜추크는 절대 그와 비교될 수 없었다.

아폴론 페레펜추크는 그와 비교할 때 정말 보잘것없는 인간이었다. 심지어는 쓰레기…… 이렇게 그의 친척들을 모욕하는 말을 하면 안 될 것이다. 하지만 고모 아델라이다 페레펜추크를 제외하면 그의 친가 쪽 친척은 아무도 남아 있지 않았다. 흠, 그래봤자 그녀가 문학을 이해할 수 있는 것도 아니다. 화를 내도 할 수 없지만.

그에게는 친구들도 남아 있지 않았다. 그렇다, 표도르와 아폴론 페레펜추크와 같은 사람들에게는 친구들이 있을 수 없다. 표도르는 하나도 없었고, 아폴론은 가난해지자 친구들도 떠나고 말았다.

표도르 페레펜추크는 사람들을 사랑하지 않고 무시했다. 그러니 그에게 어떻게 친구가 있을 수 있었겠는가. 더 정확히 말하면, 그는 폐쇄적이고 엄격하기 짝이 없는 생활방식을 고수했다. 그가 사람들과 대화를 나누면, 그것은 축적된 견해를 기계적으로 표현하기 위한 것이지 동의의 감탄이나 비판을 듣기 위한 것이 아니었다.

가장 위대한 지혜를 가진 인간만이 그의 오만한 생각에 답변할 수 있을 것이다. 예를 들면 '인간이 존재하는 이유는 무엇인가? 인간의 삶에는 사명이 있는가? 만일 없다면 대체로 삶이란 어느 정도는 무의미한 것이 아닌가?' 등의 문제들 말이다.

물론 어떤 강사나 교수가, 쉽기는 하지만 마음에 들지는 않게, 인간이란 미래의 문화와 우주의 행복을 위해 존재한다고 말할 수 있을 것이다. 그러나 이 모든 것은 안개처럼 불분명하다. 단순한 사람은 여러 놀라운 것들을 떠올릴 것이다. 이를테면 딱정벌레나 뻐꾸기는 왜 존재하는 것일까? 분명 아무런 이익도 주지 않는데. 더구나 미래의 문화를 위해서는 말이다. 또 인간의 삶은 뻐꾸기와 같은 새의 삶보다 얼마나 더 중요한가? 존재하지 않는다고 해서 세상이 바뀌지도 않을 뻐꾸기보다 말이다.

표도르 페레펜추크의 위대한 구상을 반박하기 위해선 천재적인 펜과 거대한 지식이 필요하다.

정신적인 제자이자 먼 친척인 동시에, 볼샤야 프롤롬나야 거리에 살았던 무도회 피아니스트이자 음악가 그리고 프리랜서 예술가였던 아폴론 세묘노비치 페레펜추크가 그 무렵에 이런 생각에 도달하지 않았다고 해서, 이 범상치 않았던 사람의 영혼을 괴롭혀서는 안 될 것이다.

그는 전쟁과 혁명이 터지기 몇 년 전까지 이 거리에 살았다.

2

무도회 피아니스트. 이것은 절대 사람을 깔보는 말이 아니다. 사실 어떤 사람들은, 아폴론 세묘노비치 페레펜추크 자신도 그런 부류에 속하지만, 사람들, 특히 여자들 앞에서 이 단어를 꺼내기를 좀 망설였다. 그렇게 하면 여자들이 당황할 것이라고 잘못 생각했기 때문이었다. 그런데 무도회 피아니스트라고 자신을 소개할 때면 아폴론 세묘노비치는 꼭 예술가, 프리랜서 예술가 혹은 다른 어떤 말을 덧붙이곤했다.

그러나 이것은 정당하지 않다.

무도회 피아니스트. 이 말은 음악가, 피아니스트를 의미한다. 그러나 물질적 형편 때문에 어쩔 수 없이 내몰린, 그래서 즐기러 온 사람들의 흥을 북돋우기 위해 자신의 재주를 사용해야 하는 피아니스트이다.

이 직업이 연극이나 미술만큼 가치가 있다고는 할 수 없지만, 이것도 예술은 예술이다.

물론 이 직업에도 눈멀고 귀먹은 노인네들이 많다. 그들은 손가락으로 무의미하게 건반을 두드려 이러저러한 폴카, 폴레치카, 마조르*를 연주함으로써, 이 예술을 평범한 돈벌이 수단으로 격하시키고 있다.

하지만 아폴론 세묘노비치 페레펜추크는 절대 이런 부류에 속하지 않았다. 그의 참다운 소명의식, 예술가적 기질, 서정성과 영감, 이 모든 것은 무도회 피아니스트라는 직업에 대한 일반적인 이해와 사뭇 달랐다.

당시 아폴론 세묘노비치 페레펜추크는 충분히 아름답고 세련되기까지 했다. 그의 얼굴에서는 영감과 흔히 찾아보기 힘든 우아함이 흘러나왔다. 언제나 당당하게 앙다문 아랫입술과 오만한 예술가다운 옆모습 때문에 그의 외모는 조각상 같았다.

---

* 폴카는 보헤미아 지방에서 유래한 활발하고 경쾌한 춤곡이다. 폴레치카는 소품의 폴카를 뜻한다. 마조르는 장조(major)라는 의미인데, 여기에서는 밝고 명랑한 춤곡을 뜻한다.

갑상연골, 우리가 다른 말로 '아담의 사과(Adam's apple)'라고 부르는 그저 보통 갑상연골조차도, 다른 사람의 경우에는 추해 보이고 비웃음을 일으키지만, 한결같이 머리를 오만하게 뒤로 젖힌 아폴론 페레펜추크의 경우에는 고상하게 보였고, 심지어 그리스적인 어떤 것을 연상시키기도 했다.

그리고 늘어뜨린 머리카락! 벨벳 셔츠! 허리까지 닿는 암녹색 넥타이! 솔직히 말해서 참으로 특별한 아름다움을 타고난 사람이었다.

그는 맹렬한 걸음으로 무도회장에 나타나, 문가에 조각상처럼 꼼짝 않고 서서 오만한 눈길로 사람들 무리를 훑어보았다…… 그렇다. 그는 거부할 수 없는 사람이었다. 그 때문에 펑펑 눈물을 쏟은 여자가 한둘이 아니었다. 아, 남자들은 화를 내며 옆으로 물러서곤 했다! 남편들은 아내를 숨겼다. 나랏일 한다는 관리의 마누라가 무도회 피아니스트란 작자와 엉뚱한 짓거리를 하면 곤란하다는 것이 이유였다.

잊을 수 없는 사건도 있었다!…… 나이 든 세무서 직원 하나가 아내와 아폴론 페레펜추크가 다정하면서도 비난받을 만한 관계라는 익명의 편지를 받은 것이다. 그 직원은 아폴론 페레펜추크를 두들겨패 줄 양으로 길가에 서서 두 시간이나 기다렸다. 그런데 그가 긴 머리카락 때문에 잘못 생각하여 실수로 시 자치회 서기를 때리고 말았다는, 뭐라 말할 수 없이 웃기는 그 광경……

아, 정말 웃기는 일들이었다! 그런데 무엇보다 더 웃긴 것은 이 모든 스캔들, 투서, 여자들의 눈물이 아무런 근거가 없었다는 것이다. 아폴론 세묘노비치 페레펜추크는 바람둥이, 낭만주의자, 그리고 가정 파괴자의 행복한 외모를 가졌지만, 그와는 반대로 소심하고 조용한 보통 사람이었다.

심지어 그는 여자들을 멀리하고 기피했다. 참되고 진정한 예술가는 자신의 삶을 무엇으로도 구속해서는 안 된다고 생각했기 때문이다……

그렇다. 여자들이 밀회를 알리는 쪽지와 편지를 보내고 그를 사랑스러운 애칭으로 불렀지만, 그는 동요하지 않았다.

시간이 나면 그는 쪽지와 편지들을 선별하여 번호를 매긴 다음, 묶어서 금고에 소중히 간직했다. 그러나 그는 고독하게, 심지어 폐쇄적으로 살았다. 기회가 있을 때마다 그는 모든 친지들에게 이렇게 말하길 좋아했다. "예술, 그것은 그 무엇보다 고상한 것입니다."

예술에서 그는 꼴찌가 아니었다. 물론 검은 건반만으로도 여러 모티프들을 연주할 수 있는 거장들이 있기는 하다. 아폴론 페레펜추크는 그들보다 훨씬 못하지만, 그에게도 자신만의 작품인 〈내게 밀려오는 꿈〉이란 왈츠가 있었다……

그는 많은 관객들 앞에서, 상인 회의장에서 이 왈츠를 아주 성공적으로 연주하였다.

이것은 지금 말하고 있는 바로 그해, 최고의 영광과 명성을 얻었던 그해의 일이었다. 그의 또다른 작품, 미완으로 남은 〈판타지 리얼〉도 이 행복했던 시절의 것이었다. 장조의 톤으로 작곡했지만, 매혹적인 서정성도 배제하지 않았다. 이 〈판타지 리얼〉은 아폴론 세묘노비치 페레펜추크의 인생에 결정적이고 치명적인 역할을 한 바로 그 아가씨, 타마라 오멜첸코에게 헌정되었다.

3

그런데 여기서 독자들에게 밝혀야 할 것이 있다.

작가는 절대로 사건을 왜곡하지 않겠다고 친애하는 독자들에게 단언하는 바이다. 반대로 작가는 사건을 일어난 그대로 되살려낼 것이며, 이때에도 가장 사소한 세부사항, 예를 들어 인물들의 외모, 그들의 사고방식, 혹은 작가의 마음에 들지는 않지만, 감상적 모티프들까지도 빠뜨리지 않을 것이다.

작가는 엄청난 애통과 심지어 병적인 긴장을 감수하고라도 이야기해야만 하는 그 감상적인 장면들을 기억해낼 것을 독자들에게 다짐한다. 예를 들면 여주인공이 초상화를 보고 흐느끼고, 혹은 여주인공이 아폴론 페레펜추크의 찢어진 군복을 꿰매주고, 혹은 마지막으로 아델라이다 페레펜추크 고모가 아폴론 세묘노비치의 옷들을 모두 팔아버렸다고 설명하는 장면들을 말이다.

이런 묘사는 작가의 취향과 맞지 않는다고 할 수 있지만, 진실을 위해 그렇게 할 것이다. 작가는 진실을 위해 주인공들의 진짜 이름까지도 그대로 쓰려고 한다. 작가가 미학적 상상력 때문에 주인공들을 타마라와 아폴론 같은 드물고 예외적인 이름으로 부른다고 독자들은 생각하지 말기 바란다. 아니다. 그들은 바로 그렇게 불렸다. 그렇다고 해도 놀랄 것은 하나도 없다. 볼샤야 프롤롬나야 거리에서 열일곱, 열여덟 살 된 아가씨들은 모두 타마라 혹은 이리나라는 이름으로 불렸다는 것을 작가는 익히 알고 있다.

그런데 이런 특이한 현상이 생긴 배경에는 충분히 납득할 만한 이유가 있다. 십칠 년 전 어느 경기병 부대가 이곳에 주둔했다. 부대는 아주 훌륭했고, 경기병들도 모두 대단한 미남들이었다. 그들은 도시 주민들에게 미학적 측면에서 상당히 큰 영향을 주었던 것 같고, 그 결과 그 당시에 태어난 여자아이들을, 지사 부인의 날랜 솜씨 덕분에, 모두 타마라 혹은 이리나라고 부르게 되었다.

머리를 돌게 만드는 성공으로 충만했던 그 행복한 시절에 아폴론 세묘노비치 페레펜추크는 타마라 오멜첸코를 처음 만나 다정스레 사랑하게 되었다.

그때 그녀는 열여덟 살이었다. 그녀는 여느 미인과 달랐다. 미인 이상이었다. 그녀에게는 고상하고 동글동글한 몸매, 유영하는 듯한 걸음걸이, 상냥한 젊음의 매력이 있었다. 길거리에서건 사교 모임에서건 옆을 지나는 모든 남자들은 그녀를 흰 빵, 둥근 파이, 혹은 동그란 빵이라고 불렀다. 그러면서 유심히, 그리고 대단히 만족스럽게 그녀를 바라보곤 했다.

그해, 그녀도 아폴론 세묘노비치 페레펜추크를 사랑하기 시작했다.

그들은 상인협회 클럽의 무도회에서 만났다. 세계대전 초기였다. 오만하게 입술을 앙다문, 특별히 고상한 그의 모습은 그녀에게 경이로웠다. 그는 그녀의 순수한 신선함에 매혹되었다.

그는 그날 저녁을 멍한 상태에서 보냈다. 그는 영감의 힘을 총동원하여 피아노를 두드렸다. 지배인이 다가와 좀 조용히 연주하라고 부탁할 정도였다. 클럽 회원들이 기분 나빠할 거라는 것이 이유였다.

그 순간 아폴론 페레펜추크는 자신이 사실은 얼마나 하찮고 보잘것없는 인간인지 깨달았다. 연주 때문에 악기에 매여 있는 그는 사랑하는 처녀에게 다가갈 수도 없었다. 그렇게 생각하며 그는 애통함과 부자유한 인간의 절망을 음향으로 표현하였다.

그녀는 왈츠와 마주르카에 맞춰 근사한 남성들과 함께 빙빙 돌았다. 그러나 그녀의 두 눈은 끊임없이 아폴론 페레펜추크의 영감에 찬 얼굴에 머무는 것이었다.

그리고 파티가 끝날 무렵 그녀는 처녀의 부끄러움을 무릅쓰고 그에게 다가가, 그가 좋아하는 곡 중에서 하나를 연주해달라고 부탁했다. 그는 왈츠 〈내게 밀려오는 꿈〉을 연주했다.

사건은 왈츠로 마무리되었다. 그녀는 첫 감정의 두근거림에 휩싸인 채 그의 손을 잡고 입을 맞추었다.

아폴론 페레펜추크의 결혼에 대한 악의적인 소문이 즉시 상인협회 클럽 건물 전체로 퍼졌다. 어느 누구도 호기심을 감추려 하지 않았다. 사람들은 그들 옆을 어슬렁거리며 비웃고 시시덕거렸다. 아래층에서 이미 외투를 입은 사람들도 외투를 벗어던지고 다시 위로 올라왔다. 짜릿한 소문들의 진위를 자기 눈으로 직접 확인하기 위해서였다.

이 사랑은 그렇게 시작되었다.

그리고 아폴론 세묘노비치 페레펜추크가 외투를 입고, 협죽도 꽃다발과 과즙사탕 상자를 들고 청혼하러 간 바로 그날, 타마라는 어머니와 집안 사람들의 간청에도 불구하고 청혼을 거절하였다. 그녀는 자신의 가치를 알 만큼 성숙하고 이성적인 여인이었던 것이다.

"엄마," 그녀는 말했다. "그래요, 난 처녀의 뜨거운 열정으로 아폴론을 사랑해요. 그렇지만 지금 이 사람과 결혼하지는 않을래요. 이 사람이 유명한 음악가가 되고 명예가 발 앞에 쌓이면, 그때 내 스스로 시집갈게요. 나는 머지않아 그렇게 될 거라고 믿어요. 이 사람이 아내를 책임질 수 있는 유명하고 저명한 사람이 될 거라고 믿고 있어요."

그녀가 말하는 동안 아폴론 페레펜추크는 머리를 푹 숙인 채 그 자리에 서 있었다.

저녁 내내 그는 그녀의 발밑에서 울며 이루 말할 수 없는 열정과 슬픔으로 그녀의 무릎에 입을 맞추었다. 그러나 그녀는 완강했다. 모험을 하고 싶지 않았고, 가난과 보장받지 못하는 생활, 많은 사람이 힘들게 살고 있는 그런 생활이 두려웠던 것이다.

아폴론 페레펜추크는 방에 틀어박혔다. 유명하고 명성이 자자한 음악가가 될 방도를 궁리하면서, 그는 며칠 동안 일종의 안개 속에서, 어떤 분노 속에서 지냈다. 그러나 전에는 쉽고 단순해 보이던 것이 이제는 너무 어렵고 심지어 불가능한 것처럼 보였다.

여러 가지 계획들이 그의 머릿속에 떠올랐다. 다른 도시로 떠나는 것, 음악을 버리고, 예술을 버리고 다른 직업에서 행복과 명성을 찾는 것, 다른 직종에서, 예를 들어 용감무쌍한 비행사가 되어 고향 도시와 사랑하는 처녀의 집 지붕 위에서 공중회전을 하는 것, 혹은 발명가, 여행가, 외과의사가 되는 것 등등…… 그러나 이 모든 것은 계획일 뿐이었다. 아폴론 페레펜추크는 자신의 환상을 비웃으며 모든 계획을 던져버리고 말았다.

그는 자신이 작곡한 왈츠 〈내게 밀려오는 꿈〉을 페테르부르크로 보냈다. 그러나 그 악보가 어떻게 되었는지는 아무도 모른다. 우체국에서 망실되었는지, 아니면 누군가 도용해서 자기 작품으로 발표했는지 아무도 모른다. 그 작품은 그렇게 해서 세상에 나오지 못했다.

지금은 그 왈츠의 모티프조차 잊히고 말았다. 아델라이다 페레펜추크 고모가 그것을 기억하고 있을지 모르겠다. 아, 그녀는 그 왈츠를 따라 부르는 걸 참 좋아했는데!

아폴론 페레펜추크가 이 시기에 만든 작품이 또 하나 있었다. 미완성곡인 〈판타지 리얼〉이었다. 창조적 능력이 부족해서 완성하지 못한 것은 아니었다. 그것이 아직 완성되지 않은 상태에서 우리의 불쌍한 주인공이 새로운 타격을 받았다.

아폴론 세묘노비치는 전투부대의 후방에서 근무하는 2등 민병대원으로 군대에 징집되었던 것이다.

그가 환상 속에서 생각했던 것들, 멀리 떠나 다른 곳에서 행복을 찾는 것은 그렇게 실현되었다.

1915년 12월, 아폴론 페레펜추크는 작별인사를 나누기 위해 사랑하는 처녀에게로 갔다.

가장 냉소적이고 냉정한 마음을 가진 사람들까지도 그들의 다정한 작별을 보고 눈물을 흘렸다.

작별할 때 아폴론 페레펜추크는 영영 돌아오지 않든지, 유명하고 명성이 자자한 사람이 되어 돌아오겠다고 의기양양하게 말했다. 그는 전쟁도 다른 어떤 것도 자신의 열망을 멈출 수는 없을 것이라고 말했다.

처녀는 감사의 미소를 지으면서 자신은 그를 전적으로 신뢰하며, 서로의 행복을 위해 그가 자신이 원하는 모습으로 돌아올 때 꼭 그의 아내가 되겠다고 눈물을 흘리며 말했다.

그리고 몇 해가 지났다. 아폴론 세묘노비치 페레펜추크가 현역 군인으로 떠난 지 사 년여가 되었다.

그동안 엄청난 변화가 일어났다. 사회이념들이 과거의 일상을 송두리째 흔들고 전복시켰다. 훌륭한 사람 여러 명이 조상들이 있는 영원의 세계로 떠났다. 예를 들면 온후하고 교양 있던 쿠지마 리보비치 장학사가 발진티푸스로 사망했다. 또한 걸출한 인물로 술깨나 마시던 세묜 세묘노비치 페투호프가 죽었다. 의사 조수 표도르 페레펜추크가 죽은 것도 그즈음이었다.

도시의 삶은 급격하게 변했다. 도래한 혁명이 새로운 일상을 창조하기 시작했다. 그러나 살기가 쉽지 않았다. 사람들은 살아남을 권리를 쟁취하기 위해 싸웠다.

그동안 어느 누구도 아폴론 페레펜추크를 기억하지 않았다. 타마라 오멜첸코도, 그의 고모 아델라이다 페레펜추크도 그랬다. 물론 그를 생각하는 처녀가 있었을 수도 있지만, 무도회 피아니스트나 음악가로서가 아니라 낭만적 주인공으로 생각했을 것이다. 도시에는 무도회 피아니스트가 없었다. 그들이 필요하지 않았다. 새로운 일상에서 많은 직업들이 불필요해졌고, 그 직업 중에서 무도회 피아니스트는 고사하고 말았다.

이제 모든 파티에서는 두 대의 제1바이올린, 콘트라베이스, 첼로를 거느린 마에스트로 솔로몬 벨렌키가 두각을 나타냈다. 모든 파티, 자선 무도회, 결혼식, 그리고 세례식에서 출신을 알 수 없는 이 사람이 정신을 아찔하게 만드는 성공을 거두고 있었다. 의심의 여지가 없었다. 모두가 그를 사랑했다. 그는 바이올린을 뒤집기도 하고, 쉴 때면 활로 공명판을 두드렸다. 그렇다. 어느 누구도 그가 하는 것처럼 자유자재로 바이올린을 다룰 수 없었다. 그뿐만이 아니었다. 그는 가장 인기 있는 곡들로 구성된 혼성곡을 연주했고, 다종다양한 춤, 그리고 〈트렘투타르〉 혹은 〈곰〉과 같은 아메리카의 춤곡들도 연주할 수 있었다. 그때에도 춤추는 사람들을 향한 친절한 윙크와 미소가 그의 얼굴에서 떠날 줄 몰랐고, 그래서 그는 신이 난 청중의 사랑을 받았다. 말하자면 그는 현대의 예술가였던 것이다. 그는 시민들의 기억 속에서 아폴론 세묘노비치 페레펜추크를 몰아냈고, 그를 밟아 먼지로 만들어버렸다.

타마라도 아폴론 페레펜추크를 잊기 시작했다. 고모 아델라이다 페레펜추크마저도 조카가 소리 소문도 없이 죽었다고 생각해 아폴론 페레펜추크의 옷가지를 처분한다고 시민들에게 알리는 팻말을 대문에 걸었다. 그런데 바로 그해에 그가 고향 도시로 돌아왔다.

그는 군인들과 함께 난방칸에 탔다. 여행 내내 머리 밑에 보따리를 놓고 판자 침상에 누워 있었다. 그는 아픈 것 같았다. 변해도 너무 변해 있었다. 불에 타 등에 구멍이 난 낡은 군복, 군화, 국방색 천으로 된 통바지 때문에 그를 알아볼 수가 없었다. 전혀 다른 사람처럼 보였다.

심지어 입술도, 오만하게 앙다문 그의 입술도 클라리넷을 지속적으로 불어서 리본처럼 얇아졌다.

그가 어떤 재앙을 겪었는지 어느 누구도 절대 알 수 없었다. 재앙이 있긴 있었을까? 사실대로 말하면 재앙은 없었고, 단순한 보통의 삶이 있었다. 천 명 중 두 명만이 사람답게 살고, 나머지는 살아남기 위해 사는 그런 삶이.

이 오 년 동안 어떻게 살았는지, 영광과 명성을 안고 귀환하기 위해 무엇을 했는지 그는 절대 아무에게도 말하지 않았다.

그가 지니고 있던 유일한 물건인 클라리넷만이 그가 전처럼 예술에서 명성을 찾고 있다고 생각할 수 있는 근거를 제공했다. 보아하니 그는 어느 연대의 군악대에서 근무한 것 같았다. 그러나 확실하게 알려진 것은 아무것도 없었다. 그는 어느 누구에게도 편지를 쓰지 않았다. 아마 삶의 자잘한 사실들을 알리고 싶지 않았던 것 같다.

대체로 알려진 것이 없다.

알려진 것은 그가 명성을 얻지 못한 채 돌아왔을 뿐만 아니라, 병들고 굶주린 사람으로, 심지어 주름진 이마에 길쭉한 코, 고개를 푹 숙인 다른 사람으로 돌아왔다는 것이다.

그는 도둑처럼 고모 집으로 돌아왔다. 마치 도둑이 모든 사람의 눈을 피해 기차역에서부터 길을 따라 달리는 것처럼 말이다. 하지만 그를 보았다고 해도 알아보지 못했을 것이다. 옛 모습은 하나도 남아 있지 않았다. 그것은 다른 아폴론 페레펜추크였다.

귀환 자체가 참혹했다. 문지방을 넘자마자 새로운 충격이 그의 머리를 때렸다. 물건들, 그의 벨벳 재킷, 바지, 조끼와 같은 멋진 물건들이 영영 사라지고 말았다. 아델라이다 페레펜추크 고모가 안전 면도기에 이르기까지 모든 것을 팔아치웠던 것이다.

어느 정도는 무관심하면서도 까다로운 표정으로 아폴론 세묘노비치는 고모가 울먹이는 소리를 들었다. 그는 그녀를 나무라지는 않고, 다만 벨벳 재킷에 대해 다시 한번 묻고 나서 급히 타마라에게로 갔다.

그는 아무 생각도 하지 않고 숨을 헐떡이며 대(大)프롤롬나야 거리를 따라 그녀에게로 달려갔다. 온갖 개들이 누더기 바지를 물어뜯으려고 그에게 달려들며 짖어댔다.

드디어 그녀, 타마라의 집…… 아폴론 페레펜추크는 주먹으로 문을 두드렸다.

타마라, 놀란 그녀는 그를 맞이하며 그에게 무슨 일이 일어났는지 그 자리에서 이해하려고 애썼다. 그녀는 그의 해진 옷과 녹초가 된 얼굴을 보고 사태를 파악했다.

그는 그녀의 눈을 뚫어질 듯이 응시했다. 그녀의 생각 속으로 들어가 이해하고 싶었다. 그러나 아무것도 이해할 수 없었다.

그렇게 그들은 아무 말 없이 서로 마주 보며 오랫동안 서 있었다. 그다음에 그는 그녀 앞에 무릎을 꿇고 무슨 말을 해야 할지 몰라 조용히 울기 시작했다. 그녀도 자주 코를 풀어대며 어린아이처럼 흑흑거렸다.

마침내 그녀가 안락의자에 앉았다. 아폴론은 그녀 앞에서 고개를 숙이고 뭔가 무의미한 말을 중얼거렸다. 타마라는 그를 바라보았지만, 아무것도 이해할 수 없고 아무것도 볼 수 없었다. 보이는 것은 그의 꾀죄죄한 얼굴, 헝클어진 머리카락, 해진 군복뿐이었다. 그녀의 심장이, 분별 있는 여인의 심장이 오그라들었다. 그녀는 실과 바늘을 가져와 바늘에 실을 꿰어달라고 부탁했다. 어려운 일은 아니라고 생각했다. 그녀는 그의 군복을 꿰매기 시작했다. 때때로 그녀는 책망하듯 머리를 흔들었다.

그러나 여기서 작가는 이 감상적 장면을 계속 묘사할 정도로 애송이는 아니라고 말해야겠다. 몇 가지 남은 것이 있지만 주인공의 심리 상태로 넘어가고, 두세 가지 감상적이고 사적인 사항은 일부러 빼도록 하겠다. 예를 들면, 그녀가 헝클어진 그의 머리를 빗으로 빗겨주고 그의 꾀죄죄한 얼굴을 씻겨주었으며, '페르시아 라일락' 향수를 뿌려주었다는 것 등등. 작가는 이런 상세한 것들에는 관심이 없으며, 심리에만 흥미를 느낀다는 점을 알리는 바이다.

자, 이렇게, 타마라의 친절한 관심 덕분에 아폴론 페레펜추크는 모든 것이 전처럼 될 것이고, 그녀도 전처럼 그를 다시 사랑할 거라고 생각했다. 그는 환호와 함께 그녀에게 몸을 던지고 그녀를 품에 안으려 했다.

그러나 그녀는 눈살을 찌푸리며 말했다.

"사랑스러운 아폴론 세묘노비치, 제가 한때 쓸데없는 말을 많이 한 것 같아요. 그러니 나의 순진무구한 처녀다운 작은 동전을 진짜 화폐로 생각지 말아주세요."

그는 그녀의 말을 간신히 이해했다. 그는 일어설 수 없었다. 그녀가 몸을 일으켜 방에서 나가며 진심으로 덧붙였다.

"나도 당신에게 잘못한 것이 있어요. 하지만 난 당신의 아내가 되지는 않을 거예요."

아폴론 페레펜추크는 집으로 돌아왔다. 집에서 문득 아무것도 지난 삶을 돌려줄 수 없으며, 지난 삶은 우스꽝스럽고 순진했다는 생각을 했다. 위대한 음악가, 유명하고 명성이 자자한 인간이 되겠다는 그의 소망도 우스꽝스럽고 순진했다. 인생을 필요한 대로 살지도 못했고, 일하지도 않았고, 말하지도 않았음을 깨달았다. 그러나 어떻게 해야 했는지 그는 여전히 모르고 있었다.

언젠가 의사 조수 표도르 페레펜추크가 마침내 현상의 본질을 이해하고 투시하려고 애쓰며 웃었던 것처럼, 그는 잠자리에 누워 쓴웃음을 지었다.

5

얼마 지나지 않아 아폴론 세묘노비치 페레펜추크는 엄청난 가난에 빠지고 말았다. 무엇보다도 그것은 향상될 수 있다는 희망을 완전히 상실한 인간의 가난, 아니, 극빈이었다. 사실 그는 아무것도 없이 돌아왔다. 그러나 한동안 그는 자신의 참혹한 가난을 인정하고 싶지도 않았고 그럴 용기도 없었다.

이제 그는 불길한 냉소를 지으며 아델라이다 페레펜추크 고모에게 말했다.

"고모, 난 성당 거지처럼 가난해요."

자신의 잘못을 느낀 고모는 그를 달래고 위로하고 힘을 주려고 애썼다. 그녀는 아직 모든 것이 끝난 것은 아니다, 아직 살날이 많다, 팔아버린 암녹색 넥타이 대신에 자신의 파티 예복 허리띠로 기가 막힌 보라색 넥타이를 만들어주겠다, 잘 알고 있는 리프킨이란 여성복 재단사가 싼값에 벨벳 재킷을 만들어줄 거다, 라고 말했다.

그러나 아폴론 페레펜추크는 웃기만 할 뿐이었다.

그는 어떻게든 변화하기 위해, 과거의 생활방식을 도시적 생활방식으로 바꾸기 위해 단 한 걸음도 내딛지 않고 단 한 번의 시도도 하지 않았다. 그런 상황은 이제 도시의 모든 파티에서 마에스트로 솔로몬 벨렌키가 활약하고 있다는 사실을 알고 난 뒤부터 시작되었다. 그 이전까지만 해도 어떤 막연한 꿈이, 잘 붙잡히지 않는 계획들이 그의 들뜬 머릿속을 지배하고 있었다.

마에스트로 솔로몬 벨렌키와 벨벳 재킷의 실종은 아폴론 페레펜추크를 의지박약한 인간으로 만들고 말았다.

이제 그는 하루 온종일 침대에 누워 있었고, 길거리로 나간다 해도 담배꽁초를 줍거나 행인에게 한 개비 분량의 담배 가루를 얻기 위해서였다. 아델라이다 고모가 그를 먹여살렸다.

가끔씩 그는 침대에서 일어나, 갖고 다니던 클라리넷을 헝겊 가방에서 꺼내 불었다. 그러나 그의 음악에서는 아무런 모티프도, 서로 구분되는 각각의 음마저도 찾아낼 수 없었다. 그것은 짐승이 내는 소름 끼치는 악마적 울부짖음이었다.

그가 연주를 시작할 때마다 아델라이다 페레펜추크 고모의 얼굴 표정이 변했다. 그녀는 각종 약제와 진정제가 담긴 여러 가지 크고 작은 병을 꺼내놓고 침대에 누워 나지막이 신음을 토했다.

아폴론 세묘노비치는 클라리넷을 내던지고 다시 침대 속에서 평안을 찾았다.

그는 누워서 곰곰이 생각했다. 언젠가 표도르 페레펜추크를 괴롭혔던 상념들이 그에게 떠올랐다. 이 상념들은 힘과 깊이에서 성이 같았던 탁월한 사람의 상념에 결코 뒤지지 않았다. 그는 인간 존재에 대해, 인간이 딱정벌레나 뻐꾸기처럼 맹목적이고 불필요하게 존재하고 있다는 것에 대해, 인류와 전 세계는 평안과 행복을 찾고 자신에게 일어났던 그런 고난을 당하지 않기 위해 삶을 변화시켜야 한다는 것에 대해 생각했다. 인간이 어떻게 살아야 하는가를 드디어 깨닫고 이해한 것 같은 생각이 든 때도 있었다. 한 상념이 그의 뇌를 건드리고는 모양을 갖추기도 전에 다시 사라지곤 했다.

이것은 작은 것으로부터 시작되었다. 아폴론 페레펜추크는 어쩌다 아델라이다 고모에게 물었다.

"고모, 인간에게는 영혼이 있을까요? 어떻게 생각하세요?"

"있지," 고모가 말했다. "당연히 있지."

"그럼 여기 원숭이가 있다고 해요…… 원숭이는 인간을 닮았어요…… 결코 인간 못지않아요. 고모, 원숭이에게 영혼이 있다고 생각하세요?"

"내 생각에는," 고모가 말했다. "인간과 유사하다면 원숭이에게도 영혼이 있겠지."

아폴론 페레펜추크는 갑자기 흥분하기 시작했다. 어떤 대담한 생각이 그를 사로잡았다.

"그러면 고모," 그가 말했다. "원숭이에게 영혼이 있다면, 틀림없이 개에게도 있어요. 개도 원숭이보다 못하지 않으니까요. 그리고 개에게 영혼이 있다면 고양이에게도 있고, 쥐에게도, 모기에게도, 그리고 벌레까지도……"

"그만해." 고모가 말했다. "신성모독은 그만."

"나는 신성을 모독하는 게 아니에요." 아폴론 세묘노비치가 말했다. "고모, 조금도 신을 모독하지 않아요. 다만 사실을 검증하고 있어요…… 그렇다면 벌레에게도 영혼이 있다는 말이죠…… 자, 어때요, 고모? 내가 벌레를 잡아 두 쪽으로 잘라내요…… 생각해보세요. 그러면 반쪽은 각각 따로따로 살겠지요, 그렇죠? 이게 뭘까요? 고모는 영혼이 두 개로 나뉜 거라고 생각해요? 그러면 그것은 어떤 영혼일까요?"

"그만." 고모는 이렇게 말하고 놀라서 아폴론 페레펜추크를 바라보았다.

"잠깐." 페레펜추크가 소리를 높였다. "그렇지요, 영혼은 없어요. 인간에게도 없어요. 인간, 그것은 뼈와 살이죠…… 인간은 최하등 생물처럼 죽고 태어나요…… 자기 생각대로 살아가고요. 하지만 인간은 다른 방식으로 살아야 해요……"

그러나 어떻게 살아야 하는지, 아폴론 세묘노비치는 고모에게 설명할 수 없었다. 그도 몰랐던 것이다. 그럼에도 불구하고 아폴론 세묘노비치는 자신의 생각에 전율했다. 무엇인가를 이해하기 시작한 것 같은 생각이 들었기 때문이다. 그러나 다음 순간 그의 머릿속에서 다시 모든 것이 얽히고설켰다. 지금 느끼는 것을 맛보지 않으려면 어떻게 살아야 하는가. 그는 모르겠다고 자신에게 고백하고 말았다. 자신은 경기에서 졌으며, 자신이 없어도 삶은 조용히 계속될 거라고 느꼈다.

그는 며칠 동안 극도의 흥분 상태에서 계속 방 안을 돌아다녔다. 흥분이 최고조에 달했던 바로 그날, 아델라이다 고모는 아폴론 세묘노비치 페레펜추크 앞으로 온 편지를 가져왔다. 타마라에게서 온 편지였다.

그녀는 교태 부리는 여인처럼 점잔을 빼면서도 서글프고 서정적인 어조로, 오늘 글로바라는 외국인 사업가와 결혼하게 되었고, 이 일보를 내디디며 아폴론 페레펜추크의 기억 속에 자신에 대한 나쁜 추억을 남기고 싶지 않다고 썼다. 그에게 했던 모든 일을 용서해주기를 간절히 부탁한다, 사죄를 구한다, 왜냐하면 자신이 그에게 치명적인 충격을 주었다는 것을 알기 때문이다, 라고 썼다.

이 편지를 읽으며 아폴론 페레펜추크는 조용히 웃었다. 그러나 아폴론 페레펜추크란 사람이 자기 때문에 파멸했다는 그녀의 확고부동한 확신에 경악하고 말았다. 이에 대해 생각하던 중에 문득 그는 자신에게는 아무것도 필요하지 않으며, 파멸의 원인이 된 그녀도 필요하지 않다는 사실을 분명히 깨달았다. 사실 자신은 그녀 때문이 아니라 제대로 살지 않았기 때문에 파멸했다는 것을 마침내 명백하게 깨달았다. 그런데 그 대목에서 다시 모든 것이 그의 머릿속에서 얽히고설켰다.

그는 당장 달려가서 그녀는 잘못이 없고 자신이 잘못했다고, 인생에서 잘못을 저지른 것은 자기 자신이라고 말하고 싶었다.

그러나 그는 가지 않았다. 자신의 잘못이 어디에 있는지 알 수 없었기 때문이다.

6

일주일 후, 아폴론 세묘노비치 페레펜추크는 타마라를 방문했다. 이것은 뜻밖의 사건이었다. 어느 날 저녁 그는 조용히 옷을 차려입고 아델라이다 고모에게 머리가 아프다, 그래서 시내를 좀 걸어야겠다고 말하고 집을 나왔다.

그는 목적지도 없이 오랫동안 거리를 배회하였다. 타마라에게 가는 것은 생각도 하지 않았다. 무의미한 존재에 대한 이상스러운 상념들이 그를 편하게 놔두질 않았다. 그는 모자를 벗고 거리를 헤매다 어두컴컴한 목조 건물 앞에 걸음을 멈추고 불 켜진 창문 안을 들여다보았다. 사람들이 어떻게 살고 있으며, 그들의 존재가 무엇으로 이루어지는지를 마침내 이해하고, 통찰하고, 깨닫기를 원했다. 불 켜진 창문 너머에서 그는 멜빵바지를 입고 식탁에 앉아 있는 남성과 사모바르* 곁의 여성, 그리고 아이들을 발견했다. 어떤 남자들은 카드를 치고, 어떤 남자들은 아무 생각 없이 불꽃을 들여다보며 미동도 하지 않고 앉아 있었다. 여자들은 찻잔을 닦거나 바느질을 했고, 거의 대부분의 사람들이 소리 없이 입을 크게 벌려 식사를 하고 있었다. 그들이 음식 씹는 소리가 이중창 너머 아폴론 페레펜추크에게까지 들리는 것 같았다.

아폴론 세묘노비치는 집에서 집으로 걸음을 옮기다 문득 타마라의 집 앞에 선 자신을 발견했다.

아폴론 페레펜추크는 그녀의 방 창에 바싹 다가갔다. 타마라는 안락의자에 누워 잠든 것 같았다. 갑자기 아폴론 세묘노비치는 자신도 모르게 유리창을 손가락으로 두드렸다.

---

* 러시아 가정에서 물을 끓이는 데 사용하는 주전자. 중심에 가열부가 있고 연통 위에 티포트 받침이 있으며, 가열부 주위가 수조로 되어 있어 열효율이 뛰어나다. 대개 둥근 화병 모양이다.

타마라는 흠칫 몸을 떨더니 일어나 귀를 기울였다. 잠시 후 그녀는 누가 어둠 속에서 창을 두드리는지 알고 싶어 창가로 다가왔다. 그러나 알 수가 없어서 "누구세요?"라고 소리쳤다.

아폴론 세묘노비치는 아무 말도 하지 않았다.

그녀가 거리로 뛰어나와 그를 알아보고는 방으로 들어오라고 했다. 그녀는 화를 내며 그는 그녀에게 올 필요가 없다, 이제 모든 것이 끝났다, 그녀의 사과 편지가 그에게는 충분하지 않았는가, 라고 말했다.

아폴론 페레펜추크는 그녀의 빨갛게 상기된 얼굴을 보았다. 그녀의 죄가 아니라 그의 죄이며, 그가 제대로 살지 못한 거라고 그녀에게 말할 필요는 없다고 그는 생각했다. 그녀는 그것을 이해하지 못하고, 이해하고 싶지도 않을 것이다. 왜냐하면 그녀는 이 일에서 어떤 즐거움과 아마도 자부심마저 느꼈을 테니까.

그래서 그는 떠나려고 했지만, 갑자기 무엇인가가 그를 멈춰 세웠다. 그는 골똘히 생각하며 오랫동안 방 가운데에 서 있었다. 이상하게 마음이 편안해졌다. 그는 타마라의 방을 둘러보고 무의미하게 미소짓더니 나가버렸다.

그는 길로 나가 두 구역을 지난 뒤 모자를 썼다. 그리고 걸음을 멈추었다.

"뭐지?"

그가 그녀의 방에 서 있던 그 순간, 어떤 행복한 생각이 그의 머리에 떠올랐다. 그러나 그는 그것을 잊고 말았…… 단숨에 분명하고 편안해질 수 있는 그 어떤 생각, 그 어떤 시작.

아폴론 페레펜추크는 모든 자잘한 것들, 모든 말들을 생각해내기 시작했다. 떠나는 것? 아니…… 사무원으로 취직하는 것? 아니……
그는 잊고 말았다.

그때 그는 다시 그녀의 집으로 달려갔다. 그렇다. 물론 그는 지금
이 순간 그녀의 집으로, 그녀의 방으로 가야 했다. 그곳, 옛 장소로 가
서 이 저주받을 생각들을 기억해내야 했다.

그는 문으로 다가갔다. 두드리고 싶었다. 그러나 문득 문이 열려 있
는 것을 알았다. 그가 나간 후에 잠그지 않았던 것이다. 그는 조용히
아무도 모르게 복도를 따라 걸었다. 그리고 타마라의 방 문지방 앞에
서 걸음을 멈추었다.

타마라는 베개에 엎드려 울고 있었다. 그녀는 그의 사진을, 아폴론
페레펜추크의 사진을 손에 들고 있었다.

그러고 싶으면 독자들은 이 대목에서 울어도 좋다. 독자가 냉랭하
든 뜨겁든 작가는 개의치 않는다. 작가는 담담하게, 이어지는 사건으
로 넘어가도록 하겠다.

아폴론 페레펜추크는 타마라를, 그녀가 손에 든 사진을, 창문을, 꽃
을, 마른풀 다발이 담긴 작은 화병을 보고는 불현듯 기억해냈다.

"맞아!"

타마라가 그를 보고 비명을 질렀다. 그는 구두 소리를 내며 달려나
갔다. 누군가 부엌에서 나와 그를 쫓아왔다.

아폴론 세묘노비치는 거리로 달려나갔다. 프롤롬나야 거리를 따라
빠르게 걸어갔다. 잠시 후, 그는 달리기 시작했다. 보드라운 눈에 뒹
굴었다. 넘어졌다. 일어났다. 다시 달렸다.

"생각났어!"

그는 숨을 헐떡이며 오랫동안 달렸다. 모자가 떨어졌으나 주우려 하지 않고 계속해서 달렸다. 도시는 조용했다. 밤. 페레펜추크는 달렸다.

어느새 도시 변두리였다. 마을. 담장. 신호대. 감시초소. 도랑. 철도.

아폴론 페레펜추크는 쓰러졌다. 기어갔다. 그는 레일 위에 엎드렸다.

"바로 이 생각이었어."

그는 보드라운 눈 위에 누웠다. 그의 심장이 뛰기를 멈추었다. 죽어가는 것 같았다.

누군가 전등을 들고 그의 옆을 두 번 지나가더니, 다시 돌아와 발로 그의 옆구리를 찔렀다.

"당신 왜 그래?" 전등을 든 남자가 말했다. "왜 누워 있어?"

페레펜추크는 말이 없었다.

"왜 누워 있냐고?" 남자가 놀라서 다시 말했다. 손에 든 전등이 떨리고 있었다.

아폴론 세묘노비치는 머리를 들었다. 일어나 앉았다.

"선량한 사람들은…… 선량한 사람들은……" 그가 말했다.

"어떤 사람들?" 남자가 조용히 물었다. "그래, 당신 뭔가를 생각했지? 초소로 가세. 난 여기…… 철도 기수야."

남자는 그의 팔을 잡고 초소로 데려갔다.

"선량한 사람들은…… 선량한 사람들은……" 페레펜추크는 중얼거렸다.

그들은 초소로 들어갔다. 숨이 막혔다. 탁자. 램프. 사모바르. 탁자에는 반외투를 입은 남자가 단추를 풀어 헤친 채 앉아 있었다. 여자는 집게로 설탕을 잘게 부수고 있었다.

페레펜추크는 침대용 의자에 앉았다. 그의 이가 서로 부딪쳤다.

"당신 왜 누워 있었던 거야?" 철도 기수가 반외투의 남자에게 눈짓을 하며 다시 물었다. "죽으려고 그런 것은 아니지? 아니면 레일을 빼내려고 그랬군, 안 그래?"

"이 사람이 뭐?" 반외투의 남자가 물었다. "레일 위에 누워 있었단 말이야?"

"엎드려 있었어." 철도 기수가 말했다. "내가 전등을 들고 가는데, 이 사람이 엎드려 있는 거야. 어린애처럼 면상을 레일에 처박고 말이야."

"흠." 반외투의 남자가 말했다. "요런 나쁜 새끼."

"잠깐만." 여자가 말했다. "소리치지 마요. 그 사람 오들오들 떨고 있잖아요. 기뻐서 떠는 것은 아닐 테고. 자, 차 좀 마셔요."

아폴론 페레펜추크는 차를 마셨다. 이가 잔에 부딪혔다.

"선량한 사람들은……"

"잠깐만." 철도 기수가 말했다. 그는 다시 눈을 찡긋하며 무엇 때문인지 반외투의 남자 옆구리를 툭 밀쳤다. "자, 자, 내가 차근차근 물어볼게."

아폴론 세묘노비치는 꼼짝하지 않고 앉아 있었다.

"묻는 말에 차근차근 대답해." 철도 기수가 단호하게 말했다. "성은?"

"페레펜추크입니다." 아폴론 세묘노비치가 말했다.

"그렇군." 남자가 말했다. "처음 듣는데."

"나이는?"

"서른둘입니다."

"먹을 만큼 먹었군." 남자가 왜 그런지 기뻐하며 말했다. "난 쉰하나야. 그렇다면…… 나이는 그렇고…… 실업자야?"

"실업자……"

철도 기수는 웃으며 다시 눈을 찡긋했다.

"그러면 안 되지. 그럼 무슨 기술은 있나? 할 줄 아는 게 있어?"

"아니요……"

"그러면 안 되지." 철도 기수는 머리를 흔들며 말했다. "여보게, 기술도 없이 어찌 살려고 그래? 자네에게 말하는데, 정말 그러면 안 돼. 사람이라면 손기술은 꼭 있어야지. 봐, 난 경비원이고 철도 기수야. 자, 이제 날 내쫓는다고 해봐. 감원이나 뭐 그런 이유로 말이야…… 여보게, 그렇다 해도 난 쓰러지지 않아. 난 구두를 만질 줄 알거든. 난 구두를 만들 거야. 한 손을 못 쓰게 되면, 그래도 걱정 안 해. 난 이빨로 밧줄을 꼴 거야. 자, 이렇게. 손기술이 없다면 이게 어떻게 가능하겠나. 절대 안 돼…… 그런데 어떻게 먹고사나?"

"귀족 출신이야." 반외투의 남자가 비웃었다. "그들의 피라고 별수 있나…… 사는 법을 모르는군. 레일 위에서 죽을 생각이나 하고."

아폴론 페레펜추크는 일어나 초소를 떠나기를 원했다. 경비원이 놔주지 않고 말했다.

"앉아. 내가 자넬 멋지게 만들어주지."

그는 반외투의 남자에게 눈짓을 하고 말했다.

"바샤, 이 사람을 자네 일에 붙여주면 어때. 자네 일은 조용하고 누구나 할 수 있어. 일 없는 사람이라고 죽으란 법은 없잖아?"

"내게 보내." 남자가 반외투의 단추를 잠그며 말했다. "그렇게 할 수 있을 거야. 자네, 블라고베셴스코예 공동묘지에 와서 책임자를 찾아. 내가 있을 테니."

"그럼 당신이 이 사람과 함께 가도록 해, 바샤." 여자가 말했다. "무슨 일이 생길지도 모르니까."

"그러지, 뭐!" 남자가 일어나 모자를 쓰며 말했다. "가세나. 잘들 있어요."

남자는 아폴론 페레펜추크와 함께 초소를 나섰다.

7

아폴론 세묘노비치 페레펜추크는 인생의 세번째이자 마지막 단계에 들어섰다. 비정규 산역꾼으로 근무하기 시작한 것이다. 거의 일 년 동안 아폴론 세묘노비치는 블라고베셴스코예 공동묘지에서 일했다. 그는 다시 완전히 변했다.

이제 그는 노란 각반을 차고, 반외투를 입고, 가슴에는 3번이라고 적힌 구리 번호표를 달고 다녔다. 평온하고 무사태평한 얼굴에서 조용한 행복감이 흘러나왔다. 온갖 주름, 점, 여드름, 그리고 주근깨가 그의 얼굴에서 사라졌다. 코도 과거의 모습을 되찾았다. 다만 두 눈만은 때때로 한 대상에, 그 대상의 한 점에 멈추어 꼼짝도 않고 뚫어지게 바라보면서 더이상 아무것도 보지 못하고, 아무것도 느끼지 못하는 것이었다.

그러한 순간에 아폴론은 자신의 인생을, 자신이 걸어온 길을 생각했다. 더 정확히 말해 회고했다. 그럴 때면 평온하던 그의 얼굴이 어두워졌다. 그러나 이런 추억들은 그의 의지를 비켜 지나갔다. 그는 생각하고 싶지 않았으며, 그래서 모든 생각들을 쫓아냈다. 그는 자신이 어떻게 살아야 했는지, 인생에서 어떤 실수를 저질렀는지 깨달을 수 없다는 것을 의식하고 있었다. 그것이 과연 실수였을까? 아무런 실수도 없었는지도 모른다. 인생이, 단순하고 혹독하고 평범한 인생이, 단지 몇몇 사람에게만 웃음과 기쁨을 허락하는 인생이 있을 뿐이었다.

그러나 모든 고뇌는 이제 지나갔다. 행복한 평온은 더이상 아폴론 세묘노비치를 떠나지 않았다. 이제 그는 아침이면 손에 삽을 들고 정확하게 일터로 나갔다. 그리고 땅을 파고 무덤 가장자리를 반듯하게 만들고는 새로운 자기 인생의 정적과 매혹 속으로 빠져드는 것이었다.

여름날이면 연이어 두 시간 혹은 그 이상 일한 후에 풀 위나 아직 따뜻한, 방금 퍼올린 흙 위에 누웠다. 그는 꼼짝 않고 누워 때로는 깃털구름을, 때로는 작은 새의 비상을 바라보거나 블라고베셴스코예의 소나무 소리에 귀 기울였다. 자신의 과거를 추억할 때마다 아폴론 페레펜추크는 전 생애를 통해 이러한 평안을 경험한 적이 없으며, 한 번도 풀밭 위에 누워본 적이 없다고 생각했다. 방금 파낸 흙이 따뜻하고 그 냄새가 프랑스 화장품이나 호텔 객실보다 더 달콤하다는 것을 전에는 몰랐고, 그렇게 생각한 적도 없었다. 그는 자신이 살아 있고 살기를 원하고 있음을 기뻐하며 조용하고 가득한 미소를 지었다.

그러던 어느 날, 아폴론 세묘노비치 페레펜추크는 아주 위엄 있게 생긴 외국인의 팔짱을 낀 타마라를 만났다. 그들은 크세니야 블라젠나야 산책로를 걸으며 무엇인가 편안하게 이야기를 나누고 있었다.

아폴론 페레펜추크는 몰래 그들 뒤로 다가가 무덤과 십자가 뒤에 짐승처럼 몸을 숨겼다. 부부는 오랫동안 공동묘지를 거닐다 서로의 손을 잡고 반쯤 부서진 벤치에 앉았다.

아폴론 페레펜추크는 급히 그 자리를 떠났다.

그러나 한 번뿐이었다. 다시 평안하고 조용한 삶이 계속되었다. 날이 가고 해가 바뀌어도 그의 조용한 삶에 그림자가 드리우는 일은 없었다. 아폴론 세묘노비치는 일하고, 먹고, 풀밭에 눕고, 잠을 잤다. 때로 그는 공동묘지를 거닐며 감동적이고 거친 비문을 읽기도 하고, 여기저기 잊힌 무덤가에 걸터앉거나 아무 생각 없이 미동도 하지 않고 앉아 있었다.

신력으로 9월 19일, 아폴론 세묘노비치 페레펜추크는 어느 무덤에서 일하던 중 심장파열로 죽었다.

9월 17일, 그러니까 그가 사망하기 이틀 전에 오멜첸코 집안 출신의 타마라 글로바가 생을 마감하였다.

아폴론 세묘노비치는 이 사실을 몰랐다.

사람들

1

문학에 이상한 일들이 일어나고 있다! 요즘은 작가가 우리 시대의 사건을 다룬 소설을 쓰기만 하면 여기저기서 그에게 존경을 보낸다. 비평가들은 박수를 치고, 독자들도 공감을 느낀다.

한 작가가 사회적 모티프나 자그마한 사회 사상을 재치 있게 잡아낸 다음 잘 엮어 소설로 만들면, 명예도 인기도, 그리고 온갖 존경도 그의 몫이 된다. 온갖 일간지에 그런 작가의 초상화가 인쇄된다. 출판 업자들은 그에게 현금을 지불한다. 페이지당 족히 100루블 정도는 될 것이다.

우리의 별 볼 일 없는 안목으로 보아도 페이지당 100루블이란 것은 명백하고 완전한 불평등이 아닐 수 없다!

사실, 동시대의 사건들에 대한 소설을 쓰려면 그에 상응하는 지리적 배경이 필수적이다. 즉 작가는 거대한 중심도시나 공화국 수도 같은 곳에 체류해야 한다. 역사적 사건들이란 주로 그런 곳에서 일어나기 때문이다.

하지만 모든 작가들이 그런 지리학 지식을 갖고 있는 것도 아니고, 모든 작가들이 가족을 데리고 큰 도시나 수도에 체류할 수 있을 정도로 물질적 형편이 좋은 것도 아니다.

바로 여기에 장애와 불평등의 원인이 있다.

어떤 작가는 모스크바에 살면서 사건의 추이, 그 주인공과 지도자들을 두 눈으로 볼 수 있을 것이다. 반대로 어떤 작가들은 지방 소도시에서, 영웅적인 일들은 일어난 적이 없고 일어나지도 않을 소도시에서 가련한 삶을 견뎌간다.

그렇다면 그런 작가들은 도대체 어디에서 그런 거창하고 세계적인 사건들을, 동시대의 사상과 훌륭한 영웅들을 소재로 택할 수 있단 말인가?

아니면 여러분이 그에게 거짓말이라도 하라고 지시할 것인가? 아니면 도시에서 온 동무들의 황당하고 부정확한 거짓말로 먹고살란 말인가?

아니, 아니, 아니다! 작가는 문학을 너무나 사랑하고 존경한 나머지, 여편네들의 온갖 한심한 것들과 검증되지 않은 사건들 위에 문학을 세우지는 않을 것이다.

물론 여섯 가지 외국어를 지껄일 줄 알고 많이 배운 어떤 비평가가 작가는 자신을 둘러싼 보잘것없는 인물들과 크지 않은 지방 무대를 기피해서는 안 된다고 지적할 수도 있다. 작은 지방 사람들을 소재로 크지는 않지만 다채로운 소품을 그려내면 더 좋다는 것이다.

아, 존경해 마지않는 비평가님! 어설픈 충고는 이제 그만! 당신 말이 아니더라도 이미 모든 것에 대해 깊이 생각했고, 이 길 저 길 돌아다니느라 구두가 여러 켤레 해졌거든요. 주의를 끌 만한 이름들은 이러저러한 설명과 주의사항을 곁들여 개인 수첩에 모두 메모했어요. 아니! 어느 정도 주목할 만한 인물도 없고, 흥미롭고 교훈적으로 언급할 만한 평균적 인물들도 없거든요. 모든 사소한 것, 밑바닥 인생들, 천한 사람들. 오늘날 영웅적 차원의 고상한 문학에서는 이런 것들에 대해 언급하면 안 된다는 말이올시다.

하지만 아무리 그렇다 해도 작가는 완전 별 볼 일 없는 배경, 완전 별 볼 일 없고 하찮은 인물들, 그리고 그들의 공허한 열정과 경험을 더 좋아한다. 완전히 타락해서 전혀 존재하지도 않는 인간에 대해 허풍을 떠는 것보다는 말이다. 작가는 그렇게 할 정도의 뻔뻔함도, 유별난 상상력도 없기 때문이다.

그것 외에도 작가는 스스로가 러시아 순수문학의 미래가 따라야 할 유일하고 정직한 자연파에 속한다고 생각한다. 그러나 만일 작가가 이 유파에 속하지 않는다 해도, 어차피 알지도 못하는 사람에 대해 언급한다는 것은 어려운 일이다. 심리분석에서 도가 지나치거나 거짓말을 하면 그 어떤 사소한 것도 증명할 수 없을 것이고, 독자도 현대작가들의 경박한 판단에 놀라 곤혹스러워할 것이다.

자, 그래서, 위에서 언급한 이유 때문에, 또 몇몇 빡빡한 물질적 상황 때문에 작가는 현대소설 집필에 돌입하지만, 소설의 주인공은 별 볼 일 없고, 중요하지도 않고, 현대의 응석받이 독자의 시선을 끌 만한 가치도 없는 인물임을 미리 밝히는 바이다. 아마 독자들도 짐작하고 있겠지만, 문제가 되는 인물은 바로 이반 이바노비치 벨로코피토프이다.

현대소설에 대한 요구가 없었다면 작가는 절대로 그런 주인공을 위해 호감 가는 재능을 낭비하려 하지 않았을 것이다. 그러나 이에 대한 요구가 있었기 때문에 작가는 마지못해 펜을 들어 벨로코피토프에 대한 소설을 쓰려고 한다.

이것은 가능한 모든 철학 시스템의 붕괴에 대한, 인간의 파멸에 대한, 모든 인간 문화는 본질상 하찮은 것이며 어렵지 않게 잃어버릴 수 있다는 것에 대한 다소 서글픈 소설이 될 것이다.

이러한 관점에서 이반 이바노비치 벨로코피토프는 흥미롭고 의미심장하기도 하다. 작가는 독자들이 나머지 것들에는 의미를 두지 말고, 나아가 주인공의 졸렬하고 기괴한 감정, 동물적 본능을 함께 나누지 말라고 충고하는 바이다.

이렇게 작가는 펜을 들어 현대소설 집필에 착수하는 바이다.

소설의 등장인물은 그리 많지 않다. 37세의 이반 이바노비치 벨로코피토프는 비(非)당원으로 몸이 야위었다. 그의 아내 니나 오시포브나 아르부조바는 집시풍의 가무잡잡한 여인으로 발레리나 출신이다. 32세의 예고르 콘스탄티노비치 야르킨은 제1시립제빵소 책임자이다. 그리고 마지막으로 모두가 존경해 마지않는 역장 표트르 파블로비치 시트니코프 동무가 있다.

소설에는 에피소드처럼 등장하는 인물도 몇 있다. 예를 들면 카테리나 바실리예브나 콜렌코로바, 페펠류하 할머니, 역 짐꾼이자 노동영웅인 예레메이치로, 미리 언급할 필요 없는 무의미한 인물들이다.

사람들 외에 이 소설에는 별로 크지 않은 개도 등장하지만, 당연히 그것에 대해 언급할 필요는 없다.

2

벨로코피토프 집안은 오래된 귀족 지주 가문이다. 이야기가 진행되는 시기에 이 가문은 거의 사그라지고 말았다. 아버지인 이반 페트로비치와 그의 아들 이반 이바노비치 둘만 남았다.

아주 부유하고 풍채 당당한 남자였던 아버지 이반 페트로비치는 좀 이상하고 기이한 인물이었다. 인민주의자 같은 구석도 있었지만 서구 사상에 경도되었던 그는 농부들을 가혹하게 다루었고, 그들을 개자식, 인간 망종들이라고 불렀다. 또 그는 개인 서재에 틀어박혀 장 자크 루소, 볼테르 혹은 보두앵 드 쿠르트네*와 같은 작가들의 책을 탐독하며 그들의 자유 사상과 관점의 독립성에 열광하기도 했다.

이 모든 것에도 불구하고 아버지 이반 페트로비치 벨로코피토프는 편안하고 단조로운 시골생활을 진심으로 사랑했고, 갓 짠 우유를 좋아해서 엄청나게 마셔댔으며, 승마에 열중했다. 그는 매일 말을 타고

---

* 이반 알렉산드로비치 보두앵 드 쿠르트네(Ivan Aleksandrovich Baudouin de Courtenay, 1845~1929)는 러시아에서 주로 활동한 폴란드 출신의 언어학자. 유서 깊은 프랑스 혈통에서 유래한 폴란드 가문을 대표하는 인물로, 페테르부르크 언어학파의 창시자이다.

산책을 나갔고, 자연의 아름다움이나 숲속 시냇물이 속삭이는 소리에
도취하곤 했다.

아버지 벨로코피토프는 생명력이 만개하던 젊은 나이에 죽었다. 그
의 말이 그를 밟아 죽였던 것이다.

맑은 여름날이면 일상의 승마 채비를 하고 옷을 완전하게 갖춰 입
은 아버지 벨로코피토프는 식당 창가에 서서 말이 오기를 초조하게
기다리곤 했다. 대담하고 아름다웠던 그는 은 박차가 달린 승마화를
신고 창가에 서서 화를 내며 황금 손잡이가 달린 채찍을 휘둘렀다. 어
린 아들 바냐 벨로코피토프도 아버지 옆에서 장난을 치고, 아무 생각
없이 춤을 추고, 박차의 작은 바퀴를 갖고 놀았다.

그러나 아들 벨로코피토프가 장난을 친 것은 아주 어렸을 때이다.
아버지가 죽던 해에 그의 나이는 스무 살쯤 되었을 것이다. 그는 이미
어른이 다 된 청년이었고, 윗입술 위에는 막 수염이 나기 시작했다.

그해에 물론 그는 장난을 칠 수 없었다. 그는 아버지 가까이 서서
말을 타지 말라고 아버지를 설득했다.

"아버지, 타지 마세요." 젊은 벨로코피토프가 불행을 예감하며 말
했다.

그러나 대담했던 아버지는 콧수염을 비틀어 올리고 손을 저으며
(죽어야 한다면 죽어야지라는 뜻이었다) 꾸물거리는 마구간지기에게
한 방 먹이려고 아래로 걸어갔다.

그는 마당으로 나가 끌려온 말에 화를 내며 올라타고, 짜증과 분노
를 섞어 박차를 찼다.

이것이 그의 죽음이 되고 말았다. 성난 말은 맹렬히 달리더니 영지

로부터 5베르스타*쯤 떨어진 곳에 벨로코피토프를 내던졌고, 그의 관자놀이는 바위에 부딪혀 박살이 났다.

젊은 벨로코피토프는 부친의 사망 소식을 굳건하게 견뎌냈다. 처음에는 말을 팔아치우라고 지시하더니, 이 결정을 번복하고 자신이 직접 마구간으로 가 말 귓속에 권총을 쑤셔넣고 방아쇠를 당겨버렸다. 그런 다음 방에 틀어박혀 아버지의 죽음을 통곡하며 애도했다. 몇 개월이 지나서야 비로소 그는 과거의 일상으로 돌아왔다. 그는 스페인어를 공부하고, 경험 많은 교사의 지도를 받아 스페인 작가들을 번역했다. 그러나 스페인어 외에 낡은 책과 원고들을 뒤적여가며 라틴어도 공부했다.

만일 다른 사람이 막대한 재산의 유일한 상속자가 된 이반 이바노비치의 처지였다면, 모든 스페인 음악에 침을 뱉고, 교사들의 목덜미를 잡아끌어 쫓아버리고, 슬픔일랑 밧줄로 붙들어맨 후, 먹고 마시고 놀며 방탕하고 난잡하게 살았을 것이다. 그러나 유감스럽게도 젊은 벨로코피토프는 그런 사람이 아니었다. 그는 계속 전과 같은 삶을 살았다.

부유하고 부족함이 없으며 물질적 압박이 무엇인지 몰랐던 벨로코피토프는 돈에 대해 무관심하고 경멸하는 태도를 취했다. 더구나 아버지의 주해가 적혀 있는 자유주의 서적을 읽고 나서는 자신의 막대한 재산에 대해 혐오하는 태도를 갖기 시작했다.

다종다양한 아주머니들이 아버지 벨로코피토프의 사망 소식을 들

---

* 1베르스타는 1,067킬로미터.

고 떡고물이라도 얻어먹을 수 있지 않을까 하는 생각에 세상 끝에서 영지로 몰려들었다. 그들은 이반 이바노비치에게 아첨을 하고, 그의 손에 입을 맞추고, 그의 현명한 일 처리 방식에 열광했다.

그러던 어느 날, 이반 이바노비치는 모든 친척들을 식당에 불러모은 후 자신은 상속받은 재산을 소유할 권리가 없다고 생각한다고 선언해버렸다. 상속이란 무의미하고 어리석은 짓이며, 자기는 누구든지 스스로 자신의 삶을 만들어가야 한다고 여긴다고 말이다. 이반 이바노비치 벨로코피토프는 건전한 정신과 확고한 의식에 기초하여 오늘부터 모든 재산을 거부하고 여러 기관과 헐벗은 개인들에게 나눠주겠다고 말했다.

친척들은 한목소리로 경탄과 찬사를 보내고 이반 이바노비치의 범상치 않은 관대함에 환호하며 실은 자기들이 바로 가장 헐벗은 개인들이며 기관이라고 말했다. 이반 이바노비치는 재산의 절반가량을 그들에게 나눠준 후 그들과 영원히 작별했다. 그다음에 그는 부동산을 처리하는 일에 착수했다.

그는 자신의 토지를 신속하게 헐값으로 매각하고, 세간과 가축들은 싼값에 팔아치우거나 농부들에게 나눠주었다. 그는 여전히 상당한 재산을 가지고 도시로 이사하여, 일면식 없는 보통 사람들이 사는 곳에 크지 않은 방 두 개를 빌렸다.

당시 도시에 살고 있던 먼 친척들은 모욕감을 느꼈는지 그와의 모든 관계를 끊어버리고 말았다.

도시에 정착해서도 이반 이바노비치는 자신의 생활과 습관을 전혀 바꾸지 않았다. 전처럼 스페인어 공부를 계속했으며 시간이 있을 때면 폭넓게 자선을 베풀었다.

거대한 거지 떼가 이반의 방을 에워쌌다. 각양각색의 협잡꾼, 사기꾼과 모리배들이 시도 때도 없이 그를 찾아와 물질적 도움을 요청했다.

이반 이바노비치는 거절하는 법이 거의 없었다. 그 외에도 그는 여러 기관에 상당한 액수의 돈을 기부했고, 그 결과 남아 있던 재산의 절반을 순식간에 탕진하고 말았다. 그는 또 어떤 혁명단체의 조직원들과 어울리면서 여러 가지 방식으로 그들을 지원하고 도왔다. 심지어 그가 남아 있는 돈의 거의 전부를 그 단체에 기부했다는 소문이 돌기도 했다. 그러나 어디까지가 진실인지 작가가 말하기는 힘든 일이다. 아무튼 벨로코피토프는 어떤 혁명 관련 사건에 연루되었다.

그 당시 작가는 시 창작과 집안일에 전념하느라 세상일을 손가락 사이로 관찰했기 때문에 시시콜콜한 사항들은 알 수 없었다. 그해 작가는 첫번째 시집을 '구골나무 꽃다발'이란 제목으로 출판했다. 물론 지금이라면 자신의 시적 실험에 그런 안쓰럽고 감상적인 제목을 붙이지는 않을 것이다. 지금이라면 그 짧막한 시들을 어떤 추상적 철학 사상과 결합시켜 그에 상응하는 제목을 붙일 것이다. 예를 들어 이 이야기를 '사람들'이라는 거창하고 의미심장한 단어로 부르고 결합시키는 것처럼. 하지만 유감스럽게도 작가는 젊고 미숙했다. 시집 자체는 나쁘지 않았다. 최고급 아트지로 삼백 부를 찍었다. 사 년여가 지나는 동안 시집은 모두 팔려나갔고, 덕분에 작가는 시민들 사이에서 약간의 유명세를 타기도 했다.

별로 나쁘지 않은 시집이었다.

이반 이바노비치에 대해 말하자면, 정말로 약간 복잡한 사건에 연루되었다. 시베리아 유형을 선고받은 어떤 대학생에게 담비 모피 외투를 선물했던 것이다.

그 외투는 이반 이바노비치를 귀찮게 만들었다. 의심을 받게 되어 비밀 감시원이 따라붙었다. 혁명가들과 연루되었다는 의심을 받았던 것이다.

신경이 가늘고 감수성이 풍부했던 이반 이바노비치는 자신이 추적당하고 있다는 사실에 극도로 불안해했다. 글자 그대로 그는 머리를 움켜쥐고는 마치 동물에게 하듯 인간을 추적하는 이 반(半)야만인들의 나라에서는 더이상 살 수 없다고 말했다. 그리고 조만간 기필코 모든 것을 팔아치우고 정치적 이민자로서 외국으로 떠날 것이며, 흐름을 멈춘 이 웅덩이에 발을 딛는 일은 더이상 없을 거라고 결심했다.

그런 결정을 하고 나서 그는 당장 일을 처리하기 시작했다. 그는 마음이 급했고, 체포돼 갇히지 않을까, 아니면 출국을 금지당하지 않을까 두려웠다. 급히 모든 것을 처분하여 많지 않은 생활비를 마련한 어느 음침한 가을날, 이반 이바노비치는 자신의 운명과 지나치게 관대한 자신을 저주하며 외국으로 떠났다.

그것은 1910년 9월의 일이었다.

3

이반 이바노비치가 외국에서 어떻게 살았고 무엇을 했는지는 아무도 모른다.

이반 이바노비치 자신도 그것에 대해 전혀 언급한 적이 없으므로, 작가도 그의 외국생활에 대해 근거 없는 이야기를 꾸며내는 모험을 감수하지 않겠다. 물론 어찌어찌해서 외국을 다녀온 어떤 경험 많은 작가라면 밤거리 술집, 샹송, 아메리카의 백만장자가 등장하는 한두 가지 유럽 풍경을 그려내 독자들의 눈을 현혹할 수도 있을 것이다.

아! 그러나 작가는 외국에는 한 번도 가본 적이 없으니 유럽 실정에 깜깜하고 자신이 없었다.

그래서 작가는 이반 이바노비치 벨로코피토프의 외국생활을(적어도 십 년 혹은 십일 년은 될 것이다) 빼버려야 한다고 생각했다. 이것은 어느 정도 유감스럽고도 서글픈 일이며 심지어 작가는 독자 앞에 죄의식을 느끼지만, 결국 이렇게 해서 잘 알지도 못하는 생활의 자질구레한 것들에 대해 거짓말을 하지 않아도 될 것이다.

그러나 독자들은 흥분하지 말기 바란다. 이 십 년간 우리 주인공의 인생에는 특기할 만한 것이 아무것도 없었다. 그렇다. 한 인간이 외국에서 살았고, 러시아 발레리나와 결혼했다. 또 뭐가 있을까? 그렇다. 거액의 돈을 탕진해서 한 푼도 남지 않았다. 그리고 그는 러시아 혁명 초창기에 러시아로 돌아왔다. 이게 전부다.

물론 이런 것들을 더 매력적이고 더 좋고 자세하게 분석하여 서술할 수도 있다. 그러나 앞에서 언급한 이유들 때문에 작가는 또다시 모든 것을 있는 그대로 놔두도록 하겠다. 다른 작가들이 자신들의 미학적 문체를 이용하여 쓰게 해도 좋을 것이다. 하지만 작가는 허세와는 거리가 먼 사람이고, 이미 쓴 그대로가 좋다. 다른 저명한 작가들의 월계관이 작가의 인생에 방해가 되지는 않을 것이다. 자, 그러므로 존경하는 독자 제위여, 십 년 동안 벨로코피토프에게 일어난 모든 일은 바로 이상과 같다.

그렇기는 하나 전부는 아니다.

외국생활 처음 몇 년 동안 이반 이바노비치는 책 쓰는 일을 시작했다. 그는 책에 '러시아와 캅카스에서 혁명의 가능성에 대하여'라는 제목을 붙이고 저술에 돌입했다. 그러나 처음에는 세계대전 때문에, 나중에는 혁명 때문에 이 저술은 불필요하고 황당무계한 폐품이 되고 말았다.

그러나 이반 이바노비치는 이 일로 마음 아파하지는 않았다. 혁명후 삼 년째인가 사 년째 되던 해에 그는 러시아로, 자신의 도시로 귀환하였다.

작가가 소설에 착수한 것은 바로 이 순간부터다. 바로 이 시점부터는 작가도 자신감과 즐거움을 느낀다. 바로 이 대목에서 작가는 망설이지 않고 당당해도 되고 거짓을 꾸미지 않아도 된 것이다. 이곳은 유럽이 아니다. 모든 것은 여기서, 작가의 눈앞에서 전개되었다. 작가는 모든 자질구레한 것들, 모든 사건들의 부수적인 부분들까지도 알고 있으며, 직접 혹은 존중할 만한 사람들로부터 이야기를 듣고 정보를 수집하였다.

그리하여 작가는 이반 이바노비치가 우리의 존경해 마지않는 도시에 도착한 그날부터 자세히 이야기하도록 하겠다.

화창한 봄이었다. 눈은 이미 거의 녹았다. 새들은 오래 기다려온 봄을 노래로 축하하며 하늘을 날아다녔다. 그러나 덧신 없이는 다닐 수 없었다. 여기저기 생긴 진창에 무릎까지 빠졌다.

화창한 어느 봄날, 이반 이바노비치 벨로코피토프는 자신의 고향으로 돌아왔다.

그때는 낮이었다.

몇몇 승객이 초조하게 기차를 기다리며 대합실 여기저기에서 시간을 보내고 있었다. 그곳에는 모든 이들이 존경해 마지않는 역장 시트니코프 동무가 서 있었다.

기차가 도착하자, 맨 앞 좌석칸에서 중절모를 쓰고 덧신 없이 코가 좁은 구두를 신은 야윈 남자가 하나 내렸다.

그는 이반 이바노비치 벨로코피토프였다.

아주 고급스럽고 큼직한 외투를 유럽식으로 차려입은 그는 니켈 도금 자물쇠가 달린 멋진 갈색 가죽 여행가방 두 개를 객차 발판에서 먼저 내려놓은 다음, 여유 있는 걸음으로 대합실을 향해 내렸다. 그런 다음 몸을 돌리더니, 집시풍의 가무잡잡한 부인의 손을 잡고 내리는 것을 도왔다.

이제 그들은 여행가방 옆에 섰다. 부인은 좀 놀란 듯 사방을 두리번거렸고, 그는 미소를 지으며 숨을 한껏 들이쉬고는 멀어져가는 기차를 바라보았다.

기차는 이미 오래전에 떠났다. 그들은 움직이지 않고 서 있었다. 광분한 아이들이 맨발로 떼를 지어 소리 지르며 여행가방으로 달려들더니, 더러운 손으로 가방을 움켜쥐고는 세상 끝까지라도 들어다주겠다고 우겼다.

늙은 노동영웅인 짐꾼 예레메이치가 다가와 아이들을 쫓아보내고,

손에 잡은 연갈색 가죽 여행가방을 책망하듯 내려다보았다. 다음 순간 예레메이치는 가방을 어깨에 둘러메더니 출구를 향해 움직이기 시작했다. 이렇게 해서 그는 도착한 이들에게 멍하니 서 있지 말고 자기 뒤를 따라오라고 말하는 것이었다.

벨로코피토프는 그의 뒤를 따라 걸어가다가 정거장 뒤 계단 아래 출구에서 예레메이치에게 멈추라고 지시했다. 그리고 자신도 걸음을 멈추고 모자를 벗어 자신의 고향 도시, 조국, 그리고 자신의 귀환을 위해 인사했다.

그는 역사 계단에 서서 멀리 사라져가는 거리와 작은 다리로 연결된 수로, 그리고 작은 목조 주택들과 굴뚝의 회색 연기를 부드러운 미소를 지으며 바라보았다. 조용한 기쁨, 환영의 희열 같은 것이 그의 얼굴에 나타났다.

그는 오랫동안 모자를 벗고 서 있었다. 약간 세기 시작한 그의 머리카락이 부드러운 봄바람에 흩날렸다. 벨로코피토프는 자신의 편력, 새로운 삶, 그리고 아직 실현되지 않은 사상에 대해 생각하며 꼼짝 않고 서 있었다. 그는 신선한 공기를 가슴 가득 호흡했다.

그는 당장 어디론가 떠나거나 무엇인가 일을 하고 싶었다. 중요하고 모든 이에게 필요한 그 어떤 것을 창조하고 싶었다. 그는 젊은 활력의 범상치 않은 충일함, 강인함, 그리고 어떤 환희를 자신의 내부에 느꼈다. 그리고 고향의 대지에, 고향 도시에, 모든 사람들에게 엎드려 절을 하고픈 생각이 들었다.

그동안 그의 아내 니나 오시포브나 아르부조바는 그 뒤에 서서 그의 모습을 표독스럽게 바라보며 우산 끝으로 초조하게 돌 위를 쪼아댔다. 거기서 약간 거리를 두고 예레메이치가 두 여행가방 밑에 꾸부 정하게 서 있었다. 그는 가방을 땅에 내려놓음으로써 눈부시게 반짝 이는 가방 표면을 더럽혀야 할지, 아니면 어디로 옮기라고 지시할 때 까지 가방을 등에 지고 기다려야 할지 알지 못했다. 그런데 이반 이바 노비치가 몸을 돌리더니 무거운 것을 들고 고생하지 말고, 진창 위이 기는 하지만 가방을 내려놓으라고 공손히 말했다. 심지어 이반 이바 노비치는 친히 예레메이치에게 다가가 가방을 땅에 내려놓는 것을 거 들며 물었다.

"그런데 일반적 상황은 어떻습니까? 사는 것은요?"

총 만 오천 개 정도의 여행가방, 상자, 짐 보따리를 짊어졌던 예레 메이치는 약간 우둔하고 상상력이라고는 전혀 없는 데다가 그런 추상 적인 질문에 익숙지 않았다. 그는 단순하고 퉁명스럽게 대답했다.

"살고 있어요. 빵을 먹죠……"

그제야 벨로코피토프는 이러저러한 인물들이 어디에 있는지, 도시 에 어떤 변화들이 일어났는지에 관심을 갖고 현실적인 사안과 사건들 에 대해 질문하기 시작했다. 그런데 오십육 년 동안 한 번도 도시를 떠나지 않고 살아온 예레메이치지만, 벨로코피토프가 입에 올리는 성 과 이름, 심지어 거리명까지 온통 처음 듣는 것들이었다.

예레메이치는 코를 풀고 땀이 난 얼굴을 소매로 닦은 뒤 다시 가방 을 메려고 했다. 그렇게 해서 움직일 때라는 것을 보여주고 싶었지만 다시 땅에 내려놓았다. 그는 다음에 도착하는 기차 시간에 늦을까 걱 정이 되었다.

니나 오시포브나가 그들의 평화로운 대화를 중단시켰다. 그녀는 이반 이바노비치에게 여기 눌러앉아 자연을 배경으로 살 계획인지, 아니면 다른 계획을 갖고 있는지 표독스럽게 물었다.

그렇게 물은 니나 오시포브나는 화가 나 구두로 계단을 차더니 안쓰럽게 입술을 깨물었다.

이반 이바노비치가 뭐라고 대답했는데, 그때 모두가 존경해 마지않는 표트르 파블로비치 시트니코프 동무가 시끄러운 소리를 듣고 사무실에서 나왔다. 형사과 당직 형사가 그 뒤를 따라 나왔다. 그러나 만사가 순조롭고 공공의 안녕과 평화가 전혀 파괴되지 않았으며, 가정의 다툼 때문에 부인이 여성용 구두로 계단을 찬 것 외에는 아무 일도 없다는 것을 확인하고, 표트르 파블로비치 시트니코프는 왔던 곳을 향해 몸을 돌렸다. 그러나 이반 이바노비치가 그를 따라가 자신을 기억하느냐고 묻고는, 기뻐하며 힘차게 악수를 하고 팔을 흔들었다.

시트니코프는 품위를 지키면서 사실 뭔가 기억나기도 하고, 벨로코피토프의 얼굴도 어찌 보면 낯이 익은 것 같기는 한데, 그것이 사실이라고는 해도 더이상은 모르고 기억도 나지 않는다고 말했다.

그는 근무중임을 이유로 대화를 중단하고 벨로코피토프와 악수한 뒤 자리를 떠나면서 가무잡잡한 미지의 부인에게 손을 들어 인사했다.

당직 형사도 벨로코피토프에게 국제정치와 독일의 사태에 대해 묻고는 그의 뒤를 따라 떠났다. 형사는 말없이 벨로코피토프의 대답을 듣더니 고개를 끄덕이고는 예레메이치에게 지시를 내리고 떠났다. 도착하는 승객들이 발에 걸려 넘어지지 않도록 가능하면 여행가방을 멀리까지 옮기라는 것이었다.

예레메이치는 화가 나서 여행가방을 단호히 둘러메고는 어디로 옮겨야 하는지 물으며 앞장서서 걸었다.

"도대체," 벨로코피토바 부인이 물었다. "당신 어디로 갈 거예요?"

이반 이바노비치는 약간의 망설임과 불안을 느끼며 어디로 가야 할지 생각했지만 알 수 없었다. 그는 이 근처 어디에, 임시라도 좋으니 방이 있는지 예레메이치에게 물었다.

예레메이치는 다시 가방을 내려놓고 골똘히 생각에 잠겼다. 그러다가 마침내 카테리나 바실리예브나 콜렌코로바의 집 외에는 아무 데도 갈 곳이 없다고 결론을 내리고 앞장서서 걷기 시작했다. 그러나 이반 이바노비치가 그를 따라와, 자신은 그 착하디착한 카테리나 바실리예브나 부인을 알고 있고, 그녀가 어디에 사는지 기억하고 있으며, 자신이 앞장서서 길을 안내하겠다고 말했다.

그는 두 팔을 흔들며 앞장서서 걸었다. 그의 우아한 외국산 구두가 진흙탕에 빠져 질척거렸다.

예레메이치가 땀을 뻘뻘 흘리며 그 뒤를 따랐고, 다시 그 뒤를 니나 오시포브나 아르부조바가 따라 걸었다. 그녀가 치마를 들어올리자, 연회색 양말을 신은 가는 두 다리가 드러났다.

4

벨로코피토프는 카테리나 바실리예브나 콜렌코로바의 집에 거처를 마련했다.

그녀는 순박하고 선량한 여자로, 이상한 이유 때문에 정치적 사건을 빼고는 무엇에든 흥미를 느꼈다.

카테리나 바실리예브나는 기쁜 마음으로 벨로코피토프 부부를 집에 받아들였고, 제1시립제빵소 책임자인 야르킨 동무의 방과 나란히 있는 가장 좋은 방을 배정하겠다고 말했다.

카테리나 바실리예브나는 심지어 약간은 장엄하게 그들을 방으로 안내했다.

이반 이바노비치는 지방 주택의 오래되고 익숙한 냄새를 들이마시며 현관방으로 들어갔다. 알 수 없는 전율이 느껴졌다. 벽에 구멍이 숭숭 뚫려 있는, 목재로 된 단출한 방. 구석에는 세면대*가 줄에 걸려 있고, 바닥에는 쓰레기 더미가 뒹굴었다.

이반 이바노비치는 의기양양하게 현관방을 지나 잊고 있던 점토 세면대를 흥미롭게 바라보며 방으로 들어갔다. 모든 것이 단번에 그의 마음에 들었다. 마루가 삐걱대는 소리, 얇은 칸막이, 지저분한 작은 창문, 그리고 낮은 천장. 방도 그의 마음에 들었다. 하지만 사실 방은 중요하지 않았다. 작가의 생각에 사실 방은 오히려 역겨웠다. 그런데 어찌 된 일인지 니나 오시포브나도 방에 호의적으로 반응했고, 임시 거처로는 절대적으로 괜찮다고 덧붙였다.

작가는 이것은 전적으로 여행자들이 피곤했기 때문이라고 덧붙이고 싶다. 훗날 작가는 여러 번 이 방에 갔다. 작가 자신이 가난한 사람들과 함께 아주 나쁜 조건의 개인 주택에서 살고 있었음에도 불구하고, 그 방보다 더 몰취미한 주거환경은 본 적이 없다. 여행자들을 진

---

* 물꼭지가 달린 물통이다. 물이 든 물통을 줄에 매달아놓고 물꼭지를 틀어 얼굴이나 손을 씻는다.

심으로 존경했던 작가는 그들의 취향에 완전히 놀라고 말았다. 누런 벽지는 떨어져 휘어 있었고, 방수포를 씌운 소박한 식탁, 의자 몇 개, 소파와 침대가 빈약한 가구의 전부였다. 유일한 장식품은 벽 높이 매달린 사슴뿔이었다. 유감스러운 일이지만, 사슴뿔이 있다고 별로 나아지지는 않았다.

아무튼 벨로코피토프 가족은 카테리나 바실리예브나 콜렌코로바의 집에 임시 거처를 마련했다.

곧 그들은 조용하고 리듬감 있는 생활을 영위했다. 길이 더럽고 분간할 수도 없어서 처음 며칠 동안은 두문불출했다. 그들은 안에 머물며 방을 정리하거나, 사슴뿔에 황홀해하거나, 자신들이 받은 인상을 서로 나누었다.

이반 이바노비치는 즐거워했고, 장난을 치기도 했다. 그는 창문으로 달려가 암송아지나 길거리의 오물을 쪼아먹기 위해 달려가는 멍청한 닭을 보며 환호했고, 현관방으로 달려가 어린아이처럼 웃으며 세면대 물꼭지 이쪽저쪽에 대고 물을 튀기며 손을 씻었다.

아주 섬세하고 요염한 인물인 니나 오시포브나는 점토 세면대에 대한 그의 열광을 공유하지 않았다. 그녀는 까다로운 미소를 지으며 어떤 경우에도 자신은 발판이나 페달이 달린, 그래서 누르면 물이 나오는 제대로 된 세면대를 선호한다고 말했다. 그러나 세면대에 대해 특별히 화를 내지는 않았다. 반대로 그녀는 여러 번 이렇게 말했다.

"임시니까 그렇게 해요. 화 안 내요. 문장(紋章)이 새겨진 종이가 없으면 보통 종이에라도 써야죠."

니나 오시포브나는 아침에 씻고 나면 발그스름하고 생기를 띤 스무 살 아가씨처럼 젊어져 만족스러운 표정으로 방으로 달려와 발레복(아시겠지만 팬티에 망사 치마가 있는 발레복이다)을 입고 춤을 추었다. 그녀는 거울 앞에서 우아하게 이쪽 발로, 혹은 저쪽 발로, 혹은 두 발로 동시에 서서 무릎을 구부리며 연습했다.

이반 이바노비치는 그녀와 그녀의 별것도 아닌 정교한 동작을 다정하게 바라보며 그래도 시골 공기가 그녀에게 긍정적인 도움을 주었고, 이미 그녀가 어느 정도 건강을 회복했고 살도 쪘으며, 그녀의 두 다리도 베를린에서처럼 지나치게 가늘지는 않다고 생각했다.

플리에* 동작에 지치면 니나 오시포브나는 안락의자에 앉았다. 이반 이바노비치는 그녀의 손을 다정하게 쓰다듬으며 이곳에서의 삶에 대해, 십일 년 전 차르 헌병의 박해를 받아 어떻게 도피했는지에 대해, 도피 후 처음 몇 년간을 어떻게 보냈는지에 대해 이야기했다. 니나 오시포브나는 돈이 얼마나 있었는지, 어떤 땅들을 소유했었는지 생생한 흥미를 보이며 남편에게 물었다. 그녀는 그가 그토록 빨리, 그리고 즉시 재산을 탕진한 것에 놀라고 전율하며 그의 어리석은 태평함과 기행을 나무랐다.

"어떻게 그럴 수가! 어쩌면 그렇게 돈을 막 쓸 수 있어!" 그녀는 분노를 억누르며 말했다.

이반 이바노비치는 어깨를 으쓱하고 대화 주제를 바꾸려고 애썼다.

때때로 카테리나 바실리예브나가 그들의 대화를 중단시켰다. 그녀는 방으로 들어와 문가에 서서 몸을 이리저리 흔들며 도시의 온갖 변

---

* 발레에서 다리를 구부리는 동작.

화와 소문에 대해 이야기했다.

이반 이바노비치는 자신의 먼 친척들과 몇 명 되지 않는 지인들에 대해 열심히 물었다. 그들 대부분은 그동안 사망했고 다른 이들은 정치적 이민자가 되어 떠났다는 것을 알고 나자, 그는 머리를 저으며 불안스럽게 방 안을 돌아다녔다. 니나 오시포브나가 그의 손을 잡아 의자에 앉히고, 그가 눈앞에서 왔다갔다하는 바람에 신경이 날카로워졌다고 말했다.

그렇게 별다른 흥분, 근심, 그리고 사건 없이 처음 며칠이 지나갔다. 다만 한 번, 저녁 무렵에 이웃인 예고르 콘스탄티노비치 야르킨이 문을 두드리고 들어와 인사하고는 외국생활에 대해 한참을 질문하더니, 마지막으로 구석에 세워놓은 여행가방을 팔 의향이 있는지 물었다.

가방을 팔지 않고 그냥 갖고 있으려 한다는 것을 알고서 예고르 콘스탄티노비치는 좀 기분이 상해서 그들에게 말없이 인사하고 방을 나갔다.

니나 오시포브나는 꺼림칙한 눈초리로 그의 황소 같은 목과 널찍한 뒷모습을 바라보았다. 이 지방 촌놈들 중에서는 진정 세련된 남자를 찾을 수 없단 말인가, 하고 생각했다.

5

그렇게 삶은 하루하루 흘러갔다.

진창길은 이미 어느 정도 말랐고, 보행자들이 길을 따라 이리저리 거닐기 시작했다. 그들은 일 때문에 서두르거나 산책을 하며 해바라기 씨를 까먹고, 웃고, 남의 집 창문을 기웃거리기도 했다.

때로 가축들이 길거리로 나와 풀을 뜯어먹거나 발로 흙을 헤집었고, 살을 찌우며 천천히 집 옆을 지나다녔다.

고등교육을 받았고 뛰어난 스페인어 실력과 어느 정도의 라틴어 실력을 갖춘 이반 이바노비치는 자신의 미래에 대해 전혀 걱정하지 않았다. 그는 빠른 시일 내에 자신에게 어울리는 직업을 찾게 될 것이고, 그런 뒤 훨씬 더 안락한 새집으로 이사할 수 있기를 바랐다. 아내와 이 문제에 대해 이야기할 때 이반 이바노비치는 지금 금전적으로 약간 쪼들리기는 하지만 조만간 형편이 나아질 거라고 침착한 어조로 설명했다. 니나 오시포브나는 가능하면 빨리 일을 시작할 것과 자신의 상황을 확실하게 해줄 것을 집요하게 부탁했다. 이반 이바노비치는 그녀에게 그러겠다고 약속하고 내일이라도 이 일을 실행에 옮기겠다고 말했다.

그러나 그의 첫걸음은 성공적이라 할 수 없었다. 다음날 약간 주눅이 든 이반 이바노비치는 어느 관청을 방문했지만 서럽고 약간 겁먹은 듯한 모습으로 돌아왔다. 그는 어깨를 움츠리고 아내에게 변명했다. 많이 배운 사람이라 해도 지금 당장 힘들이지 않고 괜찮은 일자리를 얻을 수는 없다고 설명했다.

이제 그는 매일 아침 일자리를 찾아 외출했지만, 적절한 자리가 없다는 이유로, 또 근무 경력이 없다는 이유로 거절당했다.

그런데 이반 이바노비치는 어디서든지 극진하고 정성스러운 환대를 받았다. 사람들은 많은 관심을 보이며 외국에 대해, 새로운 세계대전의 가능성에 대해 물어댔다. 그러나 일자리 문제로 화제가 넘어가기만 하면 두 팔을 벌리고 머리를 저으며 자신들은 아무것도 할 수 있는 것이 없다, 스페인어는 아주 유쾌하고 흔치 않은 언어지만 유감스럽게도 수요가 감지되지는 않는다고 말했다.

벨로코피토프는 더이상 자신의 스페인어 실력에 대해 말하지 않게 되었다. 실용적인 용도를 알고 난 후 그는 라틴어 실력을 더 강조했다. 그러나 라틴어도 이반 이바노비치를 곤경에서 구해주지 못했다. 사람들은 그의 말을 경청하고 관심을 갖기도 했다. 라틴어로 시나 문장을 읽어달라고 청하기도 했지만 아무도 실용적인 용도를 발견하지는 못했다.

이반 이바노비치는 라틴어를 더이상 강조하지 않게 되었다. 그는 필사 업무를 청하기도 하고 심지어 서류철 묶는 일도 부탁했지만, 사람들은 그가 무엇을 할 수 있는지, 근무 경력이 있는지를 물었다. 이반 이바노비치가 아무것도 할 줄 아는 것이 없고 어떤 근무 경력도 없다는 것을 알고 나자, 그들은 화를 내며 쓸데없는 일로 근무중에 사람을 방해해서는 안 된다고 말했다.

그런데 확실한 약속은 하지 않았지만 어느 곳에선가 벨로코피토프에게 한 달 후에 다시 들르라고 말했다.

이반 이바노비치는 이제 음울하고 기가 죽어 집으로 돌아오게 되었다. 그는 저녁을 급히 대충 때우고, 바지를 입은 채 침대에서 벽을 향해 돌아누워 아내와의 대화와 다툼을 피했다.

그녀는 팬티 위에 망사 치마를 입고 바보스럽게 거울 주위에서 도약하고, 발을 구르고, 팔꿈치가 뾰족한 가는 팔을 위로 추켜올렸다.

때로 그녀는 부부싸움을 걸었다. 이반 이바노비치에게 온갖 듣기 싫은 말을 쏟아붓고, 그가 자신을 외국에서 이런 공허한 생활로 이끌었다는 사실에 분개하며 소리를 질러댔다. 그러나 이반 이바노비치는 자신의 잘못을 느끼고 알았기 때문에 아무 말도 하지 않았다. 다만 어느 날은 자신도 아무것도 이해할 수 없다, 그 자신도 스페인어와 자신의 인생 전체 때문에 혼란스럽다고 말했다. 그는 품위 있는 직장에 취직하기를 계획했지만 뜻대로 되지 않았다. 밝혀진 것처럼 그는 아무것도 할 줄 몰랐고, 아무것도 할 수 없었으며, 그것에 대해 한 번도 고민해본 적이 없었기 때문이다. 니나 오시포브나는 계속 이런 식으로 살 수는 없다, 어떻게든 끝을 내야 한다, 결국 우리는 여기저기에, 심지어 선량한 집주인 카테리나 바실리예브나에게도 빚을 지고 있다고 말하고는 울음을 터뜨렸다. 그러나 그는 울지 말라고 아내를 달래면서 이웃인 예고르 콘스탄티노비치 야르킨에게 여행가방을 팔자고 그녀에게 제안했다.

그녀는 그렇게 했다. 직접 가방을 들고 야르킨의 방으로 가서 한참을 있더니, 손에 돈을 들고 기분이 약간 좋아져서 돌아왔다.

그 이후로 이런 장면은 반복되지 않았다. 더 솔직히 말하면, 이반 이바노비치가 불편한 상황을 예견하고는 모자를 쓰고 거리로 나갔던 것이다. 거리로 나가기 위해 현관방을 지날 때면, 이웃 예고르 콘스탄티노비치가 빵조각이나 샌드위치를 대접하면서 아내와 이야기를 나누는 소리가 좁은 벽을 사이에 두고 들렸다.

이반 이바노비치는 출입구를 지나 수로로 가 그곳에 서서 기다란 길을 우울하게 바라보았다. 때로 그는 두 팔로 무릎을 감싼 채 작은 정원 근처의 작은 벤치에 꼼짝 않고 앉아 지나가는 행인들을 불안하게 바라보았다.

일로 바쁜 사람들이 그 옆을 지나갔다. 바구니인지 자루인지를 든 어떤 여자가 호기심 어린 시선으로 이반 이바노비치를 쳐다보았다. 그녀는 열대여섯 번씩 몸을 돌려 힐끗거리며 멀리 사라져갔다. 어떤 조그만 녀석들은 그 옆을 달려 지나가며 혀를 삐쭉 내밀거나 앉아 있는 그의 무릎을 때리고 쏜살같이 멀리 도망쳤다.

이반 이바노비치는 이 모든 것을 슬픈 미소를 지으며 바라보기만 했다. 그는 내내 딱 한 가지에 대해, 자신의 인생과 다른 사람들의 인생에 대해 무수히 생각했다. 그 둘 간의 어떤 차이나 지독한 불행의 원인을 찾으려고 했다.

한번은 섬유공장 노동자들이 아코디언을 연주하며, 농담을 주고받거나 노래를 부르며 벨로코피토프 곁을 지나갔다. 그때 그는 좀 기분이 좋아져서, 즐겁고 우렁찬 노래와 고함과 환호를 들으며 그들을 바라보았다.

그런 날이면, 수로 옆길에 앉아 있는 날이면 이반 이바노비치는 괜히 쓸데없이 이곳으로, 이 도시로, 이 거리로 돌아왔구나 하는 생각이 들었다. 그러나 어디로 가야 한단 말인가! 그는 알 수 없었다. 그러면 이반 이바노비치는 훨씬 더 깊은 근심에 잠겨 꾸부정한 자세로 땅에 발을 끌며 집으로 돌아가는 것이었다.

6

이반 이바노비치는 완전히 기가 죽었다. 귀환 직후의 의기양양했던 정서는 말 없는 슬픔과 무기력으로 바뀌었다.

그는 불가사의한 삶 앞에서 경악했다. 삶이란 지상에서의 존재권리를 획득하기 위한, 목숨을 건 투쟁 같았다. 그는 죽음과 같은 슬픔 속에서 문제는 바로 삶의 지속이라고 느끼며 자신의 능력, 자신의 지식, 그리고 그것을 적용할 수단을 생각하고 찾았다. 알고 있는 모든 것을 차례로 상기한 후, 그는 자신이 아무것도 모른다는 서글픈 결론을 내렸다. 그는 스페인어를 알았고, 하프를 탈 줄 알았으며, 전기에 대해서도 좀 알았다. 예를 들면 벨을 설치할 줄 알았지만 이 도시에서는 불필요했고, 시민들은 좀 웃기는 오락거리 정도로 생각할 것 같았다. 사람들이 그의 면전에서 비웃지는 않았지만, 그는 그들의 얼굴에서 동정의 미소와 교활하고 비웃는 시선을 보았다. 그럴 때면 그는 움츠리며 자리를 떴고, 사람들과 더이상 만나지 않으려고 노력했다.

일상이 되어버린 습관에 따라 그는 여전히 매일, 그리고 규칙적으로 일자리를 찾으러 집을 나섰다. 서둘지 않고 가능하면 천천히 걸으려고 애썼으며, 이제 예전처럼 떨지 않고도 자신의 요구를 피력하곤 했다. 한 달이 지난 뒤 다시 오라는 소리를 듣기도 하고, 그저 간단하고 짧게 거절당하기도 했다.

한번은 막막한 절망에 빠져 사람들에게 마음껏 욕설을 퍼부으며 일자리와 즉각적인 지원을 제공할 것을 요구하고 국가에 대한 자신의 공로를 열거했다. 그렇게 하고 떠날 때, 그는 극도의 비참함과 누군가의 잔인성을 느꼈다.

그는 이제 온종일 도시를 돌아다니다가, 저녁이면 반쯤 기아 상태가 되어 얼굴을 잔뜩 일그러뜨린 채 목적 없이 이 거리에서 저 거리로, 이 건물에서 저 건물로 배회하였다. 집에 도착하는 시간을 늦추기 위해서였다.

한번은 도시를 가로질러 걸은 적도 있었다. 그는 어느 곳에도 들르지 않고, 멈추지도 않고, 계속 똑바로 걸었다. 변두리 마을을 지나 사방이 트인 벌판으로 나갔고, '개의 숲'을 가로질러 숲으로 들어갔다. 그곳에서 어두워질 때까지 돌아다니다가 집으로 갔다.

그는 자기 방으로 들어갔다. 눈을 감고 있었지만, 니나 오시포브나가 꼼짝도 하지 않고 거울 옆 왼쪽 구석에 앉아 표독스럽게, 아니면 눈물을 글썽이며 자기를 바라본다는 것을 알고 있었다.

그는 대화를 피하고 마주치는 것조차도 피하며 집에는 잠시, 밤 동안에만 머물려고 애썼다.

그러던 어느 날, 그는 자진해서 아내에게 말을 걸었다. 그는 모든 것이 허사가 되었다, 이제 모든 것을 운명에 맡기려 한다, 니나 오시포브나 그녀가 필요하다고 생각하면 원하는 대로 그의 소유물을 처분해도 된다고 말했다. 이 대목에서 그는 남아 있는 여행가방과 외제 옷가지들 중 몇몇을 염두에 두었다.

얇은 칸막이를 통해 이 말을 엿들은 예고르 콘스탄티노비치 야르킨이 방으로 들어와, 자신은 기꺼이 그들의 소망에 응할 것이지만 여행가방만은 절대 사절이라고 말했다.

"여행가방, 그까짓 것." 예고르 콘스탄티노비치는 얼굴을 찌푸리며 말했다. "다른 거 뭐 팔 만한 것은 없어요?"

있다는 것을 알고 그는 여러 물건들과 바지를 눈 가까이에 대고 살펴보기 시작했다. 그리고 물건들을 빛에 비춰보면서 욕을 해댔다. 물건 값을 깎으려는 수작이었다.

니나 오시포브나는 이유는 모르겠지만 생기를 띤 채 들떠서 예고르 콘스탄티노비치와 농담을 하고, 그의 팔을 가볍게 툭 치기도 하고, 안락의자 팔걸이에 우아하게 앉아 가는 다리를 흔들기도 했다.

마침내 예고르 콘스탄티노비치는 돈을 내려놓고 공손하게 인사를 하고는 물건을 들고 떠났다.

이때부터 며칠은 평화롭고 조용하게 지나갔다. 주말 아침에 집을 나갔던 이반 이바노비치는 대낮에 경이로운 광채를 내뿜으며 돌아왔다. 드디어 일자리를 얻게 된 것이다.

그는 길거리에서 옛 친구를 만났다. 친구는 관심을 갖고 이것저것 물었고, 이반 이바노비치의 돌아버릴 것 같은 형편에 대해 알게 되자 머리를 움켜쥐고 어떻게 하면 당장, 그리고 즉시 친구에게 도움을 줄 수 있을까 하고 고민했다. 그는 약간 난감한 표정을 지으며 임시직이지만 소비조합에 한 자리를 마련해줄 수 있을 것 같다고 말했다. 그러나 그것은 어디까지나 임시직이고, 이반 이바노비치와 같이 교육받은 사람은 그에 상응하는 직업이 필요하다는 것이었다.

이반 이바노비치는 격한 기쁨을 느끼며 그 제안을 덥석 움켜잡고, 자신은 일찍부터 조합에 뜻이 있었다, 그 일이 정말 마음에 든다, 미덥지 못한 다른 것들은 전혀 원하지 않는다고 말했다. 모든 것에 대해 합의한 후 이반 이바노비치는 황급히 집을 향해 내달렸다. 집에서 그는 카테리나 바실리예브나와 아내의 손을 잡아당기며 자신의 직장에 대해 목메어 말했다.

즉석에서 그는 순응의 불가피성에 대한, 단순하고 원시적인 삶에 대한, 살 권리가 있는 인간 각자는 모든 생물과 짐승들이 그런 것처럼 시간의 변화에 따라 필연적으로 껍데기를 벗지 않으면 안 된다는 것에 대한 하나의 온전한 철학체계를 그들 앞에서 설파했다.

이것에 대해 말하는 그의 언어는 얽혀 부서졌고, 단어는 중간중간 끊어지고 생각은 이리저리 날뛰었지만, 그는 사력을 다해 자신의 이론을 증명하려 했다. 니나 오시포브나는 멍하니 그의 말을 들으면서 신경질적으로 줄담배를 피워댔다.

작가는 이반 이바노비치 벨로코피토프가 흥분으로 약간 들뜬 상태에서 그 위대한 과학 이론에 대해, 교감에 의한 색상 변화에 대해, 소위 의태(擬態)에 대해 말했다고 추측한다. 줄기를 기어가는 곤충이 자기를 빵 부스러기로 오인한 새가 쪼아먹는 것을 피하기 위해 줄기와 같은 색으로 변한다는 의태 말이다.

이 모든 것이 작가에게는 분명하고 명료하다. 작가는 니나 오시포브나가 무슨 말인지 이해하지 못하고 멍하니 있은 것에 대해 전혀 놀라지 않는다. 작가는 발레리나들을 지나칠 정도로 대단하게 평가하지는 않는다.

7

이반 이바노비치 벨로코피토프는 '인민복지' 소비조합에 취직했다.

이제 이반 이바노비치는 어두컴컴할 때 일어나 이미 낡은 정장을 입고, 아내의 잠을 깨우지 않게 발끝으로 걸어 집을 나와 일터로 달려갔다. 그는 거의 언제나 1등으로 출근해서 드디어 책임자가 도착하여 상점 문을 열 때까지 한 시간, 때로는 그 이상을 문 앞에 서 있었다. 그리고 바로 그 책임자와 함께 마지막으로 상점에서 나오면 수로를 훌쩍 건너뛰어 발걸음을 재촉해 집으로 갔다. 그의 손에는 조합에서 얻은 먹을거리가 들려 있었다.

그는 숨을 헐떡이며, 할 말이 너무 많아 말꼬리를 잘라가며 이 일자리가 정말 마음에 꼭 든다, 나는 인생에서 더 좋은 것을 원하지 않는다, 판매원이 된다 해도 그리 부끄럽거나 모욕적이지 않을 것이다, 끝으로 일은 아주 즐겁고 어렵지도 않다고 아내에게 말했다.

니나 오시포브나는 이반 이바노비치의 인생에 일어난 변화를 아주 호의적으로 받아들였다. 그녀는 이것이 임시직이라면 처음 생각했던 것처럼 그리 나쁠 것도 없으며, 훗날 그들 스스로 자그마한 소비조합을 열 수도 있을 거라고 말했다. 이 생각을 좀더 발전시켜 자신들이 물건을 파는 장면을 그려보자, 그녀는 완전히 황홀한 지경에 이르렀다. 팔소매를 걷어올리고 도끼를 든 강건한 남편이 판매대 뒤에 서 있고, 우아하고 가볍게 분칠한 그녀는 계산대 뒤에 서 있다. 그렇다. 그녀는 반듯이 계산대 뒤에 서서 손님들을 향해 즐겁게 미소지으며 돈을 세고, 그것을 묶어 반듯한 돈다발을 만들 것이다. 그녀는 돈을 사랑한다. 돈은 아무리 더러워도 부엌용 앞치마와 그릇보다는 훨씬 깨끗하다.

이런 생각을 하며 니나 오시포브나는 손바닥을 치더니, 착 달라붙는 발레용 상의와 망사 치마를 입고 다시 바보스러운 도약과 묘한 동작들을 연습하기 시작했다. 하루의 노동에 지친 이반 이바노비치는 초조히 아침을 기다리며 쓰러져 잠이 들었다.

저녁 무렵 집에 돌아오면 이반 이바노비치는 다시 하루 동안 겪은 일들에 대해 아내와 이야기를 나누거나 오늘 어떤 식으로 저울에 기름을 달았는지 웃으며 이야기했다. 저울을 손가락으로 가볍게, 거의 알아채지 못할 정도로 살짝 누르면 물건의 무게가 변하고, 그러면 뭔가 판매원 몫으로 떨어지는 것이 있다는 것도.

니나 오시포브나는 이 대목에서 아주 활기를 띠었다. 그녀는 좀 놀랐는데, 이반 이바노비치가 두 손가락이 아니라 한 손가락으로 저울을 눌렀기 때문이었다. 두 손가락으로 하면 비계의 양을 더 적게 할 수 있을 거라고 그녀는 말했다. 이 대목에서 그녀는 점토 같은 밝은 색 오물을 기름 대신 슬쩍 끼워넣으면 안 된다는 것에 대해 아주 아쉬워했다.

그 당시에 이반 이바노비치는 아내의 생각을 비웃고, 자신의 일에 너무 간섭하지 말라고 부탁했다. 정도가 지나치면 그로 인해 일자리를 잃을 수도 있기 때문이었다. 그러나 니나 오시포브나는 지나치게 격식을 차리지 말고 너무 감상적으로 상황에 접근하지 말라고 화를 내며 충고했다. 이반 이바노비치는 동의했다. 냉소는 생활에 전적으로 필요하며 정상적인 것이다, 냉소와 잔혹 없이는 단 한 마리의 짐승도 살아갈 수 없다. 아마 냉소와 잔혹은 생명의 권리를 제공하는 가장 올바른 수단일 거라고 그는 어느 정도 감격한 어조로 말했다. 또 이반 이바노비치는 과거에 자신은 어리석고 감상적인 풋내기였으나 이제 어른이 되었으며, 그래서 삶이 얼마나 가치 있는지 알고 있으며, 자신이 과거에 이상으로 여기던 것들, 즉 연민, 관용, 도덕은 깨진 동전이나 썩은 계란만큼의 가치도 없다는 것까지 알고 있다고 말했다.

니나 오시포브나는 그런 추상적인 철학을 좋아하지 않았다. 그녀는 짜증을 내고 팔을 저으며 자신은 말이 아니라 실질적이고 눈에 보이는 사실과 돈을 더 좋아한다고 말했다.

그렇게 하루하루 흘러갔다.

이반 이바노비치는 이미 몇몇 물품을 구입하거나 얻었다. 예를 들어 그는 파란 테두리 장식이 있는 접시 몇 개, 냄비 두세 개, 그리고 마지막으로 석유곤로를 샀다.

이반 이바노비치가 석유곤로를 사던 날은 완전한 승리의 날이었다. 그는 직접 상자를 열고 그것을 어떻게 다루는지, 그것으로 어떻게 음식을 요리하거나 고기를 데우는지 니나 오시포브나에게 직접 보여주었다.

이반 이바노비치는 가장이, 타산적인 인간이 되었다. 그는 이웃에게 자신의 외제 정장을 헐값에 넘긴 것을 아주 애석해했다. 그러나 그것은 쉽게 다시 구할 수 있는 물건이며, 조만간 때 타지 않는 색으로 훌륭하면서도 수수한 정장을 한 벌 사겠다고 말하며 스스로를 위로했다.

그러나 이반 이바노비치는 정장을 사는 데는 실패했다.

어느 날 이반 이바노비치는 상점 문을 닫기 직전 양초 2푼트*와 비누 하나를 가방에 쑤셔넣고 마당을 지나 출구로 걸어갔다.

대문에서 경비가 그를 불러세우더니 가방의 내용물을 보여달라고 말했다.

웬일인지 갑자기 핼쑥해진 이반 이바노비치는 말없이 그 자리에 서서 꼼짝도 하지 않고 경비원을 바라보았다. 경비원은 수색을 하지 않고는 마당 밖으로 내보내지 말라는 엄중한 명령이 하달되었다고 말하고는 같은 요구를 반복했다.

아연실색한 이반 이바노비치는 그 돌발 상황의 의미를 파악하느라 애쓰며 그대로 서 있었다. 그는 경비원에게 가방을 열어주었다. 불운한 양초와 비누가 나왔다. 모여든 사람들 속에서 즐거운 탄성이 울렸다.

벨로코피토프는 경비대로 끌려갔고, 양초를 압수당하고 심문을 받았다. 그들은 그에 대한 치명적인 보고서를 작성한 후 그를 보내주었다. 사람들은 그의 우스꽝스러운 외모와 열린 빈 가방을 가슴에 꼭 품고 있는 모습을 보고 웃었다.

모든 일이 너무나 신속하고 예상치 않게 진행되어 이반 이바노비치는 자신이 지금 어떤 상황에 처했는지 제대로 파악하지도 못한 채 비틀거리며 길가로 나왔다. 우선 그는 집을 향해 가다가, 생 쥐스트 거리를 못 미쳐서 왼쪽으로 방향을 바꾸고는 팔을 전혀 흔들지 않고 얼굴을 돌리지도 않는 이상한 자세로 걸었다.

---

* 1푼트는 0.41킬로그램.

그렇게 몇 구간을 걸은 후 작은 벤치에 앉았다가 밤늦게 집으로 돌아왔다.

그는 맹인처럼 손으로 앞을 더듬으며 집으로 들어갔다. 그는 방에 들어가 침대에 누웠고, 몸을 벽으로 돌린 채 손가락으로 벽지의 무늬를 따라가며 그림을 그렸다.

아내에게는 단 한 마디도 건네지 않았다. 그녀도 아무것도 묻지 않았다. 미리 소식을 들어 알고 있었던 것이다. 이 소식을 그녀에게 알려준 사람은 일을 끝내고 집으로 돌아온 예고르 콘스탄티노비치였다.

이제 예고르 콘스탄티노비치는 벨로코피토프가 있을 때에도 벽을 살짝 두드린 다음 필요한 것이 있느냐, 샌드위치에 차 한잔 할 의향은 없느냐고 니나 오시포브나에게 물었다.

니나 오시포브나는 남편은 보지도 않은 채 바보같이 감미로운 음성으로 배가 목구멍까지 차서 잠자리에 누워야겠다고 대답했다. 예고르 콘스탄티노비치는 여전히 친절하고 예의 바르게 뭐라고 질문을 했지만, 그녀는 옷을 벗으며 하품을 하고는 잔다고 말했다.

실제로 그녀는 손으로 얼굴을 가리고 미동도 없이 소파에 이상하게 누워 있었다. 이반 이바노비치는 불을 끄려고 일어났지만, 소파를 보고는 다시 앉아 오랫동안 아내를 바라보았다. 그가 보기에 아내는 절망적인 상태였고, 거의 죽음 직전이었다. 그는 아내에게로 가 무릎을 꿇고 활기차고 평온한 어조로 무엇인가를 말하고 싶었다. 그러나 용기를 내지 못했다.

8

그는 침대 옆에 몸을 쭉 펴고 누워 꼼짝도 하지 않은 채 무엇인가에 대해 생각하려고 애썼다. 그러나 오늘 일어난 일들에 대해서가 아니라 아내에 대해서, 그녀의 슬픈 삶에 대해서, 모든 사람이 존재할 권리를 갖는 것은 아니라는 사실에 대해서 생각했다.

이런 상념에 잠겨 그는 잠들기 시작했다. 알 수 없는 무시무시한 피로가 그의 발을 결박했다. 어떤 무게가 그의 온몸을 짓눌렀다. 눈을 감자 그는 거의 실신 상태에 빠지고 말았다. 그의 호흡이 고르고 평온해졌다.

그러나 갑자기 조심스러운 발소리와 문이 삐걱거리는 소리가 나서 그는 몸을 떨며 잠에서 깼다.

그는 잠에서 깨 온몸을 떨었다. 침대에 앉아 조용히 방을 살펴보았다. 크지 않은 석유등잔이 긴 그림자를 인색하게 던지며 꺼질 듯 타고 있었다. 이반 이바노비치는 소파를 보았다. 아내가 없었다.

그는 그녀에 대한 불안과 흥분 때문에 뛰어일어나, 발끝으로 살살 방을 가로질러 걸어갔다.

다음에는 문 쪽으로 달려가 문을 열었다. 그는 놀라움과 이른 새벽의 추위 때문에 이를 부딪치며 복도로 내달렸다. 그는 부엌으로 뛰어들어 현관방을 살펴보았다. 모두 조용하고 평온했다. 이반 이바노비치를 보고 놀란 현관방의 암탉만이 옆으로 달아나며 끔찍한 울음을 울었다.

벨로코피토프는 부엌으로 돌아왔다. 그때 잠에 취한 카테리나 바실리예브나는 침대에 앉아 있었다. 그녀는 크게 하품을 하며 입 위에 작게 성호를 그었다. 그러면서도 그녀는 이상스러운 소음에 귀를 기울였다. 그러나 이반 이바노비치를 발견하고는 아무 일 없다는 듯이 다시 누웠다. 그가 화장실에 간다고 생각했던 것이다.

그러나 이반 이바노비치는 다가와서 그녀의 손을 잡아당기며 아내가 부엌에 왔었는지 말해달라고 부탁했다.

카테리나 바실리예브나는 성호를 긋고 팔을 벌리며 모른다는 구실로 말을 끊었다. 그런 다음에 치마를 입으며 니나 오시포브나가 나갔다면 틀림없이 다시 돌아올 거라고 말했다.

카테리나 바실리예브나는 옷을 다 입고 잠겨 있는 문으로 걸어가며 이반 이바노비치의 아내는 집 안에 있다고 말했다. 방에 없다면 십중 팔구 이웃 남자의 방에 있다는 것이었다.

그녀는 손가락으로 벨로코피토프를 복도로 이끌었다. 야르킨의 방문 앞에 이르자, 열쇠 구멍 앞에 웅크리고 앉았다.

이반 이바노비치도 문에 가까이 가고 싶었다. 그러나 그 순간 발밑의 마루가 삐거덕거리자, 방 안이 소란스러워졌다. 예고르 콘스탄티노비치 자신이 맨발을 끌고 문에 다가와 쉰 음성으로 물었다.

"누구요? 무슨 일이오?"

이반 이바노비치는 입을 다물고 싶었지만 말을 하고 말았다.

"난데요…… 니나 오시포브나 아르부조바가 당신 방에 있습니까?"

"내 방에 있소. 무슨 일이오?"

야르킨이 말했다. 그러더니 대답을 기다리지 않고 문의 손잡이를 잡았다.

방에서 속삭이는 소리가 단속적으로 들려왔다. 니나 오시포브나는 모든 것이 잘될 거라고 말하며 권총을 하나 달라고 고집스럽게 애원하고 있었다. 그러고는 스스로 문으로 다가와 손잡이를 잡고 크지 않은 소리로 물었다.

"바냐…… 당신이야?"

이반 이바노비치는 몸을 움츠리고 뭐라고 중얼거리더니 자기 방으로 사라졌다. 그는 침대에 걸터앉았다.

작가가 생각하기에 이반 이바노비치는 특별히 절망하지는 않았다. 이반 이바노비치가 뚜렷한 절망감을 보이며 침대에 앉아 있었다면, 처음 일 분간만 그랬을 것이다. 다음 순간 그는 잠시 생각한 후에 아마 기뻐하기까지 했을 것이다. 작가가 보건대, 이반 이바노비치는 기뻐하지 않을 수 없었다. 무지막지한 짐이 그의 어깨에서 떨어져나갔기 때문이다. 그럼에도 불구하고 니나 오시포브나의 생활에 대한 근심 걱정, 그녀를 만족시키기 위한 모든 것, 연극, 가장 좋은 빵을 그녀에게 제공하는 것은 그의 몫이었다.

이반의 삶이 극도로 나빠진 지금, 그런 여자를 계속 부양하는 것은 상당히 중요한 문제였다. 더구나 그녀는 거울 앞에서 하루를 뛰고 나면 2인분을 먹어치웠다.

그래서 그는 침대에 앉아 아무것도 두려울 것이 없다는 결론을 내렸다. 이반 이바노비치는 다시 누워 아침까지 눈을 감지 않고 그대로 있었다. 그는 아무런 생각도 하지 않았지만, 머리가 웅웅거렸고 골치가 아팠다.

일어났을 때, 그는 좀 다른 이반 이바노비치가 되어 있었다. 쑥 들어간 눈, 주름지고 누리끼리한 피부, 그리고 엉클어진 머리카락은 그를 완전히 바꾸어놓았다. 찬물로 세수를 해도 이 변화는 사라지지 않았다.

아침에 이반 이바노비치는 옷을 입고 늘 하듯이 머리를 빗은 후 집을 나섰다. 그는 천천히 걸어 소비조합까지 갔다. 그러나 갑자기 휙 몸을 돌려 부르르 떨더니 멀리 사라져갔다.

그는 음울하고 기계적인 걸음으로 한참을 걸었다. 도시를 벗어나 '개의 숲' 너머 숲속의 좋아하는 장소를 향했다.

그는 노란 가을 낙엽을 밟으며 숲속을 지나 빈터에 이르렀다.

숲속의 빈터에는 전쟁 후 남겨진 오래된 참호, 토굴, 엄폐 시설이 있었다. 녹슨 철조망이 다발로 말뚝에 걸려 있었다.

이반 이바노비치는 그곳을 사랑했다. 그는 여러 차례 참호를 따라 배회했고, 숲 가장자리에 눕기도 했으며, 이 모든 전쟁용 시설들을 둘러보며 자신의 생각에 교활한 미소를 짓기도 했다. 그러나 이제 그는 어느 정도 무심하게, 마치 아무것도 보이지 않는 듯이 그곳을 지나쳤다. 그는 숲에 도착하여 칠 년 전쯤에 판 반쯤 무너진 토굴에 앉았다.

그는 아무것도 생각하지 않고 오랫동안 그렇게 앉아 있었다. 그다음에는 좀더 멀리 걸어갔다가, 다시 돌아와 풀 위에 누웠다. 그는 오랫동안 엎드려 있었다. 무엇 때문인지 풀을 끝없이 잡아당겼다. 그리고 다시 일어나 도시로 갔다.

초가을이었다. 노란 낙엽들이 땅 위에 뒹굴었다. 마른 땅은 따뜻했다.

9

이반 이바노비치는 혼자 살게 되었다.

배회가 끝나 집에 돌아오면 이반 이바노비치는 슬픔으로 텅 빈 자신의 거처를 둘러보고 침대에 걸터앉아 니나 오시포브나와 함께 어떤 물건들이 방에서 사라졌는지 생각하곤 했다. 그런 물건은 상당히 많았다. 행복했던 시절에 산 석유곤로가 없고, 식탁보도 사라졌으며, 심지어 거울과 침대 앞의 작은 카펫도 걷어가버렸다.

이반 이바노비치는 사라진 물건들 때문에 마음 아파하지 않았다. '망할 놈의 물건들!' 선량한 이반 이바노비치는 판자벽 뒤에서 이야기 소리가 들릴 때면 이렇게 생각했다. 그러나 판자 뒤에서는 늘 소곤소곤 대화를 나누었고, 무슨 말인지 알아들을 수가 없었다. 다만 때때로 예고르 콘스탄티노비치의 낮은 음성이 들리곤 했다. 예고르 콘스탄티노비치는 자신의 새로운 행복과 니나 오시포브나가 남편에게 묻지도 않고 가져온 물건들에 대해 걱정하면서도 그녀를 즐겁게 해주려는 것 같았다.

그러나 이제 이반 이바노비치는 물건에는 신경 쓰지 않았다. 매일 아침 그는 도시 너머로 나가 '개의 숲'을 지나 빈터를 돌아 숲으로 나갔다.

그곳에서 그는 자신의 토굴 속에 앉아 있거나 숲을 거닐고, 나무 그루터기에 걸려 비틀거리며 자신의 새로운 상황에 대해서 생각, 더 정확히 말해 성찰했다. 그는 무슨 일이 일어났는지, 무엇 때문에 그 일이 일어났는지를 하나의 개념으로 정의하려고 애썼다.

그러나 알 수 없었다.

그는 존재에 대한 자신의 몇 가지 이론들이 자신의 삶에 전혀 적합하지 않으며, 적응도, 삶과의 치열한 투쟁도, 잔혹함도, 노동의 가능성까지도 불가피한 파멸로부터 자신을 구하지 못할 거라는 것만을 알았다.

파멸은 예정되어 있었다. 그는 그것을 알았다. 그러나 알 수 없는 의지 덕분에 그는 탈출구를 찾고, 이론적이긴 하지만 탈출의 가능성과 존재 연장의 가능성을 모색하려고 애썼다. 그는 죽음을 원하지 않았다. 반대로 그는 화를 내며 그 생각을 밀쳐냈다. 그는 죽음은 터무니없는 것이며 필요하지도 않다고 생각했다.

이반 이바노비치는 숲을 배회하며 왜 여기에 머물러 살면 안 된단 말인가 하고 생각했다. 그는 이미 반쯤 허물어진 토굴의 진흙과 먼지 구덩이 속에서 사는 자신의 모습을, 짐승처럼 네 발로 기어 굴에서 나와 먹이를 찾는 자신의 모습을 그려보았다.

하지만 다음 순간 그는 웃고 말았다.

이제 그는 저녁마다 집으로 돌아가지 않았다. 때로 그는 숲에 머물렀다. 그는 날버섯, 풀뿌리, 열매를 먹고, 반기아 상태로 팔베개를 하고 아무 나무 밑에서나 잠을 잤다.

비라도 오면 그는 토굴로 기어들었다. 마른 두 다리를 감싸고 몸을 웅크린 채 토굴에 앉아, 빗방울이 나무를 때리는 소리를 들었다.

10

가을이었다. 쉬지 않고 비가 내렸다. 다시 덧신 없이는 밖에 나갈 수 없게 되었다. 그리고 다리가 무릎까지 진창에 빠지기 시작했다.

니나 오시포브나는 예고르 콘스탄티노비치와 함께 조용하게, 걱정 없이 살았다. 그녀는 발레 연습을 중단했다. 그녀는 임신했고, 이 사실을 안 예고르 콘스탄티노비치는 후손을 걱정하여 분홍색 쓰레기를 입는 것을 무조건 금지했다. 그러지 않으면 그 넝마를 페치카*에 넣어 태워버리겠다고 위협했다. 니나 오시포브나는 떼를 쓰고 잠시 울기도 했지만 동의했고, 이제는 창문 근처에 앉아 아무런 감정 없이 지저분한 거리를 바라보았다. 언젠가 그녀는 자신의 남편에 대해 뭐 좀 아는 것이 있느냐고 예고르 콘스탄티노비치에게 물었다. 예고르 콘스탄티노비치는 가볍게 웃더니, 아이의 미래를 위해 남편에 대해서는 생각하지 말라고 부탁하며 손을 저었다.

니나 오시포브나는 아무 말 없이 왜 이웃 방에서 발소리가 들리는 일이 점점 줄어들까 생각했다.

실제로 이반 이바노비치가 집으로 가는 경우가 줄어들었다. 가는 경우에도 사람 만나는 것을 피했고, 만난다 해도 몹시 당황해하며 길 건너로 달려가버렸다. 그는 암갈색으로 변한 젖은 정장을 감추고 싶었던 것이다.

이반 이바노비치는 자기 방에도 들어가지 않았다. 그는 집에 돌아

___
* 벽면의 일부를 이루는 러시아풍의 난로.

오면 현관방에 멈춰 서서 카테리나 바실리예브나가 소리를 지르고 발을 구르며 그를 멀리 쫓아버리지는 않을까 걱정하면서 그녀와 인사를 나누었다. 그러나 카테리나 바실리예브나는 자신의 놀라움과 연민을 숨기지 않았다. 어찌 된 일인지 그녀는 그를 부엌으로 안내하지 않고, 빵, 수프 혹은 먹고 남은 온갖 음식을 현관방으로 가져다주었다. 그녀는 이반 이바노비치가 마른 회색 손가락으로 음식을 헤집고, 쩝쩝거리고, 이를 부딪치며 집어삼키는 것을 보며 참지 못하고 그만 울음을 터뜨렸다.

가져다준 것을 모두 먹은 후 이반 이바노비치는 빵 덩어리 하나를 집어들고 카테리나 바실리예브나의 옷소매를 건드리고는 다시 달려 나갔다.

그는 다시 자신의 토굴로 돌아갔다. 그리고 다시 늘 하는 자세 그대로 앉아서 옷에 침을 튀기며 기침을 해댔다.

그러나 이반 이바노비치 벨로코피토프가 미친 것은 아니었다. 작가는 옛 친구들 중 하나가 그와 만났다는 것을 확실히 알고 있다. 이반 이바노비치의 판단력은 온전했고, 심지어 자신의 인생에 대해 빈정거리듯 말하기도 했다. 그는 이 모든 것이 터무니없다고, 모든 것은 가을의 짐승 가죽처럼 사람에게서 기어나온 것이라고 말하면서 넝마가 된 외제 정장을 흔들어가며 크게 웃기도 했다.

그는 굳은 악수를 나누며 친구와 작별하고, 자신의 토굴로 갔다.

이제 이반 이바노비치의 삶은 이상하고 불가사의한 것이 되어버렸다. 그는 아무것도 생각하지 않고 아무렇게나, 그저 살아지는 대로 살려고 노력했다. 그러나 생각을 하지 않을 수는 없었고, 줄곧 인생에 대한 계획들을 갖고 살았다. 그는 토굴에서 사는 것이 그렇게 나쁘지는 않으나, 만성 기관지염과 코감기를 달고 사는 자신이 모든 동물 중에서 가장 형편없는 동물이라는 결론을 내렸다. 그렇게 생각하면서 이반 이바노비치는 서글프게 머리를 저었다.

이제 그는 불가피한 파멸에 대해 점점 더 자주 생각하게 되었다. 그러나 전처럼 화를 내며 자살에 대한 생각을 떨쳐버렸다. 그에게는 의지도 욕망도 없었으며, 어떤 동물도 스스로 목숨을 끊는 일은 없다는 생각이 들었다.

그것이 이반 이바노비치의 나약한 의지 때문이었는지는 확실하지 않다. 어떤 희망 때문이었는지도 알 수 없는 일이다. 어쨌든 이반 이바노비치는 어느 날, 그리고 예상치 않게 죽을 계획을 생각해냈다.

그때는 아침이었다. 이반 이바노비치가 부르르 몸을 떨며 토굴에서 잠을 깼을 때, 가을 해는 아직 나무들보다 낮게 걸려 있었다. 무지막지한 습기, 떨림과 오한이 그의 온몸을 휘감았다. 그는 잠에서 깨 눈을 뜨고, 문득 완전히 절망적으로 자신의 죽음을 생각하기 시작했다. 오늘 죽어야만 할 것 같았다. 어떻게? 왜? 그것은 아직 알 수 없었다. 그는 생각하기 시작했다. 문득 그는 야수처럼 필사적인 싸움중에 죽으리라고 결심했다.

그는 상상 속에서 그 싸움을 그려보았다. 그가 한 사람과 싸운다. 그의 아내가 몸을 맡긴 예고르 콘스탄티노비치라도 좋다. 그들은 서로 물어뜯고, 땅 위를 뒹굴고, 엎치락뒤치락하고, 머리카락을 잡아뜯는다.

이반 이바노비치는 마침내 잠에서 완전히 깨어 온몸을 떨며 땅 위에 앉았다. 그런 뒤 사소한 것 하나도 빠뜨리지 않도록 조심조심 차근차근 생각해보았다.

자, 그가 방으로 들어간다. 문을 열어젖힌다. 예고르 콘스탄티노비치 야르킨은 반드시 식탁 오른쪽에 앉아 있어야 한다. 니나 오시포브나는 배에 두 손을 포갠 채 창 쪽에 앉아 있을 것이다. 이반 이바노비치는 야르킨에게 다가가서 두 손으로 어깨와 가슴을 후려칠 것이다. 야르킨은 뒤로 넘어지면서 머리를 벽에 부딪히고, 그다음에는 일어나 권총을 빼들고 그를, 즉 이반 이바노비치 벨로코피토프를 쏠 것이다.

이반 이바노비치는 그런 계획을 생각해내고 벌떡 일어나다가 머리를 천장에 부딪힌 후 앉은 상태로 토굴에서 기어나왔다.

그는 편안하고 고른 걸음으로 세부적인 사항들을 생각하며 도시로 갔다. 다음 순간 그는 더 빨리, 그리고 단숨에 끝장내고 싶어서 갑자기 뛰기 시작했다. 큰 걸음으로 내달리자, 주위에 진흙, 낙엽, 물이 튀었다.

그는 한참을 달렸다. 거의 집 앞까지. 그런데 집이 눈에 들어오자, 그는 발걸음을 늦추고 아주 조용히 걷기 시작했다.

작고 하얀 개 한 마리가 아무렇지도 않다는 듯 그를 바라보고 있었다.

이반 이바노비치는 몸을 굽혀 땅에서 돌을 집어들고는, 정확히 개를 향해 던졌다.

개는 깨갱거리며 대문 뒤로 달아난 뒤 밖으로 얼굴을 내밀더니 이를 드러내고 필사적으로 짖기 시작했다.

이반 이바노비치는 진흙 덩어리를 움켜쥐고 다시 개를 향해 던졌다. 그리고 다시 한번 던졌다. 그런 다음 대문으로 가 개를 약 올리며 펄쩍 뛰어 발로 주둥아리를 후려갈기려 했다.

두려움과 광기에 사로잡힌 개는 극도의 공포 속에서 울부짖으며 윗입술을 추켜올린 채 사람의 발을 물어뜯으려 했다. 그러나 이반 이바노비치는 적당한 때에 교묘하게 자신의 발을 빼고, 손과 진흙으로 다시 개를 때렸다.

페펠류하 할머니가 자기 개를 괴롭히는 못된 아이들을 향한 듯한 무시무시하고 화난 표정으로 뜨거운 물에 데기라도 한 것처럼 집에서 뛰어나왔다. 그러나 그녀는·머리를 풀어 헤친 큰 어른을 보고는 입을 떡 벌리더니, 의식이 멀쩡한 시민이 개를 괴롭히다니 창피한 줄 아시오, 라고 우선 말했다. 그러나 그녀는 다시 말을 잊고 말았다. 놀라운 장면을 보고는 입을 멍하니 벌리고 멈춰 선 채 움직일 줄 몰랐다.

이제 이반 이바노비치는 무릎을 꿇은 채 개와 싸우고 있었다. 그는 두 손으로 개 주둥아리를 찢으려고 기를 쓰고 있었다. 개가 몸을 부르르 떨며 비명을 지르더니, 발로 땅을 긁으며 흙을 뿌려댔다.

페펠류하 할머니는 가늘고 기괴한 비명을 지른 뒤 이반 이바노비치에게 달려들었다. 그런 다음 그에게서 개를 빼앗고 집으로 달려들어갔다.

이반 이바노비치는 개에게 물린 손을 문지르며 무겁고 느린 걸음으로 자리를 떠났다.

작가는 이 사건에 대해 언급하는 것이 이상하기도 하고 기괴하기도 하다. 심지어 작가는 이반 이바노비치의 행동 때문에 약간 마음이 아프기까지 하다. 물론 작가는 페펠류하 할머니의 개를 수컷이든 암컷이든 전혀 동정하지 않는다. 작가는 다만 행동의 불명확성과 맹목성 때문에 마음이 아픈 것이다. 그 순간 이반 이바노비치가 정신이 있었는지 아니면 정신이 나갔었는지, 그것이 그저 장난이나 우연 혹은 극도의 신경쇠약이었는지 작가는 정말 모르겠다. 아무튼 이 모든 것은 극도로 불명확하고 심리적으로 이해 불가능했다.

존경하는 독자 여러분, 잘 아는 사람, 잘 아는 인물이라고 했는데 어찌 이토록 불확실할 수가 있는가! 그렇다고 잘 모르는 사람과 얽혀야 작가에게 좋단 말인가? 그러다간 결국 거짓말을 하게 될 것이다! 심지어 영국 작가 잭 런던도 거짓말을 했을 것이다. 이 점에 대해서는 아주 다양한 소문들이 있다.

예를 들어 페펠류하 할머니는 이반 이바노비치가 완전히 미쳤고, 혀는 축 늘어졌고, 입에서는 침이 흘러내렸다고 성호를 그으며 맹세했다. 누구 못지않게 경건한 부인인 카테리나 바실리예브나도 이와 유사한 견해를 피력했다. 그러나 역 짐꾼이자 노동영웅인 에레메이치는 정반대의 주장을 폈다. 그는 이반 이바노비치는 황소처럼 건강했으며, 병자와 비정상적인 사람들은 특수 시설에 수용하는 법이라고 말했다. 예고르 콘스탄티노비치 야르킨도 이반 이바노비치의 완전한 분별력과 확고한 의식을 확신했다. 존경하는 시트니코프 동무로 말하면 어떤 주장도 하지 않으려 했지만, 적어도 자신이 모스크바의 한 정신과 의사에게 문의할 수는 있다고 말했다. 그러나 그것은 시간이 오래 걸리고 믿을 수도 없었다. 시트니코프 동무가 편지를 쓰는 동안, 그리고 모스크바의 정신과 의사가 답변을 가지고 꾸물거리는 동안,

십중팔구 술이 거나하게 취한 모스크바의 또다른 정신과 의사가 답변을 하고, 황당무계한 이야기를 지어내어 그것을 신문에 발표한 뒤 자신은 아무 상관 없다고 둘러댈 것이다. 가장 좋은 것은 이 모든 것을 독자들의 양심적 판단에 맡기고 작가는 다음 이야기로 넘어가는 것이다.

11

이반 이바노비치는 옷에 손을 닦고 집을 향해 갔다. 개에 물린 손가락에서 피가 조금씩 흘러나왔지만, 이반 이바노비치는 아무것도 알아채지 못하고 통증도 느끼지 못한 채 집으로 갔다.

순간 그는 대문 앞에서 걸음을 멈추었다. 잠시 뒤를 돌아보고는 마당으로 급히 뛰어들어갔다. 계단을 뛰어올라가 문을 살짝 열고 조용히 현관방으로 들어갔다.

이상한 전율이 그의 몸을 훑고 지나갔다. 심장이 뛰고 숨이 턱턱 막혔다.

그는 현관방에 잠시 서 있다가 눈에 띄지 않게 복도로 들어갔다. 그런 다음 삐걱거리는 마루 위로, 야르킨의 방으로 다가가 걸음을 멈추고 귀를 기울였다.

늘 그런 것처럼 조용했다.

이반 이바노비치는 갑자기 문을 활짝 열고 문턱을 넘어 들어갔다.

모든 것이 이반 이바노비치가 생각한 그대로였다. 식탁 오른쪽에

야르킨이 앉아 있었다. 왼쪽 창가의 안락의자에는 니나 오시포브나가 두 손을 배에 포개고 앉아 있었다. 식탁 위에는 잔이 몇 개 있었다. 빵도 있었다. 석유곤로 위에서 주전자가 쉭쉭거리며 끓고 있었다. 이반 이바노비치는 한눈에 이 모든 것을 파악한 후, 움직이지 않고 서서 아내를 바라보았다.

니나 오시포브나는 그를 발견하고는 조용히 아, 하고 놀라며 안락의자에서 몸을 일으켰다. 예고르 콘스탄티노비치 야르킨은 그녀를 향해 손을 흔들며 아이를 위해 불안해하지 말라고 부탁했다. 그다음에 손님 쪽으로 가려고 몸을 일으켰다가 다시 앉았다. 그는 이반 이바노비치에게 문을 닫고 방으로 들어오라고 손짓했다. 공연히 방이 추워지는 것이 싫었던 것이다.

이반 이바노비치는 들어갔다. 그는 머리를 약간 숙이고 어깨는 약간 올린 채 앉아 있는 예고르 콘스탄티노비치에게 다가가 두 걸음쯤 떨어진 곳에 멈추었다. 갑자기 죽음과 같은 창백함이 예고르 콘스탄티노비치의 얼굴을 덮었다. 그는 몸을 약간 뒤로 젖힌 채 의자에 앉아 있었다. 입술을 움찔거리며 자리에서 움직이지 않았다.

이반 이바노비치는 몇 초 동안 말없이 서 있었다. 그리고 다음 순간 야르킨을, 그가 때릴 바로 그 부분을 재빨리 쳐다보고 나서 갑자기 조용히 웃었다. 그러고는 옆으로 약간 비켜서 의자에 앉았다.

예고르 콘스탄티노비치는 자기 자리에서 몸을 일으키고는 화가 난 악의적인 눈길로 이반 이바노비치를 바라보았다. 이반 이바노비치는 두 팔을 채찍처럼 늘어뜨린 채 앉아 멍한 눈길로 한 점을 응시했다. 그는 이 사람에게 악의도 미움도 없다고 생각했다. 그에게 다가가 때릴 수도 없었고, 그러고 싶지도 않았다. 그는 의자에 앉아 피로와 곤비함을 느꼈다. 아무것도 하고 싶지 않았다. 뜨거운 차를 마시고 싶었다.

그렇게 생각하며 그는 석유곤로를, 석유곤로 위의 주전자를, 얇게 자른 빵을 바라보았다. 주전자 뚜껑이 달싹거리고, 김이 뭉실뭉실 피어올랐다. 물이 쉭쉭거리며 석유곤로 위로 넘쳤다.

예고르 콘스탄티노비치가 자리에서 일어나 불을 껐다.

그러자 방 안에 완전한 정적이 흘렀다.

니나 오시포브나는 이반 이바노비치가 석유곤로를 뚫어지게 쳐다보는 것을 보고 다시 안락의자에서 몸을 일으켜 안쓰럽게 입술을 깨물며 불평하는 듯한 어조로 주장했다. 자신은 이 불행한 석유곤로를 절대로 슬쩍하고 싶지 않았으며, 이반 이바노비치에게 이것이 필요하지 않은 것을 알고 임시로 가져왔다고 말이다.

그러나 예고르 콘스탄티노비치는 그녀를 향해 손을 저은 후 흥분하지 말라고 부탁했다. 그는 절대로 이 물건을 공짜로 가져온 것은 아니며, 내일 시장 가격으로 계산해서 현금으로 깨끗하게 마무리짓겠다고 말했다.

"오늘이라도 돈을 드릴 수 있습니다." 예고르 콘스탄티노비치가 말했다. "그러나 돈을 바꾸어야 합니다. 내일 아침 반드시 들르도록 하시죠."

"좋습니다. 내일 들르겠습니다." 이반 이바노비치가 짧게 말했다.

그러더니 갑자기 불안에 떨며 의자에서 꼼지락거렸다. 그는 아내 쪽으로 몸을 돌리고 용서하기 바란다, 너무 피곤해서 이렇게 더러운 차림으로 의자에 앉은 것이다, 라고 말했다.

그녀는 불안해하며 애처롭게 입술을 꽉 다물고 머리를 끄덕였다. 그러고는 다시 의자에서 몸을 일으키고 말했다.

"바냐, 여보, 화내지 마요……"

"화내지 않아." 이반 이바노비치는 간단하게 대답했다.

그는 일어섰다. 아내에게로 가 인사하고 말없이 방을 나가 조용히 문을 닫았다.

그는 복도로 나왔다. 잠시 서 있었다. 그리고 현관으로 갔다.

부엌에서 카테리나 바실리예브나가 기다리고 있었다. 그녀는 웬일인지 말 꺼내기를 저어하며 몸짓으로 그를 불러 자리에 앉아 수프를 먹으라고 청했다. 이반 이바노비치도 웬일인지 아무 말도 하지 않고 말없이 머리를 흔들었다. 그는 조용히 미소지으며 주인 여자의 손을 어루만지고는 밖으로 나갔다.

12

다음날 이반 이바노비치는 돈을 받으러 오지 않았다. 그는 도시에서 자취를 감추었다.

예고르 콘스탄티노비치 야르킨은 손에 돈을 들고 이반 이바노비치를 찾느라 온갖 거리와 온갖 시설들을 직접 돌아다녔다. 예고르 콘스탄티노비치는 자신은 아무런 욕심이 없다, 석유곤로 값은 여기 있다, 이반 이바노비치를 찾지 못하면 이 돈을 고아원에 기부하겠다고 말했다.

예고르 콘스탄티노비치는 숲의 빈터로, '개의 숲' 너머로 달려갔으나 이반 이바노비치를 찾지 못했다.

죽은 후 자신의 몸을 드러내 보이기를 싫어하는 짐승처럼, 이반 이바노비치는 도시에서 흔적도 없이 사라졌다.

표트르 파블로비치 시트니코프 동무와 역 짐꾼이자 노동영웅인 예레메이치는 이반 이바노비치 벨로코피토프가 출발하는 기차에 올라타는 것을 본 것 같다고 한목소리로 주장했다. 그러나 왜 그가 기차에 올라탔는지, 어디로 떠났는지 아는 사람은 아무도 없었다. 아무도 더 이상 그에 대한 소식을 듣지 못했다.

13

멋진 봄이었다.

이미 눈은 다 녹았다. 새들은 다시 새로운 계절을 노래하고 있었다.

그러던 어느 날, 니나 오시포브나 아르부조바가 해산을 했고, 8푼트 반 되는 귀여운 사내아이를 세상에 선물했다.

예고르 콘스탄티노비치는 이루 말할 수 없이 행복하고 만족스러웠다.

그는 석유곤로 값 12루블을 금화로 고아원에 기부했다.

무서운 밤

1

쓰고, 또 쓰고, 그런데 무엇을 위해 쓰는지는 모르겠다.

십중팔구 독자는 이 대목에서 피식 웃을 것이다. 돈을 위해서지 뭐, 이런 놈들. 돈 받잖아? 참 많이도 처드시지, 라고 할 것이다.

아, 존경하는 독자 여러분! 도대체 돈이란 무엇인가? 돈을 벌면 장작도 사고 마누라에게 구두도 한 켤레 사준다. 이게 전부다. 돈에는 정신적 안정도 세계적인 사상도 없다.

하지만 그런 자잘한 지출만이라도 감당할 수 있다면, 작가는 문학과 완전히 결별하겠다. 글쓰기를 집어치우겠다. 펜대를 부숴서 마귀할멈에게 보내버리겠다.

정말 그렇다.

절망한 독자가 걸어가고 있다. 보면 알겠지만 그는 책에서, 그것이

뭔지는 모르겠지만, 환상의 맹렬한 비상, 그런 플롯을 갈망한다.

그런데 이런 모든 것을 도대체 어디에서 가져온단 말인가?

소부르주아 가정에서 태어난 작가는 지금까지도 돈, 꽃, 커튼, 부드러운 안락의자에 대한 소시민적 욕망을 억제할 수 없다. 그렇다면 작가는 어디에서 환상의 맹렬한 비상을 가져온단 말인가?

어떤 작가는 글을 쓸 때 이런 말에 전혀 신경 쓰지 않는다. 그는 달에 대해서도 쓰고, 환상의 맹렬함을 쏟아놓기도 하고, 야생동물들에 대한 이야기를 꾸며내고, 주인공을 포탄에 태워 달로 보내기도 한다.*

괜찮다.

명성은 무엇인가. 도대체 명성은 무엇이란 말인가? 명성에 대해 생각해야 한다면, 그것은 도대체 어떤 명성이란 말인가? 후손들이 우리의 작품들을 들여다볼 것인지, 그리고 지구가 어떤 지질학적 시대로 되돌아갈 것인지, 역시 알 수 없는 노릇이다.

자, 작가는 얼마 전에 독일 철학자의 글을 읽었는데, 우리의 모든 삶, 우리 문명의 개화는 바로 간빙기에 속한다는 것이다.

고백하건대, 작가는 그 글을 읽은 후에 온몸에 소름이 끼쳤다.

사실은 이렇다. 독자 여러분, 상상을 해보자…… 우리 일상의 염려에서 잠시 떨어져나와 이런 장면을 떠올려보자. 우리 앞에 어떤 생명

---

* 카를 프리드리히 뮌히하우젠 남작(Karl Friedrich, Baron von Münchhausen, 1720~1797)의 모험담을 가리킨다. 뮌히하우젠 남작은 독일 보덴제르더에서 태어나 러시아군에 가담하여 1750년까지 두 번에 걸친 터키와의 전쟁에 참여했다. 고향으로 돌아온 후에는 사람들에게 여러 가지 환상적인 무용담을 얘기해주었다고 전해지며, 그 이야기들은 그의 사후에 책으로 출판되었다. 그의 무용담 중 대표적인 것은 포탄을 타고 달을 여행한 이야기이다.

과 어떤 고도의 문명이 존재했는데, 멸망하고 말았다. 이처럼 이제 또 다른 문명이 개화하고 완전히 멸망할 것이다. 그런 일이 우리에게는 일어나지 않겠지만, 어차피 일시적이고 유한하며 우연적이고 지속적으로 변화하는 것들에 대한 유감 때문에 자신의 삶에 대해 완전히 새롭게 생각하고 또 생각하지 않을 수 없다.

그대가 문체는 고사하고 맞춤법 때문에 온갖 고생을 하며 글을 썼다고 하자. 그런데 오백 년이 지나 매머드란 놈이 그대의 원고를 발로 짓밟고 송곳니로 쑤시고 냄새 맡더니, 먹을 수 없는 쓰레기라 생각하고 던져버린다고 하자.

그대는 어디서도 위로를 찾을 수 없을 것이다. 돈에서도, 명성에서도, 존경에서도 찾을 수 없을 것이다. 게다가 삶이란 그 얼마나 웃기는 것인가.

예를 들어 그대가 교외로, 들판으로 나간다고 하자…… 교외에는 작은 집이 있다. 울타리도 있다. 참 지루한 장면이다. 눈물이 날 정도로 지루하게 생긴 암소란 놈이 서 있다…… 소 옆구리에는 똥…… 소는 어슬렁거리며 풀을 씹고…… 회색 메리야스 머플러를 쓴 시골 아낙이 앉아서 손으로 무엇인가를 만들고 있다. 그리고 닭이 돌아다닌다.

아, 이런 것을 보고 있다는 것은 얼마나 지루한 일이냐!

다시 도시로 가면, 그곳에는 가로등이 밝게 빛나고, 자신의 인간적 위대성을 완전히 의식하고 있는 시민들이 앞뒤로 돌아다닌다. 역시 환상의 맹렬함을 늘 볼 수는 없다.

그렇다. 사람들이 걸어다닌다.

독자 여러분, 걸어가보라. 그 사람의 뒤를 따라다니는 수고를 해보라. 그러나 별로 대단한 것이 나오지는 않을 것이다.

아마 그 사람은 3루블 정도의 돈을 빌리거나 애인을 만나러 가는 중일 것이다. 도대체 이게 뭐야!

그 사람은 연인에게 다가가 마주 앉아 사랑에 대해 무엇인가 말할 것이다. 아무 말도 하지 않을 수도 있고, 그저 연인의 무릎에 손을 올려놓고 눈을 바라보기만 할 수도 있다.

혹은 그 사람은 주인집을 찾아갈 것이다. 그는 앉아서 차를 한 잔 마시고, 사모바르에 얼굴을 비춰볼 것이다. 일그러진 얼굴. 그는 자신을 보고 조용히 웃고, 식탁보에 잼을 흘리고 떠난다. 모자를 비스듬히 엎어쓰고 떠날 것이다.

그 녀석에게 물어보라. 그가 왜 왔으며, 그것에 무슨 세계적 사상이 있는지를. 혹은 그것이 인류를 위해 유익한지를. 그 자신도 모를 것이다.

물론 이 경우에 이 지루한 도시생활의 모습들에서 작가가 택한 것은 자신과 비슷한 자잘하고 보잘것없는 사람들이지, 정치인들이나 계몽 일꾼들은 아니다. 실제로 이들은 사회적으로 중요한 업무와 사정 때문에 도시를 걷는다.

여성의 무릎 혹은 사모바르에 얼굴을 비춰보는 것에 대해 말할 때 작가가 이런 사람들을 고려한 것은 아니었다. 이 사람들은 실제로 무엇인가를 생각하고, 수고하고, 염려한다. 다른 사람들이 더 재미있게 살기를 원할 수도 있다. 또 환상의 맹렬함보다 좀더 큰 것을 꿈꿀 수도 있다.

광분하는 비평가들이 있다. 그들은 작가가 시골의 현실을 왜곡하고 긍정적인 면을 보려 하지 않는다는 이유를 들어 작가를 단죄하려고 사납게 달려든다. 앞서 나가는 감이 있지만, 작가는 그런 비평가들을 이렇게 비판하고 싶다.

존경하는 동무들, 우리는 현실을 왜곡하지 않는다.

작가는 그런 도시 사람을 하나 알고 있다. 거의 모든 사람들처럼 그도 조용히 살았다. 먹고, 마시고, 애인의 무릎에 손을 얹고, 그녀의 눈을 바라보고, 식탁보에 잼을 흘렸다. 그리고 돌려주지도 않으면서 3루블을 빌렸다.

작가는 이 사람에 대한 아주 짧은 소설을 쓰도록 하겠다. 아마 이 소설은 그에 대한 것이 아니라, 어리석고 하찮은 모험에 대한 것이 될지도 모르겠다. 이 모험 때문에 그 사람은 벌금으로 25루블을 날리게 된다. 이 일은 얼마 전인 1923년 8월에 일어났다.

이 사건에 환상을 섞어 버무린다? 그를 둘러싼 흥미진진한 결혼 이야기를 꾸며낸다? 천만의 말씀! 그런 것은 프랑스인들이 쓰도록 내버려두자. 우리는 아주 조용히, 우리는 아주 자그마하게 우리가 할 수 있는 그것을 하면 된다.

환상의 활기차고 맹렬한 비상을 찾고 자극적인 내용과 사건을 기대하는 즐거운 독자들, 작가는 그들을 편안한 마음으로 외국 작가들에게 보내는 바이다.

2

이 짧은 소설은 보리스 이바노비치 코토페예프의 삶 전체를 완전하고 자세하게 묘사함으로써 시작된다.

직업으로 보면 그는 음악가였다. 그는 심포니 오케스트라에서 트라이앵글을 연주했다.

이 악기에 대한 특별히 전문적인 명칭이 있을 수도 있지만, 작가는 모르겠다. 어쨌든 독자 여러분은 오케스트라의 가장 깊은 곳 오른쪽에 턱이 축 늘어지고 꾸부정한 사람이 크지 않은 철제 트라이앵글을 앞에 두고 서 있는 것을 본 적이 있을 것이다. 이 사람은 필요한 순간에 자신의 단순한 악기로 감상적인 음향을 만들어냈다. 보통 지휘자는 이 목적을 위해 오른쪽 눈으로 윙크했다.

이상하고 놀라운 직업들이 있다.

인간이 어떻게 그런 직업을 갖게 되었는지 오싹한 기분이 들기도 하는 직업들이 있다. 어떻게 외줄을 탈 생각을 하게 되었는지 혹은 코로 휘파람을 불거나 트라이앵글을 연주하게 되었는지 말이다.

그러나 작가는 자신의 주인공을 비웃지는 않는다. 아니다. 보리스 이바노비치 코토페예프는 훌륭한 심성을 지닌 사람으로, 어리석지도 않고 중등교육까지 받았다.

보리스 이바노비치는 도시에 살지 않았다. 그는 교외에, 즉 자연의 품에서 살았다.

자연이란 것이 대단히 눈에 띄는 것은 아니다. 그러나 집집마다 있는 크지 않은 정원, 풀밭, 도랑, 해바라기 씨 껍질이 떨어져 있는 나무 벤치, 이 모든 것이 합쳐져 매력적이고 유쾌한 풍광을 만든다.

이곳의 봄은 완전한 매혹 그 자체다.

보리스 이바노비치는 자드니 대로의 루케리야 블로히나의 집에서 살았다.

독자 여러분은 크지 않은 노란 목조 주택, 흔들거리는 낮은 울타리, 기울어진 넓고 노란 대문을 마음속에 그려보기 바란다. 마당 오른쪽에는 크지 않은 헛간이 있다. 예카테리나 2세 때부터 여기 서 있는 살이 망가진 갈퀴. 마차 바퀴. 마당 가운데의 바위. 맨 밑의 계단이 뜯겨나간 현관.

현관으로 들어가면 문과 보리수 껍질 멍석. 어두컴컴하고 자그마한 현관방과 구석에 놓인 녹색 나무통. 통 위의 작은 판자. 판자 위의 물동이.

얇은 판자 세 개로 된 문이 달린 변소. 문의 나무 손잡이. 창문 대신 사용되는 크지 않은 유리. 그 위의 거미줄.

아, 마음을 감미롭게 하는 익숙한 풍경!

모든 것이 그토록 매혹적이었다. 매혹적으로 조용하고 지루하고 평온한 삶. 참을 수 없을 정도로 지루한 광경이지만, 심지어 뜯겨나간 현관 계단은 지금도 작가를 조용하고 명상적인 분위기로 인도한다.

계단을 오를 때마다 보리스 이바노비치는 지긋지긋하다는 표정으로 옆에 침을 뱉고, 망가지고 비틀린 계단을 보며 머리를 절레절레 흔들었다.

십오 년 전 보리스 이바노니치 코토페예프는 처음으로 이 계단에 발을 디뎠고, 처음으로 이 집 문턱을 넘었다. 그리고 지금도 그는 이곳에 살고 있다. 그는 안주인이었던 루케리야 페트로브나 블로히나와 결혼했다. 그리하여 이 집의 전권을 지닌 주인이 되었다.

바퀴, 헛간, 갈퀴, 바위, 이 모든 것이 뗄 수 없는 그의 소유물이 되었다.

루케리야 페트로브나는 보리스 이바노비치가 주인이 되는 것을 편안한 미소를 지으며 바라보았다.

그러나 화만 나면 그녀는 코토페예프가 가난하고 무일푼이었는데 그녀의 한량없는 자비 덕분에 행복한 사람이 되었다고 말하면서 그에게 소리 지르고 콧대를 꺾는 것을 잊지 않았다.

보리스 이바노비치는 속이 쓰렸지만 대꾸하지 않았다.

그는 이 집을 사랑했다. 바위가 있는 마당도 사랑했다. 그는 지난 십오 년 동안 이곳에 사는 것을 사랑했다.

이곳에 사는 사람들에 대해서는, 의미 없는 첫 울음부터 마지막 날까지 십 분 정도면 그들의 삶 전체와 환경 전체를 이야기할 수 있다.

작가가 그렇게 해보도록 하겠다. 작가는 아주 짧게, 십 분 만에 이야기하겠지만, 그럼에도 불구하고 보리스 이바노비치 코토페예프의 삶 전체를 상세하게, 빠짐없이 이야기하도록 하겠다.

그러나 역시 이야기할 것이 없다.

그의 삶은 조용하고 평화롭게 흘러갔다.

그의 삶을 특정한 기간에 따라 나눈다면, 다섯 개나 여섯 개의 크지 않은 부분으로 쪼갤 수 있을 것이다.

보리스 이바노비치는 실업학교를 졸업하고 생활 속으로 뛰어든다. 그는 음악가가 된다. 오케스트라에서 연주한다. 그리고 여자 합창단원과의 로맨스. 안주인과의 결혼. 전쟁. 그리고 혁명. 그전에, 집을 태워버린 화재.

모든 것이 단순하고 분명하다. 의심할 만한 것은 아무것도 없다. 중요한 것은 이 모든 일이 우연처럼 보이지는 않는다는 점이다. 이 모든 일은 마땅히 그래야 했던 것 같고, 역사가 기록하고 있듯이 종종 사람들에게 일어나는 일 같아 보였다.

처음에 보리스 이바노비치를 무척이나 당황스럽게 만들었던 혁명까지도 그것이 명확하고 탁월하며 전적으로 현실적인 이념에 정초했던 때문인지 나중에는 단순하고 분명해 보였다.

그리고 다른 모든 것들(직업 선택, 우정, 결혼, 전쟁), 이 모든 것들은 운명의 우연한 장난이 아니라, 특별히 확고하고 견고하며 절대적인 것처럼 생각되었다.

하지만 유일하게 연애사건이 견고하고 비우연적인 삶의 안정된 시스템을 어느 정도 흔들어놓았다. 이를 둘러싼 정황은 좀 복잡했다. 그때 보리스 이바노비치는 그 사건은 우연한 에피소드로, 자신의 인생에 등장하지 않을 수도 있었다고 생각했다. 사연인즉, 음악 인생 초기에 보리스 이바노비치가 시립 극단 출신의 여자 합창단원과 가깝게 지냈던 것이다. 그녀는 모호하고 맑은 눈을 가진 산뜻한 금발의 젊은 여인이었다.

보리스 이바노비치 자신도 아직 스물두 살의 아주 아름다운 청년이었다. 유감스럽지만 유일하게 점수를 깎아먹는 것은 늘어진 아래턱이었다. 아래턱 때문에 그의 얼굴은 지루하고 당황한 듯한 인상을 주었다. 그러나 무성한 수염이 유감스러운 돌출을 충분히 덮어주었다.

이 사랑이 어떻게 시작되었는지 완전하게 알 수는 없다. 보리스 이바노비치는 늘 오케스트라 구석에 앉아 있었고, 처음 몇 년 동안은 제때에 악기를 치지 못할까 두려워 지휘자에게서 눈을 떼지 않으려고 애썼다. 그가 언제 여자 합창단원과 눈길을 주고받았는지는 여전히 불분명하다.

그러나 그 시절 보리스 이바노비치는 인생을 마음껏 즐기고 있었다. 그는 향락을 쫓아다녔고, 저녁마다 도시의 산책로를 걷거나 무도회에 참석했다. 가끔 그곳에서 눈에 확 띄는 파란 나비넥타이를 달고 홀을 누비며 춤을 이끌기도 했다.

만남은 바로 그 무도회 중 하나에서 시작되었을 가능성이 아주 높다.

어쨌든 이 만남이 보리스 이바노비치에게 행복을 주지는 못했다. 로맨스의 시작은 성공적이었다. 보리스 이바노비치는 이 사랑스럽고 호감 가는 여인과 함께하는 미래의 삶을 설계하기도 했다. 그러나 한 달이 지나자 금발 여인은 실패작인 턱을 신랄하게 비웃으며 갑자기 그를 떠나고 말았다.

보리스 이바노비치는 이 상황 때문에, 사랑하는 여인의 가벼운 결별 선언 때문에 좀 혼란스러웠다. 그래서 잠시 심사숙고한 다음, 시골 멋쟁이의 생활과 절망한 애인의 생활을 좀더 안정된 형태로 바꾸기로 결심했다. 그는 우연한 일이, 바뀔 수 있는 일이 일어나는 것을 좋아하지 않았다.

그래서 보리스 이바노비치는 식탁이 있는 따뜻한 방 하나를 싼값에 빌려 교외로 이사했다.

그곳에서 그는 집주인과 결혼했다.

결혼과 더불어 집, 살림, 예측 가능한 생활이 그의 어지러운 마음을 완전히 위로해주었다.

결혼하고 일 년 지났을 때 불이 났다.

불은 거의 집의 절반을 태워버렸다.

땀에 흠뻑 젖은 보리스 이바노비치는 집 안에서 가구와 이불을 끌어내어 관목 숲으로 옮겼다.

그러나 집은 다 타지 않았다. 유리가 깨지고 칠이 벗겨졌을 뿐이다.

아침쯤, 이미 기분이 좋아지고 얼굴이 환해진 보리스 이바노비치는 가재도구를 끌고 다시 들어갔다.

화재의 흔적은 오랫동안 남았다. 보리스 이바노비치는 몇 년 동안 계속해서 친지와 이웃들에게 이 화재에 대해 말해주었다. 그러나 그것도 이젠 희미해졌다.

그래서 이제 눈을 감고 과거에 대해 생각해보면, 화재도, 결혼도, 혁명도, 음악도, 가슴에 매단 눈에 확 띄는 파란 나비넥타이도 모두 희미해졌고, 모든 것이 서로 섞여서 끊이지 않는 하나의 곧은 선을 이루었다.

심지어 연애사건도 희미해지고 유감스러운 기억으로 변해버렸다. 여자 합창단원이 반들거리는 가죽 핸드백을 선물해달라고 졸랐던 지루한 에피소드로, 보리스 이바노비치가 1루블씩 모아 필요한 돈을 마련했던 지루한 에피소드로 변해버렸다.

그는 그렇게 살았다.

서른일곱까지 그의 삶에서 예외였던 그 사건, 법정에서 25루블의 벌금을 선고받게 만든 그 사건이 일어난 순간까지 그는 그렇게 살았다. 그것을 서술하느라 작가가 친히 종이 몇 장을 망쳐버리고 작은 잉크병을 말려버리는 것도 감수한 바로 그 모험 직전까지.

3

서른일곱 살까지 보리스 이바노비치 코토폐예프는 그렇게 살았다. 틀림없이 그는 훨씬 더 오래 살 것이다. 그는 아주 건강하고 튼튼한 사람이었으며 강골이었다. 보리스 이바노비치는 약간, 거의 눈에 띄지 않게 다리를 절었다. 아직 차르가 지배하던 시절 다리를 다쳤기 때문이다.

그러나 다리가 사는 데 방해가 되지는 않았다. 보리스 이바노비치는 평탄하게 잘살았다. 모든 것은 그가 감당할 만했다. 여기에는 눈곱만큼도 의심할 것이 없다. 그런데 최근 몇 년 사이 갑자기 보리스 이바노비치는 사색에 잠기곤 했다. 지금까지 그가 그려온 것과 달리, 삶의 위대성은 확고부동하지 않은 것처럼 보였다. 갑작스러운 일이었다.

그는 언제나 우연을 두려워했고, 그것을 피하려고 했다. 그런데 바로 그때 그에게 삶은 우연으로 가득한 것처럼 보였다. 심지어 그의 삶에서 일어난 많은 사건들도 있을 수 없는 황당하고 공허한 원인들에서 비롯된 우연인 것처럼 보였다.

이 상념들이 보리스 이바노비치를 불안하고 무섭게 만들었다.

언젠가 한번 보리스 이바노비치는 가까운 친지들의 모임에서 이것
에 대해 연설을 늘어놓기까지 했다.

그의 생일 때였다.

"모든 것이 이상합니다." 보리스 이바노비치는 말했다. "아시겠지
만, 우리 인생의 모든 것은 우연입니다. 제 말은, 모든 것은 우연에 기
초한다는 것이죠…… 전 루샤와 결혼했습니다. 불만이나 뭐 그런 것
을 말하려는 것은 아니고요. 하지만 그것도 우연입니다. 내가 여기에
방을 빌리지 않을 수도 있었지요. 난 우연히 이 거리로 왔습니다. 그
럴 수밖에 없었을까요? 아니면 우연인가요?"

친지들은 부부싸움을 기대하며 빙긋이 웃었다. 그러나 싸움은 일어
나지 않았다. 그의 말이 진심임을 알게 된 루케리야 페트로브나는 보
란 듯이 방에서 나가 냉수를 한 대접 들이켰다. 루케리야는 후련하고
명랑한 기분으로 다시 식탁으로 돌아갔다. 대신 그날 밤 그녀가 얼마
나 난리를 쳤던지, 몰려든 이웃들이 부부싸움을 말리기 위해 소방대
원까지 부르려고 했다.

소동이 끝난 다음 보리스 이바노비치는 뜬눈으로 소파에 누워 생각
을 계속했다. 비단 결혼뿐만 아니라, 모르긴 몰라도 트라이앵글 연주
와 그의 재능 전체가 단순히 우연이고, 여러 세상사의 단순한 결합일
지도 모른다고 생각했다.

'우연이라면,' 보리스 이바노비치는 생각했다. '세상에 확실한 것
이 없다는 말인데. 즉 확고부동한 것은 없다는 것이고, 내일 모든 것
이 변할 수도 있다는 뜻인데.'

작가는 보리스 이바노비치의 말도 안 되는 상념이 옳은지 증명하고

싶은 생각은 없다. 그러나 언뜻 보면, 우리의 존경하는 삶에서 모든 것이 실제로 어느 정도는 우연인 것처럼 보인다. 우리의 우연한 출생도, 우연적 정황들로 구성된 우리의 우연한 세상살이도, 우연한 죽음도. 이 모든 것이 정말로 지구상에는 우리의 삶을 보호하는 어떠한 확고부동한 법칙도 없다고 생각하게 만든다.

우리 눈앞에서 가장 큰 사물부터 가련하기 짝이 없는 인간의 망상까지 모든 것이 변하고 동요하는데, 실제로 어떤 확고한 법칙이 있을 수 있겠는가.

과거에는 많은 세대가, 그리고 모든 뛰어난 민족들까지도 신이 존재한다는 교육을 받았다고 한다.

그런데 오늘날에는 정말 별 재주 없는 철학자조차도 펜을 한 번 휘둘러 아주 간단하게 반대증명을 할 수 있다.

혹은 과학. 이 분야에서는 모든 것이 지독하게 확실하고 믿을 만해 보인다. 그러나 뒤를 돌아보면 모든 것이 믿을 수 없다. 지구의 자전부터 상대성 이론과 확률 이론까지, 모든 것은 시간과 함께 변한다.

작가는 고등교육을 받지도 않았고, 세밀한 연대기 자료와 고유명사들을 제대로 조사할 능력도 안 되므로, 공연히 증명하지 않으려 한다.

물론 보리스 이바노비치 코토페예프는 이런 것들에 대해 거의 생각한 적이 없다. 그가 중등교육을 받았고 무지한 사람은 아니었지만, 몇몇 작가들만큼의 교양을 갖지는 못했다.

그럼에도 불구하고 그는 삶 속에 어떤 교활한 술책이 있음을 알아챘다. 심지어 그는 언젠가부터 운명의 확고부동성에 대해 약간 의구심을 갖게 되었다.

그러던 어느 날, 그의 의심이 불꽃처럼 타올랐다.

어느 날 보리스 이바노비치 코토페예프는 자드니 대로를 따라 집으로 돌아오는 길에 모자를 쓴 어떤 우중충한 인물과 마주쳤다.

그 인물은 보리스 이바노비치 앞에서 걸음을 멈추고, 기분 나쁜 음성으로 적선을 구했다.

보리스 이바노비치는 주머니에서 푼돈을 꺼내 거지에게 주었다. 그리고 문득 그를 바라보았다.

거지는 곤혹스러워하며 자기 목을 손으로 감쌌다. 마치 목에 옷깃도 넥타이도 없는 것을 미안해하는 것 같았다. 그러고 나서 거지는 자기는 전에 지주였다, 전에는 자기도 거지들에게 은전을 한 움큼씩 주었다, 그런데 혁명이 그의 영지를 몰수해간 지금은 적선을 구하지 않을 수 없게 되었다고 역시 기분 나쁜 음성으로 말했다.

보리스 이바노비치는 거지의 지난 인생을 자세히 알고 싶어서 거지에게 이것저것 묻기 시작했다.

"그렇죠." 관심에 고무된 거지가 말했다. "난 정말 굉장한 부자였어요. 우리 집 닭들이 돈을 봐도 쪼아대지 않을 정도였죠. 하지만 보시다시피 지금은 가난해서 몸까지 수척해졌고, 아무것이나 먹어대고 있습니다. 친절한 양반, 때가 되면 인생의 모든 것이 변한답니다."

거지에게 동전을 하나 더 주고 나서 보리스 이바노비치는 조용히 집으로 향했다. 거지가 불쌍하지는 않았지만, 불분명한 어떤 불안이 그를 사로잡았다.

"때가 되면 인생의 모든 것이 변한다." 선량한 보리스 이바노비치는 이렇게 중얼거리며 집으로 돌아왔다.

보리스 이바노비치는 집에서 아내 루케리야 페트로브나에게 이 만남에 대해 말해주었다. 그는 거기에다 약간 색깔을 덧칠하고 세부사항들을 추가했다. 그가 스스로 생각해낸 세부사항들로, 예를 들면 지주가 거지들에게 황금을 던져주었고, 심지어 묵직한 동전들 때문에 어느 거지의 코가 깨지기도 했다는 것이었다.

"흠, 그래서." 아내가 말했다. "흠, 과거엔 잘살았는데 지금은 형편없단 말이네요. 뭐, 놀랄 만한 것도 없네요. 멀리 갈 필요도 없어요. 우리 이웃도 형편없이 살고 있으니까요."

루케리야 페트로브나는 정서(淨書) 선생이었던 이반 세묘노비치 쿠샤코프가 어떻게 무일푼이 되었는가를 이야기하기 시작했다. 그도 예전엔 잘살았고 시가까지 피웠다.

보리스 이바노비치 코토페예프는 어쩐 일인지 그 선생에게 호감이 갔다. 그는 아내에게 왜, 무엇 때문에 그 사람이 가난해졌느냐고 묻기 시작했다.

보리스 이바노비치는 그 선생을 만나보고 싶은 생각이 들었다. 즉시 그의 어려운 삶에 뜨겁게 참여하고 싶어졌다. 그래서 그는 아내 루케리야 페트로브나에게 빨리 달려가서 그 선생을 데려와 아낌없이 차를 대접하라고 부탁했다.

루케리야 페트로브나는 늘 그러듯이 한 차례 잔소리를 퍼붓고 "미쳤어"라고 남편에게 말한 뒤, 수건을 뒤집어쓰고 선생에게 달려갔다. 그녀 자신도 궁금해서 견딜 수 없었던 것이다.

이반 세묘노비치 쿠샤코프 선생은 즉각 달려왔다.

그는 백발이 성성하고 깡마른 노인으로, 길고 형편없는 프록코트를 입고 있었다. 조끼는 없었다. 칼라 없는 지저분한 셔츠는 뭉쳐져서 가슴 부분이 튀어나왔다. 지독하게 반짝거리는 노란 구리 단추 하나가 어쩐 일인지 배꼽 앞으로 툭 불거져나와 있었다.

오랫동안 면도를 하지 않아 선생의 뺨에는 허연 수염이 무성했다.

선생이 방으로 들어왔다. 그는 손을 비비고 걸으면서 무엇인가를 씹었다. 그는 공손하게, 하지만 거의 즐겁게 코토페예프에게 인사하고, 웬일인지 그에게 윙크도 했다.

그런 다음 그는 식탁에 앉았다. 그는 건포도 빵이 담긴 접시를 앞으로 당긴 후, 코 주변에 조용히 미소를 흘리며 씹기 시작했다.

선생이 먹는 동안 보리스 이바노비치는 그의 지난 삶에 대해, 그가 어떻게 그리고 왜 그렇게 추락했고 칼라 없이 단추 하나만 달린 더러운 셔츠를 입고 다니게 되었는지 탐욕스럽게 묻기 시작했다.

선생은 즐겁게 손을 비비고 교활하게 눈을 깜박이며 자기는 실제로 괜찮게 살았다, 심지어 시가도 피웠다, 그러나 정서에 대한 수요가 변함에 따라 그 수업이 교과목에서 제외되었다고 말했다.

"싫지만 이미 익숙해졌어요." 선생이 말했다. "완전히 익숙해졌습니다. 삶을 원망하진 않아요. 이 빵을 먹는 것은 절대 배가 고파서가 아니에요. 습관 때문이지요."

루케리야 페트로브나는 앞치마 앞에 두 손을 포개고 호호 웃었다. 그녀는 선생이 이미 거짓말을 시작했고, 이제 본격적으로 거짓말만 늘어놓을 거라고 생각했다. 그녀는 뭔가 범상치 않은 것을 기대하며 호기심을 감추지 않고 그를 바라보았다.

그러나 머리를 끄덕이던 보리스 이바노비치는 선생의 말을 들으면서 뭐라고 중얼거렸다.

"그렇게." 다시 불필요하게 웃으며 선생이 말했다. "우리 삶에서 모든 것은 그렇게 변합니다. 오늘은 정서 수업을 폐지했지만, 내일은 미술을 그렇게 한단 말이죠. 아시겠지만 당신에게도 좋지 않은 일이 생길 겁니다."

"그런데 말입니다." 코토페예프가 가볍게 한숨을 쉬며 말했다. "어떻게 나에게까지 좋지 않은 일이 생길 수 있지요…… 나는 예술을…… 트라이앵글을 연주하는데요."

"그게 말이지요." 선생이 깔보듯 말했다. "오늘날 과학과 기술은 앞으로 전진하고 있습니다. 앞으로 전자악기가 발명될 것입니다. 그러면 끝이죠. 좋지 않은 일이 생길 겁니다."

코토페예프는 다시 가볍게 한숨을 쉬고 아내를 바라보았다.

"아주 간단하네." 그녀가 말했다. "특히 과학과 기술이 발전한다면……"

갑자기 보리스 이바노비치가 일어서더니 초조하게 방 안을 거닐기 시작했다.

"어쩌지. 그렇게 될 거야." 그가 말했다. "그래, 그렇게 될 거야."

"당신이야 그렇게 되어도 상관없겠지요." 아내가 말했다. "내가 당신을 먹여살려야 하니까. 이 바보 같은 내게 얹혀살다니, 어이구, 빌라도 같은 수난자야."

선생이 의자에서 부스럭거렸다. 그는 중재하듯 말했다.

"결론은 이렇습니다. 오늘은 정서가, 내일은 미술이…… 자비로우신 여러분, 모든 것은 변합니다."

보리스 이바노비치는 선생에게로 가 작별인사를 하며 내일 점심때 다시 와달라고 부탁하였다. 그는 직접 문까지 손님을 배웅했다.

선생은 즐겁게 손을 비비며 일어나 인사하고, 현관으로 걸어가며 말했다.

"걱정 마십시오, 젊은 양반. 오늘은 정서, 내일은 미술, 그다음에는 당신도 당하게 될 것입니다."

보리스 이바노비치는 선생이 나간 후 문을 닫았다. 그는 침실로 돌아와 침대에 앉은 뒤 두 손으로 무릎을 감쌌다.

루케리야 페트로브나는 펠트 천으로 된 구겨진 실내화를 신고 방으로 들어와 잠자리에 들기 위해 방을 정돈했다.

"오늘은 정서, 내일은 미술." 보리스 이바노비치가 침대 위에서 가볍게 몸을 흔들며 중얼거렸다. "우리의 삶도 모두 그렇다."

루케리야 페트로브나는 남편을 훑어보고는 아무 말도 하지 않았다. 그녀는 화가 나 바닥에 침을 뱉었다. 그녀는 하루 동안 흐트러진 머리를 풀며 지푸라기와 나무 부스러기를 떼어냈다.

보리스 이바노비치가 아내를 보며 갑자기 멜랑콜리한 음성으로 말했다.

"그런데 루샤, 갑자기, 그래, 정말로 전자 타악기가 발명될까? 악보대 위에 자그마한 단추가 있고…… 지휘자가 손가락으로 누르면 소리가 나고……"

"그래요, 아주 간단해요." 루케리야 페트로브나가 말했다. "아주 간단해…… 아, 당신은 내게 얹혀살고 있잖아! 기분 참. 당신은 얹혀살면서……"

보리스 이바노비치는 침대에서 의자로 옮겨 앉은 뒤 생각에 잠겼다.

"당신 슬프지, 맞지?" 루케리야 페트로브나가 말했다. "혹시 생각해봤어? 정신 차려…… 집에 아내가 없으면 무일푼으로 대체 어디로 갈 거야? 예를 들어 오케스트라에서 쫓겨나기라도 하면 말이야."

"루샤, 내가 쫓겨나는 것은 문제의 본질이 아니야." 보리스 이바노비치가 말했다. "모든 것이 변한다는 것이 문제야. 우연…… 루샤, 난 이유도 모른 채 트라이앵글을 연주하고 있어. 일반화하면…… 연주를 삶에서 제거해버리면 그때는 어떻게 살지? 그것이 없으면 무엇을 의지하지?"

루케리야 페트로브나는 침대에 누워서 남편의 말을 들었다. 그녀는 그가 하는 말의 의미를 알아내려고 애썼지만 허사였다. 그의 말 속에 개인적 모욕과 그녀의 부동산에 대한 요구가 있다고 혼자 생각한 그녀가 다시 말했다.

"아, 당신은 내게 얹혀살잖아, 이 빌라도 같은 수난자야! 얹혀살고 있는 주제에, 이런 제기랄."

"얹혀살지 않아." 코토페예프가 말했다.

그는 다시 한숨을 쉬고 의자에서 일어나 방 안을 걷기 시작했다.

무서운 흥분이 그를 사로잡았다. 보리스 이바노비치는 뭔가 불분명한 상념을 떼어내려는 듯이 손으로 얼굴을 쓰다듬었다. 그리고 다시 의자에 앉았다.

그는 꼼짝 않고 오랫동안 앉아 있었다.

잠시 후, 루케리야 페트로브나의 숨소리가 가볍게, 약간 쉭쉭거리는 코 고는 소리로 바뀌자, 보리스 이바노비치는 의자에서 일어나 방

밖으로 나갔다.

보리스 이바노비치는 모자를 찾아 머리에 뒤집어쓰고 어떤 기이한 불안감 속에서 거리로 나갔다.

4

아직 열시였다.

조용한 8월의 멋진 밤이었다.

코토페예프는 팔을 크게 흔들며 대로를 따라 걸었다.

이상하고 알 수 없는 흥분이 그를 떠나지 않았다.

자신도 모르는 사이에 그는 역에 도착했다.

술집에 들어가 맥주 한 잔을 마셨다. 다시 숨이 막혔다. 그는 공기가 답답하다고 느끼고 다시 거리로 나갔다.

이제 그는 천천히 걸었다. 음울하게 머리를 숙이고는 무엇인가에 대해 생각했다. 그러나 무슨 생각을 하느냐고 그에게 물었다면 그는 대답하지 못했을 것이다. 그 자신도 몰랐으니까.

그는 역에서 곧장 걸어갔다. 시립공원 산책길에서 벤치에 앉아 모자를 벗었다.

흐벅진 허벅지에 환한 스타킹을 신고 짧은 치마를 입은 젊은 여자 하나가 코토페예프 곁을 지나가더니, 잠시 후 돌아와 다시 한번 지나갔다. 결국 그녀는 그와 나란히 앉아 그를 빤히 쳐다보았다.

보리스 이바노비치는 몸을 흠칫 떨며 젊은 여자를 보고는 머리를 저으며 급히 자리를 떴다.

문득 코토페예프는 모든 것이 무지막지하게 혐오스럽고 견딜 수 없는 것처럼 보였다. 삶 전체가 지루하고 어리석어 보였다.

"나는 무엇을 위해 살아온 걸까……" 보리스 이바노비치가 중얼거렸다. "내일 내가 출근하면 발명됐다고 말하겠지. 전자 타악기가 이미 발명되었다고 말할 거야. 축하합니다, 라고 할 거야. 그리고 새 일을 찾으라고 말하겠지."

극심한 오한에 보리스 이바노비치의 온몸이 떨렸다. 그는 거의 달리듯이 앞을 향해 걸어갔다. 그는 교회 담장 근처에서 걸음을 멈추었다. 그런 다음 손으로 더듬어 문을 열고 담장 안으로 들어갔다.

서늘한 공기, 조용한 자작나무 몇 그루, 무덤의 비석이 웬일인지 코토페예프를 금방 진정시켰다. 그는 비석 위에 앉아 생각에 잠겼다. 잠시 후, 그는 소리 내어 말했다.

"오늘은 정서, 내일은 미술. 그렇게 우리의 삶 전체가."

보리스 이바노비치는 담배를 피우며 그런 경우 어떻게 살아가야 할까 생각하기 시작했다.

"어떻게든 살아야지." 보리스 이바노비치는 중얼거렸다. "그래도 루샤에게는 가지 않겠어. 차라리 사람들 앞에 고개를 숙이겠어. 그리고 말하는 거야. 한 인간이 파멸하고 있습니다, 여러분. 그 사람을 불행 속에 놔두지 말아주세요……"

보리스 이바노비치는 몸을 부르르 떨며 일어섰다. 다시 오한과 전율이 그의 몸을 사로잡았다.

그때 갑자기 전자 트라이앵글이 이미 오래전에 발명되었고, 그를 한 방에 쓰러뜨릴 목적으로 비밀리에, 엄격한 보안 속에 보관되어 있다는 생각이 들었다.

보리스 이바노비치는 알 수 없는 아픔을 느끼며 거의 달리듯이 담장 안에서 거리로 나왔다. 그는 발을 끌며 급히 걸었다.

거리는 조용했다.

귀가 시간이 늦어진 사람들 몇 명이 급히 집으로 발걸음을 옮기고 있었다.

보리스 이바노비치는 구석에 서 있다가 무작정 지나가는 사람에게 다가갔다. 무슨 짓을 하는지 그 자신도 잘 몰랐다. 그는 모자를 벗고 분명하지 않은 소리로 말했다.

"저…… 제발 부탁인데요…… 이 순간 한 인간이 파멸하고 있습니다……"

지나가던 사람은 깜짝 놀라 코토페예프를 쳐다보고는 급히 사라져버렸다.

"아." 보리스 이바노비치는 나무 보도에 주저앉아 비명을 질렀다. "시민 여러분! 제발 부탁입니다…… 불행에서…… 재난에서…… 할 수 있으면 누가 날 좀 도와주세요!"

몇몇 사람들이 보리스 이바노비치를 에워싸고 놀란 눈으로 살펴보았다.

경찰이 다가와 권총 케이스를 걱정스럽게 손으로 툭툭 치며 보리스 이바노비치의 어깨를 잡아당겼다.

"술 취했네, 뭐." 사람들 중 누군가가 신이 나서 말했다. "젠장, 평일인데 엄청 퍼마셨군. 이런 놈들에겐 잘해줄 필요 없어!"

궁금해진 사람들이 코토페예프를 둘러쌌다. 동정심 있는 사람 하나가 그를 일으켜주려고 했다. 보리스 이바노비치는 그 사람을 뿌리치고 훌쩍 옆으로 뛰었다. 사람들이 양옆으로 흩어졌다.

보리스 이바노비치는 망연자실한 표정으로 양쪽을 두리번거리다가 신음을 내뱉더니, 말없이 갑자기 옆쪽으로 달리기 시작했다.

"저놈 잡아, 잡아!" 누군가 찢어지는 음성으로 고함을 질렀다.

경찰이 찌르듯 날카롭게 호각을 불었다. 호각의 울림이 거리를 흔들었다.

보리스 이바노비치는 한눈팔지 않고 고개를 푹 숙인 채 빠르고 고른 걸음으로 달렸다.

사람들이 사납게 소리를 지르며 그 뒤를 따라 질척질척한 진흙탕 속을 달렸다.

보리스 이바노비치는 모퉁이 뒤로 달렸다. 교회 담장까지 달려가 훌쩍 뛰어넘었다.

"여기야!" 누군가 울부짖었다. "이보게들, 여기야! 이리로 쫓아가 잡아!"

보리스 이바노비치는 교회 입구로 뛰어올라가 뒤를 돌아보고 조용히 탄식하며 문에 몸을 기댔다.

문이 밀리면서 녹슨 경첩이 삐걱거렸다. 그리고 문이 열렸다.

보리스 이바노비치는 안으로 뛰어들어갔다.

한순간 그는 움직이지 않고 서 있었다. 그런 다음 손으로 머리를 움켜쥐더니, 말라서 삐걱거리고 흔들리는 계단을 따라 위로 달려올라갔다.

"저기다!" 자발적인 추적자가 고함을 쳤다. "이보게들, 그놈을 잡아! 아무거나 집어들고 패버려……"

백여 명의 주민과 지나가던 사람들이 담장 안으로 몰려들었다. 그들은 교회 안으로 치고 들어갔다. 어두웠다.

그때 누군가 성냥을 켜고 큰 촛대 위의 초에 불을 붙였다.

순간, 노랗게 흔들리는 인색한 불빛이 벌거벗은 높은 벽과 초라한 교회 집기들을 비추었다.

보리스 이바노비치는 교회에 없었다.

사람들이 서로 밀치고 떠들며 두려워서 뒤로 물러섰을 때, 갑자기 위쪽 종루에서 낮은 종소리가 울려 퍼졌다.

처음에 띄엄띄엄하던 종소리는 점점 빨라져 조용한 밤하늘로 퍼져 나갔다.

보리스 이바노비치였다. 그는 무거운 구리추를 힘겹게 흔들어 종을 치고 있었다. 그렇게 해서 도시 전체와 모든 사람들을 깨우려고 하는 것 같았다.

그 광경은 일 분 동안 지속되었다.

"이보게들! 저런 놈은 놔두면 안 돼. 종루로 올라가 저놈을 잡아!"

몇 사람이 위로 달려올라갔다.

사람들이 보리스 이바노비치를 교회에서 끌어냈을 때, 교회 담장 근처에는 대충 옷을 걸친 사람들, 경찰관, 그리고 지역 소방대원들이 모여 있었다.

붙들린 보리스 이바노비치는 말없이 군중 사이를 지나 경찰서로 끌려갔다.

보리스 이바노비치는 곧 쓰러질 듯 창백했고 온몸을 떨고 있었다. 다리가 말을 듣지 않아 간신히 교각을 따라 걸었다.

5

여러 날이 지난 후 사람들이 왜 그런 일을 저질렀는지, 왜 종루에 기어올라가 종을 쳤는지 물으면, 보리스 이바노비치는 어깨를 으쓱하고는 화를 내며 입을 다물거나 잘 기억나지 않는다고 대답했다. 자세히 설명하면, 그는 당황해서 손을 저으며 그 일에 대해 말하지 말아달라고 부탁했다.

그날 밤 보리스 이바노비치는 아침까지 경찰서에 억류되었다. 그에 대한 불분명하고 모호한 보고서가 작성되고 도시 밖으로 나가지 않는다는 서류에 서명한 후에야 그는 방면되었다.

보리스 이바노비치는 아침에 모자도 없이 찢어진 프록코트를 입은 채 누렇게 뜬 얼굴을 푹 숙이고 집으로 돌아왔다.

루케리야 페트로브나는 고래고래 소리를 질렀고, 자신이 태어난 날과 보리스 이바노비치 코토페예프와 같은 인간쓰레기와 함께한 자신의 불행한 인생 전체를 가슴을 치며 저주했다.

그날 저녁, 보리스 이바노비치는 언제나 그랬듯이 깨끗하고 산뜻한 프록코트를 입고 오케스트라 구석에 앉아서 멜랑콜리하게 트라이앵글을 쳤다.

언제나 그랬듯이 보리스 이바노비치는 깨끗했고, 머리도 단정하게 빗었다. 그의 겉모습만 보면 그가 얼마나 무서운 밤을 지냈는지 전혀 알 수 없었다.

다만 그의 얼굴에, 코에서 입술 방향으로 깊은 주름 두 개가 생겼다. 전에는 없던 주름이었다.

오케스트라에 앉을 때 보이는 보리스 이바노비치의 꾸부정한 승마 자세도 전에는 없던 것이었다.

그러나 시간이 약이다.

보리스 이바노비치는 앞으로도 오래 살 것이다.

존경하는 독자 여러분, 그는 우리보다도 오래 살 것이다. 우리는 그렇게 생각한다.

꾀꼬리는 무엇을 노래할까

1

삼백 년쯤 지나면 우리를 조롱할 것이다!

그 사람들은 이상하게 살았어, 라고 말할 것이다. 돈과 여권이라는 것도 있었네, 라고 말할 것이다. 호적부, 주택의 평수라는 것도 있었다고 말할 것이다.

뭐 어떤가! 조롱하라고 해.

다만 한 가지 화나는 것은 그들이 절반밖에 이해하지 못할 거라는 것이다. 우리가 꿈에서조차 볼 수 없는 그런 삶을 살고 있다면 그들이 어떻게 이해하겠는가!

작가는 그들이 어떤 삶을 살 것인지 알지도 못하고, 추측하고 싶지도 않다. 무엇 때문에 신경을 피곤하게 만들고 건강을 해친단 말인가. 그것은 어차피 무의미한 일이고, 어차피 작가는 미래의 아름다운 삶을 시시콜콜 모두 알 수 없는데 말이다.

그런데 그 삶은 아름다울까? 스스로의 마음을 진정시키기 위해 하는 말이지만, 그곳에도 황당한 일과 지저분한 것이 많으리라는 것이 작가의 생각이다.

그렇지만 그 황당한 일도 자잘한 일들일 것이다. 상상력의 부족을 용서해주길 바라며 하는 말인데, 이를테면 비행선에서 누군가에게 침을 뱉는 일 같은 것 말이다. 아니면 화장터에서 뼛가루가 뒤바뀌어, 죽은 친척의 뼛가루 대신에 엉뚱한 사람의 허접스러운 쓰레기를 건네줄 수도 있다. 물론 그런 사소하고 불쾌한 일들은 아마도 자잘한 일상의 차원에서 일어날 것이다. 그 밖의 삶은 틀림없이 탁월하고 멋질 것이다.

돈도 사라질 것이다. 돈을 내지 않아도 모두 공짜로 줄 것이다. 시장에 가면 모피 외투나 스카프를 공짜로 떠맡길 것이다.

"가져가세요." 그들은 말할 것이다. "시민 여러분, 여기 최상품 모피 외투가 있습니다."

그래도 당신은 그냥 지나칠 것이다. 심장이 두근거리지도 않을 것이다.

당신은 말할 것이다.

"괜찮아, 친애하는 동무. 왜 당신의 모피 외투가 필요해. 집에 여섯 벌이나 있는데."

이런 제길! 작가가 그리는 미래의 삶은 그 얼마나 즐겁고 매력적인가!

그렇지만 이 지점에서 생각을 좀 해보는 것이 좋겠다. 삶에서 돈 계산과 타산적인 동기를 제거한다면, 삶 자체가 얼마나 멋진 모습으로 변하겠는가! 인간관계는 얼마나 탁월한 질을 획득할 것인가! 예를 들어 사랑 말이다. 이 우아한 감정은 십중팔구 화려한 꽃처럼 만개할 것이다.

특별히 이것에 대해 말을 좀 해야겠다. 많은 학자들과 사람들은 일반적으로 이 감정을 얕잡아보는 경향이 있다. 그들은 말한다. 실례하지만 어떤 사랑 말이오? 사랑이란 것은 없소이다. 전에도 없었어요. 그것은 진부하기 짝이 없는 시민들의 행위올시다. 예를 들면 장례식 같은 것과 비슷하단 말이오.

그런데 작가는 이런 의견에 동의할 수 없다.

작가는 우연히 만난 독자들 앞에서 고해성사를 하고 싶지 않고, 특히 작가가 싫어하는 비평가들에게 내 내밀한 삶을 보여주고 싶지 않다. 그러나 작가가 사랑에 대해 연구하는 동안, 젊은 시절에 알았던 한 처녀가 생각났다. 하얗고 맹한 작은 얼굴, 작은 손, 그리고 불쌍해 보이는 작은 어깨. 작가는 미칠 듯한 희열에 빠졌었다! 가능한 온갖 고상한 감정들에 취해 바보처럼 무릎 꿇고 땅에 키스했을 때, 작가는 정말로 짜릿한 순간을 경험했다.

이제 십오 년이 흘렀고, 여러 가지 병과 삶이 준 충격들, 걱정 근심으로 작가의 머리도 희끗해졌다. 아무튼 작가는 거짓말하고 싶지 않을 뿐이고, 무엇을 위해서도 거짓말하지 않을 것이다. 끝으로 작가는 인생을 거짓이나 윤색 없이 있는 그대로 보고 싶다. 작가는 구세대의 우스운 사람으로 비치는 것을 겁내지 않고, 학자와 일반 사람들이 이 점에서 심각한 오류를 범하고 있다고 주장하는 바이다.

작가는 사랑에 대한 글 때문에 사회 저명인사들로부터 가혹한 비난을 받게 되리란 것을 이미 알고 있다.

그들은 말할 것이다.

"그것은 예가 아니라, 동무, 당신 자신의 모습이야. 왜 당신의 사랑 놀음 이야기를 억지로 들으라는 거야? 당신의 인물은 시대에 맞지도 않고, 우연히 오늘날까지 살아남은 거야."

"당신들이 봤습니까? 우연이라니! 이것이 어째서 우연인지 당신들께 물어도 되겠습니까? 아니면 나에게 전차에 뛰어들라고 지시하는 겁니까?"

"그것은 당신 편한 대로 하시게." 그들은 말할 것이다. "전차에 뛰어들든지 다리에서 뛰어내리든지. 다만 당신은 존재할 이유가 전혀 없어. 단순하고 미숙한 사람들을 봐. 그들은 다르게 판단한다는 것을 알게 될 거야."

하! 독자 여러분, 이 보잘것없는 웃음을 용서하기 바란다. 얼마 전에 작가는 소규모 가내 수공업자이자 이발소 견습생이 질투로 한 여자의 코를 물어뜯었다는 것을 『프라브다』에서 읽었다.

이것이 사랑이 아니라고? 그러면 당신들 생각엔 이것이 딱정벌레 똥 싸는 소리란 말이야? 그러면 당신들 생각엔 미각을 위해 코를 물어뜯었다는 거야? 어찌 되었든 내 알 바 아니다! 작가는 기분이 상해 제 피를 탁하게 만들고 싶지는 않다. 작가는 여전히 소설을 탈고해야 하고, 모스크바로 이동해 마음이 내키지는 않지만 비평가들을 찾아뵙고 이 소설에 대한 비평과 평론을 쓰더라도 너무 서둘지는 말아달라고 부탁해야 하니까.

결국 사랑이다.

이 우아한 감정에 대해 누구든지 원하는 대로 말하게 하라. 작가는 보잘것없는 존재이며 생활능력도 없다는 것을 인정한다. 당신들이 원하는 대로 해줄 터이니, 전차를 대령해라. 그래도 작가는 자신의 의견을 고집할 것이다.

작가는 다만 우리 시대를 배경으로 일어난 자그마한 사랑의 에피소드 하나를 독자들에게 이야기하고 싶을 뿐이다. 그들은 말할 것이다. 또 자그마한 에피소드라고? 또 2루블짜리 책에 든 사소한 이야기야? 그들은 말할 것이다. 저런, 젊은이, 정신이 어떻게 된 거 아니야? 이 희극적 구조의 이야기가 도대체 누구에게 필요하다는 거야?

작가가 정직하고 솔직하게 부탁하겠다.

"동무들, 방해 좀 하지 마세요! 순서에 따라 토론을 하듯이 말 좀 하게 놔두란 말입니다!"

2

휴! 문학작품을 쓴다는 것이 이토록 어려울 줄이야!

전인미답의 밀림을 뚫고 지나가느라 완전히 녹초가 되겠네.

그런데 무슨 이야기냐고? 시민 빌린킨의 사랑 이야기이다. 작가는 그와 형제 사이도 아니고 친척도 아니다. 작가가 그에게 돈을 빌린 것도 아니다. 그와 이념적인 관계가 있는 것도 아니다. 진실을 말하자면, 작가에게 그는 정말 아무래도 좋은 사람이다. 그를 강렬한 색으로 꾸미고 싶은 생각도 없다. 더구나 바실리이 바실리예비치 빌린킨의 얼굴이 그리 잘 기억나지도 않는다.

이 이야기에 이러저러하게 등장하는 다른 인물들에 대해 말하자면, 별로 작가의 눈에 띄지 않고 사라진 사람들이다. 예외가 있다면 리조치카 룬두코바다. 작가는 전적으로 특별한 이유, 말하자면 주관적인 이유 때문에 그녀를 기억한다.

그녀의 남동생인 미시카 룬두코프에 대한 기억은 훨씬 덜하다. 그는 뻔뻔하기 짝이 없는 녀석으로 싸움꾼이었다. 외모를 보자면, 머리카락은 연한 흰색이고 얼굴은 약간 컸다.

작가는 그의 외모에 대해서도 장황하게 늘어놓고 싶은 마음이 없다. 나이로 보면 녀석은 사춘기쯤 되었다. 그를 묘사한다고 하지만, 그 개자식은 이 책이 출판될 때쯤이면 좀더 자라 있을 것이다. 미시카 룬두코프가 어떤 녀석인지는 그때 알아보도록 하라. 여기서 이야기할 사건이 일어났을 때는 콧수염이 없었는데, 언젠가 느닷없이 콧수염도 생겼다.

노파, 즉 룬두코바의 엄마에 대해 말하자면, 전혀 묘사를 하지 않더라도 독자는 거의 불만을 표하지 않을 것이다. 더구나 노파를 예술적으로 묘사한다는 것은 대체로 어려운 일이 아닐 수 없다. 노파는 노파다. 어떤 노파인지는 개들이나 구별할 수 있겠지. 예를 들어 노파의 코에 대한 묘사가 도대체 누구에게 필요하단 말인가? 코는 코다. 코를 자세히 묘사한다고 해서 독자들의 세상살이가 더 쉬워지는 것도 아닐 것이다.

물론 작가가 주인공들에 대해 이런 지루하고 하잘것없는 정보만 갖고 있다면, 문예소설을 쓰려고 하지 않았을 것이다. 작가에게 정보는 충분하다.

예를 들어 작가는 그들의 생활을 아주 생생하게 떠올릴 수 있다. 룬두코프 씨의 집은 그리 크지 않았다. 아주 어두컴컴한 단층짜리 집이었다. 집 전면에 22번지라고 쓰여 있다. 작은 판자 위에는 쇠갈고리가 그려져 있다. 불이 났을 때를 대비한 것이다. 누가 무엇을 끌고 나와야 하는가. 룬두코프 씨 식구들이 쇠갈고리를 끌고 나와야 한다는 뜻이다. 그런데 그들에게 쇠갈고리가 있기는 한가? 아, 십중팔구는 없을 것이다! 하지만 조사하는 것은 예술문학의 일이 아니고, 군 행정관청이 그것에 관심을 가져야 한다.

그들 집의 내부, 그러니까 가구와 같은 물건들도 아주 뚜렷이 작가의 기억 속에 새겨져 있다. 크지 않은 방 세 개. 흰 바닥. 베커 피아노.* 기분 나쁜 피아노였다. 이름 모를 자잘한 가구들. 소파. 소파 위에는 암컷인지 수컷인지 모를 고양이 한 마리. 경대 위에는 유리 원통을 쓴 시계. 원통은 먼지에 덮여 있었다. 거울은 흐릿했고 얼굴이 찌그러져 보였다. 큰 궤짝. 거기에서 나프탈렌과 썩은 파리 냄새가 났다.

틀림없이 도시인들은 갑갑해서 그런 방에서는 도저히 살 수 없을 것이다!

틀림없이 도시인들은 답답해서 젖은 속옷이 노끈에 널려 있는 그들의 부엌에도 들어가지 못할 것이다. 노파는 곤로 옆에서 요리한다. 예를 들어 감자를 씻는다. 감자 껍질이 칼날 아래에서 댕기처럼 밀려나온다.

---

* 1841년 독일계 네덜란드인 J. 베커가 세운 회사에서 생산한 피아노.

독자들은 작가가 이 사소한 것들을 묘사하면서 감탄과 애정을 느낀다고 생각하지 말기 바란다. 아니다! 이 자잘한 추억들에는 감미로움도 낭만도 없다. 작가는 이 작은 집도, 부엌도 알고 있다. 그곳에 갔었다. 그곳에 살기도 했다. 지금까지 살고 있을지도 모른다. 여기에 좋은 것은 하나도 없다. 초라하고 초라하다. 부엌에 들어가면 틀림없이 젖은 옷가지에 얼굴을 부딪힐 것이다. 그럴듯한 여자 옷의 한 부분이라면 고맙겠지만, 아이고, 젖은 양말이라니! 얼굴이 양말에 부딪히다니! 아, 참 추접스럽다.

예술문학과 관계있는 일 때문은 아니었지만, 작가는 여러 번 룬두코프 씨 집에 가보았다. 그런 퀴퀴하고 남루한 곳에서 리조치카 룬두코바 같은(은방울꽃, 아니면 한련蓮이라고나 할까) 빼어난 아가씨가 사는 것을 보고 작가는 늘 놀랐다.

작가는 늘 이 사랑스러운 처녀를 아주 딱하게 생각했다. 그녀에 대해서는 적절한 시기에 길고 자세하게 언급하겠다. 작가는 우선 바실리이 바실리예비치 빌린킨 씨에 대해, 그가 어떤 사람인지에 대해 좀 말해야 한다. 그가 어디에서 왔는지. 정치적으로 신뢰할 수 있는 사람인지. 존경하는 룬두코프 씨 가족과는 어떤 관계인지. 그들과 친척관계는 아닌지.

아니, 그는 친척은 아니었다. 그는 그저 우연히, 그리고 일시적으로 그들의 생활에 끼어들게 되었다.

독자들에게 미리 말해두지만, 작가는 이 빌린킨의 생김생김을 아주 자세히 기억하고 있지는 않다. 물론 눈을 감고도 살아 있는 것처럼 그를 떠올릴 수 있지만 말이다.

빌린킨은 언제나 천천히, 심지어 사색에 잠겨 걸어다녔다. 뒷짐을 졌고 지독하게 자주 눈을 깜박거렸다. 등은 꾸부정했다. 세상살이에 찌든 것 같았다. 빌린킨은 뒤축이 완전히 닳아 없어질 때까지 구두를 신고 다녔다.

교육에 대해 말하자면, 옛 김나지움 4학년까지 다닌 것 같아 보였다.

출신 성분은 아무도 모른다.

그는 혁명이 한창일 때 모스크바에서 왔고, 자신에 대해서는 별로 말하지 않았다.

왜 왔는지도 불분명하다. 지방도시에서 더 배불리 먹을 수 있을 것 같아서였을까? 아니면 한 장소에 머물기보다는 소위 미지의 세계와 모험에 마음이 끌렸을까? 귀신만이 알겠지! 그 머릿속을 샅샅이 알 수는 없는 노릇이다.

그러나 무엇보다도 지방도시에서 더 배부르게 살 수 있을 것 같았을 것이다. 그래서 그 사람은 처음 얼마 동안 시장을 돌아다니며 입맛을 다시고 신선한 빵과 산더미 같은 온갖 음식을 구경했다.

그러나 그것은 그렇다 치고, 그가 어떻게 먹고살았는지, 그것은 작가에게 불분명한 비밀이다. 구걸을 했을지도 모른다. 탄산수와 과일 음료 병마개를 모아서 팔았을지도 모른다. 도시에는 그 정도로 필사적인 장사꾼들도 있었다.

다만 틀림없는 것은 그가 잘살지 못했다는 것이다. 옷차림은 남루했고, 머리카락도 빠지기 시작했다. 그는 좌우를 두리번거리고 발을 질질 끌면서 겁먹은 듯이 걸었다. 심지어 더이상 눈도 깜박거리지 않고 우울하게 앞을 응시했다.

그런데 얼마 후에, 이유는 분명하지 않지만 형편이 피기 시작했다. 우리의 흥미진진한 사랑 이야기가 시작되는 때쯤 빌린킨은 상당한 사회적 지위를 갖게 되었다. 국가기관에 근무하면서 7등급 봉급에 수당까지 받았다.

이때쯤 빌린킨의 몸은 이미 약간 통통해졌고, 잃었던 소위 생명의 수액을 다시 섭취했으며, 다시 전처럼 자주 그리고 거리낌없이 눈을 깜박였다.

그리고 산전수전 다 겪은 뒤 살 권리를 쟁취하고 자신의 가치를 온전히 알게 된 사람의 중후한 걸음걸이로 거리를 걸어다녔다.

실제로 사건이 일어날 즈음에 그는 서른두 살이 채 되지 않은 아주 근사한 남자였다.

그는 자주, 그리고 오래 산책했으며, 지팡이를 휘둘러 길가의 꽃이나 풀 혹은 나뭇잎들을 쳐서 떨어뜨리곤 했다. 때로는 길가의 벤치에 앉아 행복하게 미소지으며 활기차게 심호흡을 했다.

그가 무슨 생각을 했는지, 어떤 기발한 착상이 그의 머리에 떠올랐는지는 아무에게도 알려진 바 없다. 그가 아무것도 생각하지 않았을 수도 있다. 그저 자신의 합법적 생존권에 도취해 있었을 수도 있다. 혹은 오히려 방을 바꾸지 않으면 안 된다고 생각했을지도 모른다.

사실 그는 혁신파* 교회 부사제인 볼로사토프 씨 집에 살고 있었다. 다니는 직장을 고려할 때, 정치적으로 그토록 오염된 인물의 집에 기숙한다는 것은 그에게 큰 걱정거리였다.

---

* 10월 혁명 후에 나타난 러시아 정교회의 혁신파. 소비에트 체제를 지지했다.

그는 아무 곳이나 좋으니 작은 새 아파트나 방이 있는지 주변 사람들에게 여러 번 물어보았다. 특정 종교의식을 행하는 사람의 집에서는 더이상 살 수 없었기 때문이다.

드디어 마음 착한 누군가가 2제곱사젠* 정도 되는 크지 않은 방을 그에게 소개해주었다. 바로 존경하는 룬두코프 씨 집의 방이었다. 빌린킨은 즉시 이사했다. 오늘 방을 보고 내일 아침 이사했다. 이사를 위해 물지게꾼 니키타를 고용했다.

부사제는 빌린킨이 전혀 필요하지 않았다. 그러나 불분명하지만 자신의 고매한 감정에 상처를 입은 부사제는 무지막지하게 욕을 해대고, 기회가 되면 빌린킨의 면상을 후려갈겨주겠다고 위협했다. 빌린킨이 마차에 짐을 실을 때, 부사제는 창가에 서서 일부러 큰 소리로 웃었다. 그렇게 해서 그가 이사 나가는 것에 전혀 개의치 않는다는 것을 보여주고 싶었던 것이다.

부사제의 마누라는 이따금 마당으로 달려나와 마차에 이런저런 물건들을 집어 던지며 소리를 질렀다.

"얼른 꺼져. 십 리도 못 가서 발병 나라. 우린 당신을 안 붙잡아."

모여든 사람과 이웃들은 혹시 있었을지도 모를 그들의 연애관계를 표 나게 암시하며 만족스럽게 웃어댔다. 이것에 대해선 작가도 확인해줄 수 없다. 모른다. 그렇다. 순수문학에 쓸데없는 유언비어를 끼워넣기는 싫다.

---

* 1사젠은 약 2.134미터.

3

바실리이 바실리예비치 빌린킨에게 방을 내주는 데는 돈 욕심이 개입하지 않았고, 특별히 그럴 필요도 없었다. 사실대로 말하자면, 다리야 바실리예브나 룬두코바 할머니는 주택난 때문에 사납고 쓸모없는 사람들을 자기 집에 강제 배정하지 않을까 좀 걱정하고 있었다.

빌린킨은 이런 정황을 약간 이용하기까지 했다. 그는 베커 피아노 옆을 지나갈 때마다 화를 내며 흘겨보고 불만스럽게 토를 달았다. 이 악기는 쓸모없다. 자신은 조용한 사람으로, 살면서 고생도 많이 했고 두 전선(戰線)에서 근무했으며, 중포병부대의 공격을 받기도 했다. 그래서 무용한 소부르주아적 음향을 견딜 수 없다는 것이었다.

할머니는 기분이 상해서 이 피아노는 자기 집에 사십 년이나 있었다. 그러니 빌린킨 씨의 기분 때문에 부수거나 줄과 페달을 제거할 수는 없다. 더구나 리조치카 룬두코바가 피아노를 배우고 있으며, 그것이 그녀의 가장 중요한 목표라고 말했다.

빌린킨은 화가 나서, 엄격한 명령이 아니라 섬세한 요청으로 그렇게 말한 거라고 선언하고 노파를 방에서 쫓아냈다.

극도로 기분이 상한 노파는 울음을 터뜨렸다. 엉뚱한 사람이 이사 올 가능성을 생각했다면 노파는 세를 주지 않았을 것이다.

빌린킨은 아침에 이사했다. 그는 자신의 도시적 취향에 따라 모든 것을 배치하고 정돈하느라 저녁까지 자기 방에서 끙끙거렸다.

조용히, 그리고 특별한 변화 없이 이삼 일이 지났다.

빌린킨은 직장에 나갔고, 늦게 돌아와 펠트 천 슬리퍼를 끌며 방 안을 오랫동안 돌아다녔다. 저녁에 뭔가 먹고, 마지막으로 가볍게 코를 골며 잠이 들었다.

리조치카 룬두코바는 그 이틀 동안 좀 조용하게 다니며 엄마와 미시카 룬두코프에게 그들이 보기에 빌린킨은 어떤 사람이냐, 담배를 피우느냐, 살아오면서 그가 해양인민위원회와 관계를 맺은 적이 있느냐고 여러 차례 물어보았다.

드디어 셋째 날 그녀는 빌린킨을 보게 되었다.

이른 아침이었다. 빌린킨은 여느 때처럼 출근 준비를 하고 있었다.

그는 옷깃을 풀어 헤친 잠옷 바람으로 복도를 걸어가고 있었다. 바지의 멜빵이 등뒤에 매달려 이리저리 흔들거렸다. 그는 수건과 향 좋은 비누를 한 손에 들고 천천히 걸었다. 다른 손으로는 밤새 엉클어진 머리카락을 쓸어넘겼다.

그녀는 입으로 사모바르에 바람을 불어넣거나 마른 장작을 쪼개 불쏘시개를 만드는 등 집안일을 하느라 부엌에 있었다.

그녀는 그를 발견하고 조용히 비명을 지르며 한쪽 구석으로 달려갔다. 정돈되지 않은 아침 옷차림이 부끄러웠다.

그런데 빌린킨은 문가에 서서 아가씨를 살피며 약간 놀라고 감탄했다.

사실, 그날 아침 그녀는 정말 멋있었다.

잠이 약간 덜 깬 얼굴에 엿보이는 신선한 젊음. 흐트러진 금발. 약간 위로 솟은 코. 그리고 맑은 눈. 그리 크지 않지만 통통한 몸매. 이 모든 것이 유난히 매력적이었다.

그녀에게는 매력적인 무심함이 있었다. 아니, 그것은 오히려 아침 일찍 침대에서 일어나 씻지도 않고 맨발에 펠트 천 슬리퍼를 신은 채 집안일을 하느라 바쁜 러시아 여인의 흐트러짐 같은 것이었다.

작가는 심지어 그런 여인들을 좋아하기까지 한다. 작가는 그런 여인들을 절대로 싫어하지 않는다.

사실 그들에게는, 그 뚱뚱하고 게으른 눈길의 여인들에게는 좋은 것이라고는 하나도 없다. 그들에게는 활기도, 열정의 선명함도, 마지막으로 교태도 없다. 별로 움직이지도 않고, 부드러운 슬리퍼에 머리도 빗지 않은 여자들…… 일반적으로 꺼림칙하다고 할 수 있다. 그러나 이 얼마나 놀라운 일인가!

독자들이여, 정말 이상한 일이다!

서구 부르주아 문화가 날조한 인형 같은 여성들은 작가의 마음에 전혀 차지 않는다. 뭔지 알 수 없지만, 그녀들의 머리 모양은 아마 그리스풍일 것이다. 그것을 만져서는 안 된다. 만지면 비명과 스캔들이 난무하게 될 것이다. 옷도 진짜가 아니다. 역시 만지면 안 된다. 찢어지거나 더러워질 것이다. 여러분은 말할 것이다. 그것은 누구를 위한 것인가? 그것 어디에 존재의 매력과 기쁨이 있단 말인가?

예를 들어 우리 여인들이 앉아 있으면 당신은 그들이 앉아 있다는 것을 확실히 알 수 있다. 우리의 여인들은 핀으로 고정한 것 같은 다른 여자들과 다르다. 핀으로 고정한 것 같은 여자, 그것은 대체 누구를 위한 것이란 말인가?

작가는 여러 차례 외국 문화에 매혹당한 적이 있다. 그러나 여성에 관한 한 작가는 민족주의적 입장을 고수하는 바이다.

보아하니 빌린킨도 그런 여자들을 좋아했던 것 같다.

어쨌든 그는 리조치카 룬두코바 앞에 섰다. 그는 희열에 차 입을 살짝 벌리고 늘어진 멜빵을 정리하지도 않은 채 기뻐 놀라며 그녀를 바라보았다.

그러나 그 순간은 일 분도 채 되지 않았다.

리조치카 룬두코바는 조용히 아, 하고 놀라더니 부엌에서 급히 나가버렸다. 그녀는 걸으면서 옷차림새와 헝클어진 머리를 고쳤다.

저녁 무렵, 빌린킨은 직장에서 돌아와 복도에서 리조치카와 마주치기를 기대하며 천천히 자기 방으로 갔다.

그러나 만날 수 없었다.

좀더 늦은 저녁 무렵, 빌린킨은 대여섯 번 부엌을 기웃거리다가 결국 그녀와 마주쳤다. 그는 그녀에게 무척 예의 바르고 정중하게 인사했다. 그는 옆으로 가볍게 머리를 숙이고 두 팔로 막연한 제스처를 해 보였다. 자신이 매혹되었으며, 대단히 기쁘다는 것을 암시하는 제스처였다.

며칠 동안 그런 식으로 복도와 부엌에서 마주친 후, 그들은 상당히 가까워졌다.

빌린킨은 이제 집에 오면 리조치카가 피아노로 연주하는 춤곡을 들으면서 아무것이나 좋으니 감상적인 곡을 또다시 연주해달라고 청했다.

그녀는 〈강아지 왈츠〉나 폭스트롯, 혹은 두번째, 세번째, 아니면 이런 제길, 네번째인지는 잘 모르겠지만, 리스트의 랩소디 중에서 웅장한 화음 몇 가지를 연주했다.

그러면 두 전선에서 근무했으며 중포병부대의 공격을 받기도 했던 빌린킨은 베커 피아노의 삐걱거리는 음향을 마치 처음 들어보는 듯한 표정을 지었다. 그리고 몽상에 잠겨 자기 방의 안락의자에 등을 기대고 앉아, 인간이 존재한다는 것은 얼마나 아름다운가 하고 생각했다.

미시카 룬두코프의 멋들어진 인생이 시작되었다. 빌린킨은 할머니가 부엌에 있고 리조치카가 방에 혼자 있으면 손가락으로 조용히 휘파람을 불라고 부탁하면서 미시카에게 10코페이카를 두 번, 15코페이카를 한 번 주었다.

빌린킨에게 왜 이런 것이 필요했는지 작가는 정말 잘 모르겠다. 노파는 무척 열광하며 사랑하는 연인들을 바라보았고, 가을 전에 결혼시켜 리조치카를 손에서 털어버릴 계획을 세웠다.

미시카 룬두코프도 빌린킨의 섬세한 심리를 파악하지 못하고 자진해서 하루에 여섯 번 정도 휘파람을 불어, 빌린킨이 이 방 저 방을 기웃거리게 만들었다.

빌린킨은 방에 들어가면 리조치카 옆에 앉아, 우선 되지도 않는 말을 그녀와 몇 마디 주고받은 다음, 아무것이나 그녀가 가장 좋아하는 곡을 연주해달라고 청했다. 리조치카가 연주를 끝내면, 피아노 옆에서 마디가 불거진 손가락을, 철학적 인격을 소유했으며 살면서 고생을 많이 하고 중포병부대의 공격을 받기도 했던 인간의 손가락을 리조치카의 하얀 손 위에 올려놓고는 그녀의 인생에 대해 이야기해달라고 부탁했다. 그는 그녀의 과거라면 시시콜콜한 것에까지 대단한 관심을 보였다. 때로 그는 그녀가 참되고 진실한 사랑의 전율을 느껴본 적이 있는지, 아니면 이번이 처음인지 물었다.

그러면 리조치카는 수수께끼 같은 미소를 지으며, 피아노 건반을 조용히 두드리며 말했다.

"전 몰라요……"

4

그들은 정열적으로, 또 꿈꾸듯 서로 사랑했다.

그들은 만나면 몸을 떨고 눈물을 흘렸다.

만나기만 하면 언제든지 황홀한 기쁨의 새롭고 새로운 물결을 경험했다.

그런데 빌린킨은 자기 자신을 들여다보고 좀 놀랐다. 두 전선에서 근무했고, 말로 표현할 수 없는 어려움을 극복하고 존재 권리를 획득한 자신이 이제 이 귀여운 아가씨의 대단치 않은 변덕을 얻기 위해 쉽게 자신의 인생을 양도한다고 생각하니 놀라웠다.

그는 자신의 인생에 등장했던 여인들을, 심지어 그와 모종의 관계가 있었던 부사제 부인까지 포함하여(작가는 이 점에 대해 백 퍼센트 확신하고 있다) 차례로 생각해보았다. 그러자 서른두 살이 된 지금에야 비로소 진실한 사랑과 감정의 참된 떨림을 알게 되었음을 확신할 수 있었다.

생명의 수액이 빌린킨을 활력으로 충만하게 만들었는지, 아니면 인간에게는 비현실적인 낭만적 감정으로 기우는 성향이나 경향이 있는지, 이것은 여전히 자연의 비밀로 남을 것이다.

아무튼 빌린킨은 자신이 이제 전과는 다른 사람이 되었으며 피의 구성 성분이 바뀌었음을, 이 놀라운 사랑 앞에서 삶 전체가 우습고 하찮은 것임을 알게 되었다.

빌린킨, 가벼운 냉소주의자, 살면서 고생을 많이 하고 포탄에 맞아 정신을 잃기도 했으며 여러 번 죽음과 마주 서야 했던 이 음산한 빌린킨은 심지어 살짝 시에 빠져서 시 열 편가량과 발라드 한 편을 쓰기도 했다.

작가는 그의 시를 모른다. 빌린킨은 『노동의 독재』에 자신의 시 한 편을 보냈지만, 편집자는 사회주의 시대에 공명하지 않는다며 그 시를 받아주지 않았다. 작가는 '그녀에게, 이 여인에게'란 제목의 그 시를 알게 되었는데, 그것은 우연과 기술비서 이반 아브라모비치 크란츠의 친절 덕분이었다.

작가는 시와 연애시에 대해 나름대로 견해를 갖고 있다. 그러므로 아주 긴 시 전체로 독자와 식자공들을 괴롭히지는 않도록 하겠다. 단지 가장 울림이 좋은 마지막 부분만을 보여주려고 한다.

나는 사랑을 마음의 좌우명이라,
진보라 불렀다.
그리고 그대의 우아한
얼굴 모습에만 귀 기울였다.

아, 리자, 나는
그대를 알게 된 후,
불꽃에 타오른다, 재처럼.

형식이란 관점에서 이 시는 그저 그렇다고 할 수 있다. 그러나 대체로 그의 시들은 아주 형편없고, 실제로 시대와 공명하지 않고, 리듬도 맞추지 못하고 있었다.

그후로 빌린킨은 시에 끌리지 않았고, 고단한 시인의 길을 가지도 않았다. 늘 어느 정도 아메리카니즘에 경도되었던 빌린킨은 곧 문학적 성과를 던져버렸다. 그는 재능을 아무렇지도 않게 땅속에 묻어버리고는, 자신의 어처구니없는 발상을 종이에 옮기는 일 없이 전처럼 살기 시작했다.

빌린킨과 리조치카는 이제 저녁마다 만났다. 그들은 집을 나와 한밤중까지 텅 빈 거리와 산책로를 돌아다녔다. 때로 그들은 강가로 내려가 모래 절벽 위에 앉아서 깊고 말 없는 기쁨을 느끼며 코쟈프카 강의 빠른 물살을 바라보았다. 때로 그들은 서로 손을 잡고 자연의 비범한 아름다움에 혹은 하늘을 달리는 가볍게 뜬 구름에 열광하며 조용한 탄성을 질렀다.

그들에겐 이 모든 것이 새롭고 매혹적이었으며, 중요한 것은 그들에게는 모든 것이 처음 보는 것 같았다는 것이다.

때로 연인들은 도시를 떠나 숲으로 갔다. 그곳에서 서로 깍지를 끼고 지칠 때까지 돌아다니다 소나무나 전나무 앞에 멈춰 서서 경이의 눈으로 나무를 바라보았다. 그들은 인간에게 그토록 필요한 나무를 땅속에서 밀어올린 자연의 기괴하고도 과감한 놀이에 진심으로 경탄했다.

그 당시 바실리이 빌린킨은 지상에 존재한다는 것의 경이로움과 놀라운 자연법칙에 감동을 받았다. 그는 넘치는 감격을 견딜 수 없어 아가씨 앞에 무릎을 꿇고 그녀의 발 주변 땅에 입을 맞추었다.

주위에는 달빛. 주위에는 밤의 은밀함과 풀. 개똥벌레 울음소리. 침묵하는 숲. 개구리와 곤충. 주위에는 공기의 달콤함과 안위. 주위에는 단순한 존재의 기쁨. 작가는 이 기쁨을 죽는 날까지 거부하지 않기를 원하고, 그러므로 어떠한 이유로도 자기 자신을 고양된 삶의 배경에 존재하는 불필요한 인간이라 여길 수 없다.

빌린킨과 리조치카는 도시 너머로의 산책을 가장 사랑했다.

그런데 이런 매혹적인 산책을 하던 어느 날, 아마 습기 찬 밤이었을 것이다, 부주의한 빌린킨이 감기에 걸려 자리에 눕고 말았다. 그는 볼거리 같은 병에 걸린 것으로 드러났다. 의사들의 전문용어로 '이하선염'이란 병이었다.

이미 저녁 무렵에 빌린킨은 가벼운 한기와 목을 찌르는 듯한 통증을 느꼈다. 밤중에 그의 얼굴이 붓기 시작했다.

리자는 조용히 울며 그의 방으로 들어와 머리를 풀어 헤친 채 얇은 슬리퍼를 신고 침대에서 탁자로 뛰어다녔다. 그녀는 어떤 처치를 해야 할지, 무엇을 해야 할지, 어떻게 해야 환자의 운명이 가벼워질지 알지 못했다.

리조치카의 엄마는 하루에 몇 번씩 방으로 뛰어들어와 환자가 월귤 젤리를 원하지 않는지 물었다. 월귤 젤리는 모든 감염질환에 필요불가결한 것이었기 때문이다.

이틀이 지나 빌린킨의 얼굴이 알아보지 못할 정도로 부었을 때, 리조치카는 의사에게 달려갔다.

의사는 환자를 진찰한 후, 뭔가 처방전을 써주고 가버렸다. 분명 그는 진료비를 제대로 주지 않았다고 마음속으로 욕했을 것이다.

리조치카 룬두코바는 의사 뒤를 쫓아가 길에서 그를 따라잡았다. 그녀는 손을 쥐어짜며, 더듬거리며 묻기 시작했다. 어때요? 뭐라고요? 희망은 있나요? 그녀는 그 사람의 죽음을 견딜 수 없을 거라고 의사에게 말했다.

직업상 이런 일에 익숙한 의사는 그제야 볼거리는 볼거리일 뿐이고, 유감스럽지만 이 병으로 죽을 필요는 없다고 아무렇지도 않게 말했다.

리조치카는 그리 심각하지 않은 병이란 소리에 살짝 기분이 상했다. 그리고 서글픈 마음으로 집에 돌아와 환자를 헌신적으로 돌보기 시작했다. 그녀는 자신의 연약함도, 건강도 개의치 않았고, 감염도 두려워하지 않고 환부를 만지기까지 했다.

처음 며칠 동안 빌린킨은 침대에서 일어나기를 꺼려했다. 그는 부어오른 목을 만져보고는 병 때문에 이렇게 흉하고 혐오스러운 꼴을 보고서도 그에 대한 사랑이 여전히 식지 않았는지 놀라서 리조치카에게 물었다.

그러나 리조치카는 그에게 불안해하지 말라고 부탁하고, 그녀 생각에 그는 전보다 훨씬 당당한 남자가 될 거라고 말했다.

빌린킨도 조용히 감사의 웃음을 지으며, 오히려 이 병은 사랑의 강도를 시험하는 것일 뿐이라고 말했다.

5

그것은 정말 평범하지 않은 사랑이었다.

병상에서 일어나고 뺨과 얼굴이 본래의 모습을 되찾은 그날부터, 빌린킨은 리조치카 룬두코바가 피할 수 없는 파멸에서 자신을 구해낸 거라고 생각했다.

이렇게 하여 그들의 연애관계에는 일종의 성취감, 심지어 관대함이 생겼다.

병에서 막 회복된 어느 날, 빌린킨은 리조치카의 손을 잡고는 무엇인가를 결심한 남자의 어조로 불필요한 질문은 하지 마라, 어리석은 말로 방해하지 마라, 다만 자신의 말에 귀 기울여달라고 부탁했다.

빌린킨은 자신은 인생이 무엇인지 확실하게 알고 있다, 지상에 존재한다는 것이 얼마나 어려운지 알고 있다, 아직 머리에 피도 안 마른 풋내기였을 때 경솔하게 나쁜 짓을 하기도 했고, 그래서 한때는 엄청나게 고생도 했지만, 생활의 경험을 통해 현명해진 지금은 어떻게 살아야 하는지를 알고 있다, 인생의 준엄하고 확고한 법칙을 알고 있다고 길고 의기양양한 말들을 늘어놓았다. 그리고 이 모든 것을 숙고한 후에 자신의 정해진 인생에 변화를 주기로 했다는 것이었다.

한마디로 말해서 빌린킨은 리조치카 룬두코바에게 정식으로 청혼을 한 것이다. 그는 그녀가 앞으로도 일을 하지 않고 소박한 살림살이에 대단한 보탬을 주지 못한다 해도, 미래의 행복에 대해서는 걱정하지 말라는 부탁을 곁들였다.

그녀는 새로운 경험의 순간을 우아하게 장식하기 위해 약간 빼다가 자유연애에 대해 몇 마디 하고 나서, 결국 열광적으로 기뻐하며 청혼을 받아들였다. 그녀는 오랫동안 그를 기다려왔다, 만약 그가 청혼을 하지 않았다면 인간 망종이고 사기꾼이라고 말했다. 또 자유연애라는 것이 우리 시대에는 아주 좋고 훌륭한 것이지만, 그것은 또다른 문제라고 했다.

리조치카 룬두코바는 기쁜 소식을 갖고 즉시 엄마에게 달려갔다. 그녀는 또 이웃들에게도 결혼식에 와달라고 초대했다. 결혼식은 아주 짧게 진행될 것이고, 검소하고 가족적인 성격의 행사가 될 거라고 했다.

이웃들은 그녀가 충분히 오래 기다렸고 출구 없는 상황 때문에 고통당했다고 말하며 뜨겁게 축하했다.

물론 리자의 엄마는 울음을 터뜨렸고, 그것이 정말 사실인지 직접 확인하기 위해 빌린킨에게로 갔다.

빌린킨은 노파에게 사실을 확인해준 뒤, 오늘부터 그녀를 어머니라고 부르겠다고 의기양양하게 선언했다. 노파는 눈물을 흘리며 앞치마에 코를 풀고 나서, 오십삼 년을 살아오는 동안 오늘이 가장 행복한 날이라고 말했다. 그녀는 그녀대로 그를 바샤라고 불러도 되겠느냐고 물었다. 빌린킨은 친절하게 동의를 표했다.

미시카 룬두코프에 대해 말하자면, 누나의 생생한 변화에 시큰둥했다. 그때 그는 혀를 빼물고 길거리를 쏘다니고 있었다.

이제 연인들은 더이상 도시 너머로 가지 않았다. 그들은 많은 시간을 집에서 보냈다. 밤늦도록 수다를 떨고, 앞으로 살아갈 계획을 의논했다.

그런 대화를 나누던 어느 날, 빌린킨은 연필을 들고 미래의 방 배치도를 종이에 그리기 시작했다. 작지만 안락하고 독립된 주거 공간을 만들고 싶었다.

그들은 매우 행복에 겨워 어디에 침대를 놓는 것이 좋을지, 식탁은 어디에 놓을지, 옷장은 어떻게 배치해야 좋을지 증명하느라 서로 다투기도 했다.

빌린킨은 바보짓 하지 말라고, 경대를 구석에 놓지 말라고 리조치카를 설득했다. 빌린킨은 말했다.

"경대를 구석에 놓는 것은 완전히 소부르주아적인 근성이야. 여자들은 꼭 그렇게 놓지. 구석에는 서랍장을 놓고 레이스 달린 식탁보로 덮는 것이 훨씬 더 좋고 멋질 거야. 어머니께서 서랍장을 안 주시지는 않겠지."

"구석에 서랍장을 놓는 것도 소부르주아적 근성이에요." 리조치카가 거의 울음을 터뜨릴 듯한 표정으로 말했다. "게다가 엄마가 서랍장을 줄지 안 줄지는 묻고 답을 들어봐야 하거든요."

"쓸데없는 소리." 빌린킨이 말했다. "왜 안 준단 말이야? 우리 속옷을 창가에 올려놓을 수는 없어! 말도 안 되는 소리."

"바샤, 그럼 당신이 엄마랑 얘기해보세요." 리조치카가 단호하게 말했다. "당신 엄마랑 하듯이 말해보세요. 엄마, 서랍장 줘, 라고 말해요."

"쓸데없는 소리." 빌린킨이 말했다. "좋아, 당신이 정 그렇게 원하면 지금 당장 노인네에게 갈 수도 있어."

그래서 빌린킨은 노파의 방으로 갔다.

이미 늦은 밤이었다. 노파는 자고 있었다.

빌린킨은 오랫동안 흔들어 깨웠지만, 노파는 잠결에 고집을 부리며 일어나려 하지 않았고, 무슨 일인지 알려고도 하지 않았다.

"어머니, 눈 좀 떠보세요."

빌린킨이 강하게 말했다.

"나와 리조치카가 크지 않은 가구 하나 가져도 되나요? 속옷을 창틀에 올려놓을 수는 없어서 그렇습니다."

노파는 빌린킨이 자신에게 뭘 요구하는지 어렵게 이해하고 나서, 서랍장은 오십일 년 동안 한 자리에 있었고, 오십이 년째 되는 해에 그것을 이리저리 끌고 다니고, 왼쪽에 놨다 오른쪽에 놨다 하고 싶은 마음은 없다고 말했다. 또 그녀 자신이 서랍장을 만들 수 있는 것도 아니고, 뒤늦게 나이 들어서 목공 기술을 배워야 하느냐고 말했다. 그러니 그렇게 알고 노인을 화나게 만들지 말라는 것이었다.

빌린킨은 두 전선에서 근무했으며 중포병부대의 공격을 받기도 한 자신은 편안한 삶을 기대할 권리가 있다고 말함으로써 장모를 미안하게 만들려고 했다.

"어머니! 부끄럽지도 않으세요." 빌린킨이 말했다. "서랍장이 그렇게 아까우세요! 어차피 무덤으로 가져갈 수는 없어요. 그걸 아셔야 해요."

"서랍장은 안 줘!"

노파가 찢어지는 소리로 말했다.

"내가 죽으면, 그때 가구를 전부 가져가게."

"그러면 돌아가세요!" 분노한 빌린킨이 말했다. "두고 보세요!"

일이 심각한 국면에 들어선 것을 알고 노파는 울기 시작하더니, 그렇다면 순진무구한 어린애인 미시카 룬두코프가 결정하게 하자고 말하면서 통곡했다. 더구나 미시카는 룬두코프 집안의 유일한 남자이고, 따라서 서랍장은 법적으로 리조치카의 것이 아니라 미시카의 것이라는 말이었다.

잠에서 깬 미시카 룬두코프는 서랍장을 절대 주고 싶지 않았다.

"그렇죠." 미시카가 말했다. "10코페이카는 충분히 받을걸요. 틀림없어요. 서랍장을 원하는 사람이 분명히 있을 거예요. 서랍장도 돈이 되거든요."

그러자 빌린킨은 문을 쾅 닫고 자기 방으로 가버렸다. 그는 리조치카를 신랄하게 나무라면서 그에게 서랍장이 없는 것은 팔이 없는 것과도 같다, 자신은 투쟁으로 단련되었으므로 인생이 무엇인지 안다, 그러므로 자신의 이상에서 한 걸음도 물러서지 않을 것이다, 라고 말했다.

리조치카는 글자 그대로 엄마와 빌린킨 사이를 뛰어다니면서 어떻게든 합의하라고 애원했다. 때에 따라 서랍장을 한쪽 방에서 다른 쪽 방으로 옮기자고 제안하기도 했다.

그러자 빌린킨은 리조치카에게 뛰어다니지 말라고 부탁한 다음, 그만 잠자리에 들자고, 내일 아침에 이 결정적인 문제를 다시 다루기 위해 힘을 충전하자고 제안했다.

아침이 되었지만, 일은 잘 풀릴 것 같지 않았다. 양편에서 여러 가지 쓰리고 모욕적인 진실들이 쏟아져나왔다.

머리끝까지 화가 난 노파는 필사적이고 단호한 어조로 자기는 바실리이 바실리예비치 빌린킨을 속속들이 알고 있다, 오늘은 자기에게 서랍장을 요구하지만, 내일은 자기를 교병으로 만들어 빵과 함께 먹어치울 것이다, 라고 말했다. 그는 그런 인간이야!

빌린킨은 거짓되고 사악한 소문을 유포한 죄로 노파를 형사과에 고발해서 체포하게 만들겠다고 소리 질렀다.

리조치카는 조용히 비명을 지르며 둘 사이를 번갈아 뛰어다녔다. 그녀는 이제 정말 고함치지 말고 차분히 문제를 따져보자고 부탁했다.

그러자 노파는 자신은 고함칠 나이가 지났다, 고함치지 않고도 모든 사람들에게 말한다, 최근 빌린킨이 그들의 식탁에서 세 번이나 점심을 먹었는데, 인사치레로라도 보답하겠다는 말을 단 한 번도 한 적이 없다고 말했다.

무섭게 흥분한 빌린킨은 리조치카와 산책하면서 알사탕과 꿀과자를 여러 번, 그리고 꽃다발을 두 번이나 사주었지만, 그럼에도 불구하고 어머니께 계산서를 제출하지 않았다고 야멸치게 말했다.

이에 대해 리조치카는 입술을 깨물며 뻔뻔스럽게 거짓말하지 마라, 꿀과자는 전혀 없었고 겨우 과즙 빙과와 작은 제비꽃 다발뿐이었는데, 그나마 싸구려인 데다가 다음날 시들어버리고 말았다고 말했다.

이렇게 말한 다음 리조치카는 모든 것을 운명의 의지에 맡기고 울면서 방에서 나가버렸다.

빌린킨은 그녀를 따라 나가 부정확한 발언에 대해 사과하고 싶었다. 그러나 그는 다시 노파와 맞붙었고, 그녀를 악마의 엄마라고 욕한 뒤 침을 뱉고 집에서 나가버렸다.

집을 나온 빌린킨은 이틀 동안 아무도 모르는 곳으로 사라졌다. 그런 뒤 다시 나타나서, 이 집에 머무는 것은 더이상 불가능할 것 같다고 공식적인 어조로 선언했다.

이틀 후 빌린킨은 오프친니코프 씨 집으로 이사했다. 리조치카는 시위하듯 이틀 동안 자기 방에 틀어박혀 있었다.

작가는 이사에 대해 자세히 모르고, 리조치카가 얼마나 마음 아픈 시간을 겪었는지도 모른다. 그녀가 정말로 그런 고통을 겪기는 했는지, 빌린킨이 이 모든 것을 정말로 후회했는지, 혹은 완전한 의식과 결정 능력을 갖고 이 일을 했는지 작가는 모른다.

작가가 아는 것은 이사하고 한참 지나서, 빌린킨이 마루사 오프친니코바와 결혼한 후에 리조치카 룬두코바에게 왔었다는 것뿐이다. 자신들의 불행에 충격 받은 두 사람은 나란히 앉아서 무의미한 말들을 주고받았다. 그러나 가끔씩 눈물을 참아가며 과거의 행복했던 이러저러한 에피소드와 사건들을 기억 속에서 꺼내어 서글프고 애잔한 미소를 지으며 이야기를 나누었다.

때로 어머니가 방에 들어오면, 셋이서 운명을 슬퍼했다.

나중에 빌린킨은 더이상 룬두코프 씨 집을 방문하지 않게 되었다. 길에서 리조치카와 마주치면 반듯하고 조심스럽게 인사를 하고 지나가버렸다.

6

그렇게 사랑은 끝났다.

물론 나중이라면, 예를 들어 삼백 년쯤 후라면, 이 사랑은 그렇게 끝나지 않을지도 모른다. 사랑하는 독자 여러분, 이 사랑은 화사하고 멋진 꽃을 피울지도 모른다.

그러나 인생은 자신의 법칙을 주장한다.

이 복잡하지 않은 사랑 이야기를 하면서 작가는 어느 정도 주인공들이 겪은 일에 끌려다녔고, 그러다보니 제목에서 수수께끼처럼 언급한 꾀꼬리에 대한 것을 빠뜨리게 되었다. 이 사실을 작가는 소설의 끝에서 언급하고 싶다.

작가는 정직한 독자나 식자공, 혹은 하다못해 필사적인 비평가들이 이 소설을 읽고 혼란에 빠질까 걱정스럽다.

'실례합니다만,' 그들은 말할 것이다. '꾀꼬리는 대체 어디 있소? 당신 왜 사기를 쳐? 왜 가벼운 제목으로 독자들을 낚는 거야?'

물론 이 사랑 이야기를 처음부터 다시 시작하는 것은 웃기는 일이 될 것이다. 작가는 그렇게 하지 않겠다. 다만 몇 가지 세부사항을 보충하고 싶다.

빌린킨이 리조치카와 함께 도시를 벗어나 밤늦게까지 숲속을 거닐던 것은 그들의 감정이 절정에, 최고조에 달했던 때였다. 그들은 그곳에서 곤충들의 바스락거림이나 꾀꼬리의 노래를 들으며 꼼짝도 하지 않고 한 자세로 오랫동안 서 있곤 했다. 그때 리조치카는 손을 꼬며 여러 번 물었다.

"바샤, 꾀꼬리는 무엇을 노래할까요?"

이에 대해 바샤 빌린킨은 보통 신중하게 대답했다.

"뭘 먹고 싶어서, 그래서 노래하는 거야."

얼마 후, 리조치카의 심리에 좀 익숙해지자 빌린킨은 더 자세하면서도 막연하게 대답했다. 그는 새는 미래의 아름다운 삶에 대해 노래하고 있다고 말했다.

작가도 역시 꾀꼬리는 미래의 멋진 삶에 대해 노래한다고 생각한다. 예를 들면 삼백 년쯤 후의 미래, 아니, 그보다 더 빠를 수도 있겠다. 독자 여러분, 그렇다. 그 멋진 시간은 더 빨리 올 수도 있다.

그런데 만일 그곳도 나쁘다면, 그때 작가는 자신이 고양된 삶의 배경에 존재하는 불필요한 인간이라는 사실에 텅 비고 차가운 마음으로 동의할 것이다.

즐거운 모험

1

아, 작가는 러시아 작가의 책을 들고는 즐겁고 가벼운 마음으로 침대에 누울 수 없다!

정신적인 안정을 위해 작가는 외국 책을 더 좋아한다.

실제로 외국인들은 아주 기분 좋게 글을 쓴다. 그들에게는 행복과 성공이 있다. 주인공들은 모두 정선된 듯 아름답다. 그들은 비단옷에 파란 속옷을 입고 다닌다. 거의 매일 욕조에서 목욕한다. 중요한 것은 활기, 즐거움, 그리고 거짓말이 많다는 것이다. 물론 결말은 행복하다. 대체로 책 전체가 충만한 평안과 진심 어린 즐거움으로 마무리된다.

심지어 날씨같이 변화무쌍한 것도 외국 소설에서는 늘 좋게 유지된다. 확실히 그렇다. 태양은 빛나고 온기를 준다. 무성한 녹음과 공기.

따뜻하다. 영혼의 오케스트라가 끝없이 음악을 연주한다. 바로 이것이 신경을 안정시킨다!

이제 우리의 고귀한 러시아 문학을 일부러 찾아 읽는다. 러시아 문학에는 터무니없는 날씨가 대부분이다. 눈보라나 폭풍, 혹은 바람이 주인공의 면상에 휘몰아친다. 마치 일부러 그런 것처럼 사랑스럽지 못한 주인공이 선택된다. 끝도 없이 욕을 해댄다. 옷도 형편없이 입는다. 즐겁고 신나는 모험 대신 내전 시대의 피투성이 싸움이 묘사된다. 묘사된 것은 대체로 책에 코를 박고 졸게 만드는 것들이다.

아니, 작가는 이런 문학에 동의하지 않는다! 이런 문학에 훌륭하고 천재적인 작품들이 많다고 하자. 이런 작품들에 망할 놈의 심오한 사상과 다채로운 언어가 있다고 하자. 그래도 작가는 이들 작품에서 정신적 균형과 기쁨을 찾을 수는 없다.

프랑스인들은 삶의 뛰어나고 평온한 면을 묘사할 수 있는데, 우리는 어째서 그러지 못할까? 동무 여러분은 용서하기 바란다! 우리의 삶 속엔 좋은 것들이 충분하지 않단 말인가? 아니면 가볍고 활기찬 모험이 부족하단 말인가? 아니면 여러분은 아름다운 주인공들이 부족하다고 느끼는가?

존경하는 동무 여러분! 찾으면 모든 것이 있다. 사랑도. 행복도. 안녕도. 아름다운 주인공도! 맑은 활력도. 희열도. 욕조도. 파란 속옷도. 10만 루블을 벌게 해주는 채권도. 이 모든 것이 우리의 삶에도 있단 말이다.

그런데 왜 이런 삶을 쓰레기로 오염시키고 까만색으로 덧칠하는가? 우리의 과도기적 일상에 지루하고 빈곤한 것들이 많다고 하자.

그렇다 해도 왜 문학마저 그 위에 소금을 뿌려야 한단 말인가?

아니, 작가는 우리의 고품격 문학에 동의하지 않는 바이다! 물론 작가 자신도 최근에야 비로소 이런 결정적 생각에 도달하게 되었지만 말이다. 작가 자신도 최근까지 가장 절망적이고 가장 멜랑콜리한 사상에, 가장 불가해한 문제들의 해결에 몰두한 적이 있다. 그러나 이제 그만. 충분하다. 여기에 행복은 없다. 여기에 지혜는 없다.

그렇다. 사실 가볍고 즐겁게 써야 한다. 그렇다. 사실 좋은 것, 행복한 것에 대해서만 써야 한다. 친애하는 책 구매자들이 슬픔과 애통이 아니라 활력과 기쁨을 퍼올릴 수 있도록 말이다.

작가는 그래야만 한다고 주장하는 바이다.

책 한 권을 끝낸 지금, 작가는 책 전체가 필요한 그대로 쓰이지는 않았다는 서글픈 생각에 잠기게 되었다.

그러나 뭘 할 수 있단 말인가? 금일부터 작가는 활기 있고 즐거우며 재미있는 이야기만을 쓰려고 한다. 금일부터 작가는 온갖 음울한 사고와 멜랑콜리한 분위기와 결별한다.

유감스러운 일이다. 최근 몇 년 동안의 기억 속에서 온갖 모험과 사건을 들추어냈지만, 작가는 특별히 뛰어나고 즐거운 이야깃거리를 전혀 기억해내지 못하겠다. 좀 당황스럽고 당혹스럽지만 밝혀야 한다. 어느 정도 그럴듯한 이야기가 한 가지 생각나긴 하지만, 그렇게 재미있는 것은 아니고, 그저 조용히 미소지을 수 있는 이야기이다. 이 이야기에 등장하는 사실에 살짝 덧칠을 하기만 하면(물론 거짓말하기 위한 것이 아니라, 즐거운 색채와 사건이 전개되는 밝은 배경을 약간 마련하기 위한 것이다) 정말 괜찮은 이야기가 될 것이다. 읽을 만할 것이다.

작가는 독자들을 속속들이 잘 알고 있다. 빵으로 독자들을 먹여살려야 한다는 말이 아니다. 제발 부탁이니 독자들이 쓰는 돈에 걸맞은 즐겁고 행복한 경험을 제공해야 한다는 것이다.

어떤 문학비평가, 어떤 독자, 그리고 라빈드라나트 타고르란 자는 몹시 기뻐하면서도 낭패감을 느낄 것이다. 그는 손을 비비며 말할 것이다. '자, 이 개자식을 보시오. 명백히 독자들에게 알랑거리고 있소. 이놈을 붙들어 여기저기 닥치는 대로 귀싸대기를 때려주도록 하시오.'

존경하옵는 비평가님들, 싸우고 귀싸대기를 때리는 것은 좀 기다려주시기 바란다. 손을 휘두르는 것은 좀 참고, 말 좀 하게 해주시기 바란다. 작가는 독자에게 알랑거리는 것이 아니고, 필요에 따라 활기찬 사상과 사회적 행복을 위해 쓴다. 하지만 생활의 지혜와 오랜 세월 동안의 경험 덕분에, 그리고 좋지 않은 건강 상태 때문에 비평가들과 논쟁하지는 않겠다.

자, 그래서 작가는 기억하고 있는 열다섯 편쯤 되는 이야기 중에서 하나를 골라, 뛰어난 프랑스 작가의 펜에나 어울릴 재미있고 즐거운 모험 이야기를 쓰기로 결정했다.

이 즐거운 모험에는 행복하고 자극적인 에피소드들이 많고, 활력과 투쟁도 많다. 낭만적인 만남도 있다. 나쁘지 않은 가을 날씨도 있다. 그리고 이 서사시는 행복한 결말로 끝난다.

작가가 생각하기에 이보다 더 좋은 이야기는 절대 기억해낼 수 없다.

물론, 처음부터 특별히 대단한 활력과 행복을 느낄 수는 없을 것이다. 연속하여 행복에 행복이 이어지지도 않을 것이다. 여러분도 아시다시피, 그렇게 사는 것도 따분한 일이다.

그래서 작가는 얼마 전에 세르게이 페트로비치 페투호프가 겪은 즐거운 모험을 진실하고 활기찬 어조로 이야기하도록 노력하겠다.

2

세르게이 페트로비치 페투호프는 일요일에는 출근하지 않는다. 휴식과 활기찬 즐거움으로 가득한 일요일, 세르게이 페트로비치는 열시 아니면 열한시쯤 느지막이 일어난다. 내키는 대로!

그러나 오늘 세르게이 페트로비치가 침대에서 기분 좋게 눈을 떴을 때는 열시도 채 되지 않았다. 그는 다른 쪽으로 돌아누워 다가오는 아침을 향해 기쁨의 미소를 지었다.

그것은 의사들이 아직 오염시키지 않은, 젊고 건강한 유기체의 미소였다. 밤에 멋진 꿈, 밝은 전망, 그리고 활기찬 지평을 목격한 젊은 이의 미소였다.

실제로 전날 밤 꿈에서 세르게이 페트로비치는 젊고 돈 많은 멋쟁이가 된 자신을 보았다. 무엇을 보았는지 정확하게 기억나지는 않는다. 그러나 사랑스럽고 귀여운 얼굴들, 춤추는 아가씨들, 기분 나쁘지 않고 경쾌한 대화, 멋진 미소들이 함께 어울려 그날 밤 젊음과 성공의 행복한 장면과 기쁜 꿈이 되었다.

세르게이 페트로비치는 하품을 하느라 벌어진 입을 손바닥으로 톡톡 두드리고 침대에 앉았다.

섬세한 마다폴람산 면포로 만든 깨끗한 잠옷이 툭 불거진 가슴 근육과 젊고 탄탄한 어깨에 착 달라붙어 있었다.

세르게이 페트로비치는 오랫동안 침대에 앉아 무릎을 껴안고 꿈에 본 것들을 생각했다.

이 꿈 때문이었는지, 아니면 방을 비추는 태양 때문이었는지 모르지만, 세르게이 페트로비치는 경쾌하고 근심 없는 생활, 아니면 재미있고 즐거운 모험을 하고 싶어졌다. 그는 오늘의 성공적인 꿈이 지속되기를 바랐다.

그는 3제곱사젠 이상 되는 널찍하고 즐거운 방에서 살고 싶었다. 이미 그는 상상 속에서 이 방에 푹신푹신한 페르시아산 양탄자를 깔고, 값비싼 그랜드 피아노와 보통 피아노를 여러 대 들여놓았다.

그는 아름답고 사랑스러운 처녀와 손을 잡고 있는 자신을 보았다. 그녀와 함께 카페에 들어가 빈에서 만든 건빵을 곁들여 진한 코코아를 마시고, 혼자 돈을 다 내고, 그다음에는 몸을 흔들거리며 나오는 모습을.

세르게이 페트로비치는 한숨을 쉬고는 조용한 눈길로 자신의 누추한 거처를 둘러보더니 갑자기 침대에서 벌떡 일어났다.

그는 침대에서 일어나 양철 세면대에서 얼굴을 대충 씻고 엉킨 머리를 빗은 후, 작은 손거울을 벽에 고정시키고 그 앞에서 넥타이를 매기 시작했다.

그는 넥타이와, 다음에는 구두와 오래 씨름했다. 그는 절망적인 광택이 날 때까지 구두를 닦았다. 다음에는 오랫동안 모자를 이리저리 써보았다. 드디어 옷을 차려입고 머리를 빗은 그는 박하 향을 가볍게 뿌린 후 거리로 나갔다.

늦여름의 조용하고 묘한 아침이었다. 짙은 녹음과 맑은 공기, 그리고 태양에 잠시 세르게이 페트로비치의 눈이 부셨다. 어디선가 취주 악단의 연주가 들려왔다. 저명인사의 장례식이 진행되고 있었다.

세료자는 집 앞에 서 있다가, 손에 든 지팡이를 돌리며 가볍고 춤추는 듯한 걸음으로 큰길을 따라 걸었다.

세르게이 페트로비치 페투호프는 스물다섯 살이었다. 그는 젊고 건강했다. 근육은 강하고 탄탄했고, 얼굴선은 굵고 근사했으며, 회색 눈은 아름답고 눈썹과 속눈썹에 잘 어울렸다. 지나가는 여자들은 그의 잘빠진 몸매, 둥글고 통통한 뺨, 갓 다린 티끌 하나 없는 바지를 드러내놓고 만족스러운 시선으로 바라보았다. 세르게이 페트로비치는 눈을 약간 가늘게 뜬 채 지나는 모든 여자들에게 인사를 건넸다. 때때로 그는 몸을 돌려 무엇인가를 생각하면서 그녀들의 뒤를 바라보았다. 그는 천천히 걸으며 가슴 한가득 숨을 들이켰다. 그리고 가끔 상점에서 어떤 처녀와 나란히 서서 그녀를 곁눈으로 힐끗거리며 지난밤 꿈에서 보았던 멋진 아가씨들과 비교하고 평가하는 것이었다.

갑자기 세르게이가 몸을 돌려 지나가는 한 처녀의 뒤를 유심히 바라보았다.

'카튜샤 체르뱌코바께서 몸소 납시었군.' 세르게이 페트로비치는 그렇게 생각하고 잠시 서 있다가 그녀의 뒤를 따라 걷기 시작했다.

그는 가볍게 숨을 헐떡이며 처녀를 따라잡았다. 그는 뒤에서 즐겁고 장난스럽게 손을 움직여 그녀의 두 눈을 가리고, 목소리를 바꿔 물어보고 싶었다. '누가 눈을 가렸게요?' 그러나 문득 오늘 나오기 전에 구두를 닦아서 손이 그다지 깨끗하지 않다는 것을 기억해냈다. 오 분간 산책하는 동안 독성 있는 구두약의 테레빈유 냄새가 거의 날아가질 않았다. 세료자는 단념하고 처녀에게 가까이 다가갔다. 그는 그녀의 팔을 잡아당기고 장난스럽게 발을 구르며 소리쳤다.

"어이쿠, 당신! 저런, 조심하세요……"

처녀는 얼굴이 하얗게 질리더니 놀라서 물러섰다. 무엇보다 그녀는 어떤 멍청이가 마당에서 마차를 몰고 나왔거나 어떤 깡패 녀석이 행패를 부리는 거라고 생각했다. 그러나 세르게이 페트로비치를 보더니 깔깔대며 웃기 시작했다. 그들은 서로 손을 잡고 어린애처럼 웃었다. 그들은 웃음의 발작 때문에 글자 그대로 십 분 동안이나 말 한마디 할 수 없었다.

잠시 후, 약간 안정을 찾은 그는 어디 가는 중이냐고 그녀에게 물었다. 산책중인 것을 알고 그는 그녀의 팔을 잡아끌었다.

세르게이 페트로비치는 이 처녀를 여러 번 만났지만, 한 번도 그녀를 생각하거나 상기한 적은 없었다. 그런데 이번에 세료자는 가볍고 즐거운 꿈과 활기를 주는 날씨의 영향을 받아 어떤 아픔과 사랑의 떨림을 가슴에 느꼈다.

그는 처녀의 손을 꼭 움켜쥐고 의기양양하게 도시를 활보했다. 마치 계속되는 나의 꿈을 보십시오, 라고 지나가는 사람들을 초대하는 것 같았다.

약간 음울하고 화난 듯이 아랫입술을 내민 세르게이 페트로비치에 익숙했던 카튜샤 체르뱌코바는 영문을 알 수 없었다. 어떤 행복의 모기가 이 신사 양반을 물었는지 알 수 없었다. 그러나 천성이 명랑하고 웃기 잘하는 카튜샤는 그의 활기차고 장난스러운 기분을 북돋워주었다. 그녀는 온갖 수다를 떨었고, 웃음과 젊음에 목이 메어 글자 그대로 걷는 내내 킥킥댔다.

젊음, 아름다움, 그리고 좋은 날씨가 이 한 쌍을 서로 엮어주었다. 둘에게 사랑이 찾아온 것 같았고, 전율 같은 것이 살갗을 훑고 지나갔다.

그녀의 집 앞에서 헤어질 때 세르게이 페트로비치는 이미 사랑에 빠져, 가능하면 빨리 다시 만날 날을 정하자고 했다. 그는 자신의 인생은 특별한 경험과 모험 없이 빠르게 흘러가고 있다고 말했다. 자신은 한없이 고독하며, 고독이 그를 움츠리게 만든다는 것이었다. 그는 카튜샤 체르뱌코바에게 좀더 가까이 다가가고 싶었다. 오늘 저녁 일곱시에 키르피치니 골목에 있는 영화관에 가자고 하면 그녀가 간다고 할까? 그는 1회 상영 시간에 맞추어 그녀와 함께 영화관에 가서 나란히 앉아 영화를 보고 음악을 들으며 다음엔 무엇을 할까, 시내를 돌아다닐까, 아니면 어디 다른 곳에 들를까 궁리하고 싶었다.

그녀는 짐짓 약간 곤란한 표정을 짓고는 오늘 엄마의 침대시트 가장자리를 감치고 더러운 속옷을 정리해야 한다고 말했다. 그러나 이러다 신사가 영화관 가는 것을 포기하면 어떻게 하지, 하는 생각이 들어 깜짝 놀라 곧 승낙하고 말았다.

그들은 아주 다정하고 간단하게 작별인사를 나누고 헤어졌다. 그러나 세료자는 일 분 정도 쪽문 앞에 서서 출입구를 바라보더니, 짖어대는 개를 향해 버럭 고함을 지르고는 아침을 먹기 위해 집으로 갔다.

아침은 진수성찬이었다. 계란 세 개에 양파와 고추냉이를 곁들인 계란부침. 소시지. 비계. 세르게이 페트로비치는 빵을 끝도 없이 먹었다. 그러나 주인 여자는 문제 삼지 않았다.

"산다는 것은 좋은 거야." 세료자는 계란부침을 씹으며 중얼거렸다.

3

작가는 모른다. 우리 인생에서 가장 중요한 것, 말하자면 가장 근사한 것, 그것 때문에 세상에 존재할 가치가 있는 그것이 무엇인지를.

아마 국가에 대한 봉사, 민중에 대한 봉사, 그리고 여러 가지 질풍노도와 같은 이념들이 그것일 것이다. 아마 그럴 것이다. 무엇보다 그런 것일 게다. 그러나 개인의 삶에는, 일상의 차원에는 이런 고상한 사상들 외에도 훨씬 더 자잘한 다른 생각들이 존재한다. 그런데 주로 이런 생각들이 우리의 인생을 더 흥미롭고 재미있게 만든다.

작가는 그런 것들에 대해 아는 것도 없고, 그런 것에 대한 어리석은 금언 따위로 단순하고 소박한 이성을 복잡하게 만들 생각도 없다. 결단코 작가는 인생에서 가장 매혹적인 것이 무엇인지 모른다.

때때로 드는 생각은, 사회적 임무들 다음으로 가장 중요한 것은 사랑일 것이며, 사랑이야말로 가장 매혹적인 것이라는 점이다.

이를테면 이런 경우도 있다. 그대가 도시를 걷고 있다고 하자. 늦은 시간. 저녁이다. 거리는 비어 있다. 그대는 크나큰 슬픔에 빠져 있다.

총탄 속을 뚫고 가야 하거나, 아니면 어떤 세계고(世界苦)로 아파하고 있다.

그대는 걷다가 모든 것이 너무나 절망적이고 너무나 증오스러워, 환하게 불이 켜진 첫번째 가로등에 우발적으로 목을 매려고 한다.

그러다 문득 그대는 창문을 본다. 창문에서 붉은빛이나 분홍빛이 흘러나온다. 그런 종류의 커튼이 드리워져 있다. 멀리서 그 창문을 보자 그대는 온갖 자잘한 근심과 불안이 사라짐을 느끼고, 얼굴에 미소가 피어난다.

그때 그대는 그 분홍빛, 창문 너머의 소파, 우스꽝스러운 사랑의 농담들이 무엇인가 아름답고 멋진 것으로 보일 것이다.

이 모든 것이 무엇인가 근본적인 것, 확고부동한 것, 영원히 존재하는 것으로 보일 것이다.

아, 독자들이여! 하, 그대, 나의 소비자들이여! 그대는 이 고귀한 사랑의 느낌, 이 참된 사랑의 떨림, 그리고 진심 어린 격정을 아는가? 그대들은 이것이야말로 우리 인생에서 가장 고귀하고 가장 매혹적인 것이라고 생각하지 않는가?

다시 말하지만, 작가는 그렇다고 단언하지 않는다. 결단코 단언하지 않는다. 작가는 인생에 더 훌륭하고 더 아름다운 것이 있기를 바란다. 다만 때때로 사랑보다 더 높은 것은 없다는 생각이 들 뿐이다.

유감스럽지만 작가를 사랑했던 여자들은 많지 않다. 여자들이 분홍 불빛 속에서 작가에게 키스를 했는지, 솔직히 잘 기억나지도 않는다. 아마 아닐 것이다. 폭풍 같던 혁명기에 작가는 아직 어렸으며, 그때는 떠오르는 태양을 제외하면 대체로 조명이라곤 찾아볼 수 없었다. 당시에 사람들은 귀리를 먹었다. 그 음식은 조잡하고 말먹이 같았다. 그것은 분홍빛 가로등을 따라 생기는 섬세한 낭만적 충동과 애통을 야기하지도 않았다.

그러나 이런 모든 것 때문에 작가가 괴로워하는 일은 없을 것이고, 삶에 대한 활기찬 사랑도, 사랑은 매우 크고 매혹적인 것이라는 작가의 인식도 흔들리지 않을 것이다.

세르게이 페트로비치 페투호프는 작가보다 좀 젊었지만, 인생과 사랑에 대해 바로 그런 생각과 견해를 갖고 있었다. 생활 속 경험을 통해 지혜로워진 작가가 인생을 이해하듯이, 그도 그렇게 인생을 이해했다.

앞에서 언급한 바로 그날, 그 맑던 일요일, 세르게이 페트로비치는 아침을 배불리 먹은 후 달콤한 사랑의 꿈에 빠져 한 시간 반 정도 침대에서 뒹굴었다. 그는 이미 시작된 사랑의 모험에 대해 생각했다. 또 그는 오늘 아침 처녀에게 했던 지혜롭고 즐거우며 열정적인 말들을 생각했다. 또 사랑이 자신의 따분하고 고독한 삶을 아주 기분 좋게 장식할 수 있다는 것을 생각했다.

세르게이 페트로비치는 침대 등받이 위에 발을 뻗고 약속 시간인 오후 일곱시까지 도대체 얼마나 남았는지 초조하게 계산하기 시작했다. 그때가 되면 그는 아가씨와 함께 영화관에 앉아서 웅장한 그랜드 피아노 연주를 들으며 영사기 돌아가는 소리 아래에서 오늘 자신을 사로잡은 뜻밖의 다정함에 대해 조용하고 열정적인 어조로 속삭일 것이다.

오후 한시가 지났다.

"여섯 시간이나 기다려야 되겠네." 우리의 초조한 주인공이 중얼거렸다.

그런데 그가 갑자기 침대에서 벌떡 일어나더니, 급히 방 안을 걷기 시작했다. 그는 욕을 해대며 자신의 부주의한 발걸음에 차여 넘어진 식탁 의자와 등받이 없는 의자를 발로 걷어찼다.

사실 그랬다. 무엇 때문에 그는 개새끼처럼 누워 있는가? 오히려 행동이 필요할 때였다.

말하자면 세르게이 페트로비치는 그 시점에 빈털터리였던 것이다. 일주일 전에 받은 월급은 이것저것 생활에 필요한 것들을 사느라 이미 오래전에 써버렸고, 수중에는 동전 4코페이카와 3코페이카짜리 우표 한 장뿐이었다.

처녀에게 영화관에 대해 말할 때 세르게이 페트로비치는 이 점을 정확하게 알고 있었다. 다만 그는 그 순간의 기분을 망치고 싶지 않았으며, 별것도 아닌 돈을 어디서 빌릴 것인지 고민하고 싶지 않았다. 집에 가서 생각하기로 했던 것이다. 그런데 그는 못된 고양이 새끼처럼 거의 두 시간 동안이나 매트리스 위에서 빈둥거리며 아무런 대책도 강구하지 않았다. 공상에 잠겨 까맣게 잊고 있었다.

세르게이 페트로비치는 양복 상의 없이 셔츠만 입고 옆방으로 달려갔다. 그는 아주 친하게 지내는 이웃에게서 돈을 빌리려 했다. 그러나 이웃은 오늘은 절대로 돈을 빌려줄 수 없다고 말했다. 그는 돈을 돌려주겠다는 세르게이 페트로비치의 선한 의도를 믿지만, 유감스럽게도 약 40코페이카가 남았는데 오늘 그것이 꼭 필요하다, 그런 이유 말고도 자신은 돈 빌려주는 일을 자제하려고 한다, 그것은 전혀 지혜롭지 못하고 위험성이 큰 일이라고 생각한다고 말했다.

세르게이 페트로비치는 부엌으로 내달렸다. 그는 자신을 재난에서 구해달라고 주인 여자에게 애원했다. 그러나 주인 여자는 매정하고도 단호하게 거절했다. 그녀 자신도 겨우겨우 먹고살고 있으며, 아직 짬이 없어서 10루블짜리 지폐와 20코페이카짜리 은화를 찍어낼 수 있는 기계를 시장에서 구입하지 못했다고 말했다.

세르게이 페트로비치는 큰 실망에 잠겨, 심지어 어느 정도 불안에 떨며 자기 방으로 돌아와 다시 침대에 누웠다. 그는 어디서 돈을 구할 수 있는지 체계적으로 고민하기 시작했다. 사실 그에게 필요한 것은 그리 큰 돈이 아니었다. 최악의 경우 70코페이카만 있으면 되었다.

그 돈을 얼마나 간절히 갖고 싶었던지, 한순간 손에 20코페이카짜리 동전 세 개와 10코페이카짜리 동전 하나가 들려 있는 듯한 착각이 들기도 했다.

그는 침착하게 생각하려고 애썼다. 머릿속에 모든 지인들을 떠올린 뒤 온갖 상상력을 동원하여 필요한 돈을 빌려달라고 부탁해보았다. 그러나 사실상 누구에게서도 돈을 빌리지 못할 거라는 결론을 내렸다.

세르게이 페트로비치는 곤혹스러운 상황에서 빠져나올 다른 방법이 없는지 생각하기 시작했다. 혹시 무엇인가 내다 팔 수 있지 않을까?

그래, 그렇지. 물건을 파는 거야!

세르게이 페트로비치는 급히 옷장, 책상, 서랍을 열었다. 세상에, 정말 아무것도 없었다. 잡동사니와 누더기뿐이었다. 마지막으로 남은 정장이나 주인집 옷장 또는 소파를 팔아먹을 수는 없었다! 낡은 장화를 판다면? 그렇지만 얼마나 받을 수 있단 말인가?

그렇지. 바구니에 있는 고기 분쇄기는 당장 팔아치울 수 있었다. 그 고기 분쇄기는 돌아가신 어머니로부터 물려받은 것이었다. 이상한 일이었다. 왜 이 기계를 지금까지 팔아먹지 않았지?

세료자는 재빨리 침대 아래에서 먼지 끼고 온갖 살림살이로 가득한 바구니를 꺼냈다. 그는 마음속으로 가격을 매기면서 큰 기대를 갖고 바구니에서 여러 가지 물건을 꺼냈다. 그러나 그것들도 역시 돈이 되지 않는 쓰레기일 뿐이었다. 온통 먼지 끼고 조잡한 크고 작은 병들, 꼬깃꼬깃한 처방전이 든 가루약 상자들. 부서진 묵직하고 둥근 등. 녹슨 빗장. 고리 두 개. 쥐덫. 카드 한 벌. 장화의 목 부분. 그리고 마지막으로 고기 분쇄기.

세료자는 헝겊으로 먼지를 닦은 후, 고기 분쇄기를 손바닥 위에 올려놓고 마음속으로 무게와 가격을 대충 계산해보았다.

손잡이가 달린 고기 분쇄기는 상당히 크고 튼튼했다. 1919년에는 이것으로 귀리를 빻았다.

세료자는 입으로 불어 먼지를 완전히 털어낸 다음, 분쇄기를 신문지로 쌌다. 그는 외투를 걸치고 황급히 시장을 향해 달렸다.

일요일, 거래가 한창이었다. 사람들은 중얼거리거나 손을 휘저으며 시장을 오락가락하거나 서 있었다. 바지, 신발, 그리고 해바라기 씨기름을 바른 빵을 팔았다. 몹시 시끄러운 소리와 찌르는 듯한 냄새가 가득했다.

세료자는 사람들을 뚫고 들어가 잘 보이는 한쪽에 섰다. 그는 소중한 짐을 풀어 사람들의 눈에 잘 뜨이도록 손잡이가 위쪽을 향하게 하여 손바닥에 올려놓았다.

"고기 분쇄기가 있습니다." 우리의 주인공이 일을 빨리 끝내려고 중얼거렸다.

세료자는 아주 오래 서 있었지만 아무도 다가오지 않았다. 다만 몸집이 거대한 한 부인이 지나가며 가격을 물었다. 가격이 1루블 50코페이카인 것을 알고 그녀는 몸을 부르르 떨며 말로 다 할 수 없는 분노에 사로잡혀 온 시장을 향해 욕을 퍼붓고는 너는 하이에나 같은 놈, 미쳐 날뛰는 개 같은 놈이라며 세르게이 페트로비치를 모욕하기 시작했다. 끝으로 그녀는 그와 분쇄기, 그리고 그의 증조할머니까지 모두 합쳐도 1루블 25코페이카가 되지 않을 거라고 단정해버렸다.

몰려든 사람들이 성난 부인을 조금씩 밀어냈다.

한 야심만만한 젊은이가 군중에서 떨어져나오더니 돈지갑을 꺼내 손바닥 위에 올려놓고 달그락거렸다. 그는 1루블 50코페이카는 사실 우리 시대엔 들어보지도 못한 가격이며, 고기 분쇄기는 그만한 값어치가 나가지 않는다고 말했다. 모양이 좋지 않고, 칼날도 무뎌서 형편없다는 것이었다. 또 그는 그럼에도 불구하고 분쇄기 소유자가 원한다면, 지금 당장 현금 20코페이카는 받을 수 있을 거라고 말했다.

세료자는 당당하게 고개를 저으며 거절했다.

그러고 나서도 그는 한참을 움직이지 않고 서 있었다. 아무도 그에게 다가오지 않았다. 오래전부터 사람들이 점점 줄어들었다.

세르게이 페트로비치는 몹시 손이 저리고 가슴이 쑤셨다.

그런데 그때 그는 생각지도 않게 시장 시계를 보고는 완전히 놀라고 말았다. 벌써 네시 십오 분 전이었다. 그는 아직 아무것도 먹지 않았다.

세르게이는 소중한 시간을 낭비하지 말고, 어떤 값이라도 좋으니 첫번째 손님에게 고기 분쇄기를 팔아야겠다고 결심했다. 그러고 나서 즉시 누구에게든 달려가 부족한 돈을 빌리기로 했다.

그는 어떤 털 많은 놈에게 15코페이카를 받고 분쇄기를 팔아치웠다.

털보는 무례한 표정으로 세르게이 페트로비치가 내민 손 위에 동전을 올려놓으며 한참 동안 세었다. 13코페이카까지 센 후 그는 "충분해"라고 말했다.

세료자는 지독한 구매자에게 제대로 한번 욕을 해주고 싶었지만, 다시 한번 시계를 보고는 비명을 지르며 집을 향해 달렸다.

오후 네시였다.

4

세료자는 13코페이카를 손에 움켜쥐고 집으로 내달렸다. 달리면서 나머지 돈을 마련할 계획과 방법을 궁리했다. 그러나 도대체 머리로 무엇인가를 생각할 형편이 아니었다. 이마는 땀으로 덮였고, 흥분해서 관자놀이가 팔딱팔딱 뛰었다. 세 시간도 남지 않았다는 생각 때문에, 벌어진 상황에 대해 차분히 생각할 수도 없었다.

세르게이 페트로비치는 집에 도착한 후 슬픈 눈길로 자기 방을 둘러보았다.

그는 베개나 이불 등 침실용품 중에서 아무것이나 긴요한 것을 팔아치우기로 결심했다. 그러나 그 순간 처녀가 영화를 본 후에 전혀 격식을 차리지 않고 자신의 보잘것없는 거처를 방문할 수도 있다는 데 생각이 미쳤다. 그런 경우에 그녀에게 뭐라고 말해야 할까? 이불이 없는 것을 어떻게 설명할 수 있을까? 치욕이다. 분명 처녀는 호기심 때문에라도 '세르게이 페트로비치, 이불은 어디 있어요?'라고 물을 것이다.

이런 생각을 하자 피가 솟아오르고 심장이 무섭게 뛰기 시작했다. 그는 이 무모한 계획을 단호하게 포기했다.

그러자 문득 새로운 행복한 생각이 그의 빈곤한 머릿속에 떠올랐다. 아주머니. 친척 아주머니. 나탈리야 이바노브나 투피치나 아주머니. 세르게이 페트로비치의 친척 아주머니였다. 이놈이 정말 정신이 나갔었나? 이 얼간이 자식이 왜 아주머니를 생각해내지 못했던 거지?

사라졌던 활력와 기쁨이 다시 세르게이 페트로비치의 전 존재를 사로잡았다. 그는 아프리카 원시인의 춤을 추기 시작했다. 외투를 휘두르고 소리를 질렀다. 세르게이 페트로비치는 계단에 다다라서야 외투를 걸쳐입고, 씩씩하고 활기찬 걸음으로 가조바야 거리 4번지의 착한 친척 아주머니에게로 달려갔다.

세르게이 페트로비치가 아주머니를 만날 일은 거의 없었다. 그녀를 보는 것은 생일과 부활절, 일 년에 겨우 두 번이었다. 그렇지만 그녀는 친척 아주머니였다. 그녀는 이해할 것이다. 맹세컨대 그녀는 이해할 것이다. 그녀는 조카인 세르게이를 무지무지하게 사랑했다. 그에 대한 그녀의 사랑은 심지어 광적이기까지 했다. 자신이 죽으면 죽은 남편의 정장 세 벌을 가지라고 직접 그에게 말하기도 했다. 그녀의 남편은 일 년 반 전에 비전염성 장티푸스로 죽었다.

이런 친척 아주머니가 그의 난감한 처지를 동정하지 않을 리 없었다.

드디어 가조바야 거리에 도착했다. 작은 창문이 달린, 정이 가는 이층집 4번지다.

세료자는 대문을 지나 마당으로 뛰어들었다. 단숨에 2층으로 올라갔다. 그리고 부엌으로 들어갔다.

늙은 여자 둘이 석유곤로 옆에서 바쁘게 움직이고 있었다. 그들은 무척 나대는 노인네들이자 방 주인인 벨로우소바 자매였다. 그중 하나, 훨씬 더 독살스러운 젊은 노인네가 열린 페치카 앞에 몸을 웅크리고 서서 부젓가락으로 석탄을 긁어 항아리에 담고 있었다. 석탄을 아끼려는 수작이 분명했다. 언니 벨로우소바 노파는 기름때 묻은 수건으로 접시를 닦고 있었다. 그리고 보아하니 벨로우소바 자매의 친척 같은, 별로 크지 않은 젊은 녀석 하나가 의자에 앉아 아주 뻔뻔한 표정으로 찐 감자를 씹고 있었다.

곤로 앞쪽 벽에는 바퀴벌레가 떼를 지어 몰려다니고 있었다. 창 옆에는 괘종시계가 걸려 있었다. 진자가 무서운 속도로 움직이며 쉭쉭 소리를 냈고, 삐걱거리며 바퀴벌레의 삶에 박자를 맞추고 있었다.

세르게이 페트로비치가 부엌으로 들어서자 두 노파가 은밀한 시선을 주고받았다. 그들은 그를 향해 손을 저었다. 좀 조용히 하고 침을 뱉지 말라는 의미 같았다. 그들은 서로 목청을 높여 설명하기 시작했다. 그의 아주머니 나탈리야 이바노브나 투피치나는 벌써 이 주 동안 관에 한쪽 발을 걸친 양 죽은 듯이 누워 있었다. 방문한 의사는 그녀를 진찰하더니 별 특별한 말은 하지 않고, 어쩔 수 없다는 듯 두 팔을 벌린 뒤 가루약을 처방해주었다. 그런데 환자가 그 약을 먹고 다음날 저녁 무렵부터 완전히 인사불성이 되어 혀도 위장도 제대로 말을 듣지 않는다는 것이었다. 그들은 이런 상태가 계속되면 투피치나 할머니는 오늘이나 내일쯤 신의 도움을 받아 더 좋은 저 세상으로 옮겨가실 거라고 말했다. 세르게이 페트로비치가 유일한 법적 상속자로서 묘지와 관을 마음대로 결정할 수 있다고도 했다. 왜냐하면 누군지도 잘 모르는 사람을 위해 돈도 안 받고 그런 일을 할 사람은 없기 때문이라는 것이었다.

세르게이 페트로비치는 완전히 낙담하고 말았다. 그의 마지막 희망은 깨졌다. 그들이 그에게 말한 것을 어떻게 해석해야 할지 알 수 없었다. 그는 흐느끼는 노파들을 물리치고, 약간 비틀거리며 복도를 지나 천천히 아주머니 방으로 갔다.

아주머니는 힘겹게 숨을 쉬며 미동도 없이 침대에 누워 있었다. 세르게이 페트로비치는 방을 둘러보고 노파의 누런 얼굴을 힐끗 바라보았다. 눈은 감겨 있고, 코가 날카로웠다. 세르게이 페트로비치는 숨이 막힐 것 같아 조심조심 발끝으로 걸어 다시 부엌으로 갔다.

죽어가는 아주머니에 대한 연민은 없었다. 심지어 그는 그 순간 그녀를 생각하지 않았다. 오늘 정말 그녀에게서 돈을 빌릴 수 있는 가능성이 전혀 없다는 사실에 대해서만 생각했다.

세르게이 페트로비치는 거의 꼼짝하지 않고 부엌에 오 분 동안 서 있었다. 그의 얼굴이 온통 창백해졌다. 끔찍스러웠다.

그의 견딜 수 없는 슬픔에 대한 경의의 표시로 두 노파는 움직이지 않으려고 애쓰며 소리 없이 숨을 죽이고 손수건 끝으로 입술과 눈을 닦았다. 거의 완벽한 정적이 흘렀다. 젊은 녀석만이 여전히 몰상식하게 쩝쩝거리며 감자를 씹고 있었다. 부엌의 시계도 전처럼 규칙적으로 시간의 흐름을 알렸다.

세르게이 페트로비치는 거칠게 숨을 쉬며 똑딱거리는 시계를 곁눈질로 바라보고, 최후의 완전한 마비 상태에 빠져버렸다.

다섯시가 지났다.

큰 바늘이 십오 분을 움직였다.

이날 두번째로 세르게이 페트로비치의 심장으로 피가 솟구쳤다. 옆구리가 심하게 아파왔다. 얼굴은 땀투성이가 되었다. 목이 바싹 마르고 뻣뻣해지기 시작했다.

고통스러운 근심이 순간 완전하고 격렬한 절망으로 바뀌었다.

세르게이 페트로비치는 강력한 신경성 흥분에 사로잡혀 계단으로 나가는 출구를 제대로 찾지 못했다. 그는 헛간으로 들어갔고, 다음에는 두 번이나 화장실에 부딪혔다. 그러고는 젊은 녀석을 의자에서 끌어내려 면상을 갈기려고 했다. 결국 그는 성호를 긋는 두 노파의 도움을 받아 나가는 문을 찾았다. 그는 겨우 마당을 지났다. 팔다리가 휘청거렸다.

길로 나왔을 때, 세르게이 페트로비치는 비로소 정신이 좀 들었다. 그는 천천히 걸어 집으로 갔다. 그는 가능하면 아무것도 생각하지 않으려 했다. 그러나 온갖 생각들이 그의 머리를 짓눌렀다. 그는 혼잣말로 자신의 상황을 좀 진정시키려고 했다.

"그래, 여보게, 세료자." 그는 중얼거렸다. "그래, 무슨 일이야?"

그러나 혼잣말도 도움이 되지 않았다.

그는 집에 도착한 후 완전히 기진맥진하여 침대에 누웠다.

"도대체 왜 그러지?" 그는 마음을 좀 진정시켰다. "문제는 돈이 없다는 거야! 생각해봐. 이 얼마나 견디기 힘든 시련인지. 젠장, 왜 이런 쓸데없는 질문으로 자신을 괴롭히는 거야? 그냥 가서 돈이 없다고 하면 될 것을."

그러나 일종의 고집, 그리고 어떻게 해서든지 돈을 구해야 한다는 막연한 소망이 다른 어떤 것도 생각하도록 내버려두질 않았다.

바로 그것에 인생의 모든 의미가 있는 것처럼 보였다. 세르게이 페트로비치 페투호프가 몇 푼의 돈을 구해 오늘 모든 사람들이 그러듯 걱정 없이 즐겁게 처녀와 함께 외출하거나, 아니면 좌절, 무지막지한 파멸이 그를 덮칠 것만 같았다.

세르게이 페트로비치는 꼼짝 않고 침대에 누워 있었다. 그의 머릿속에 온갖 환상적 계획과 장면들이 떠올랐다.

예를 들어 그가 길을 걷다가 돈을 줍는다. 아니면 상점에 들러 판매원들을 위협해 상당한 양의 물건을 강탈한다. 아니면 국립은행에 들어가 직원들을 화장실에 처넣은 뒤 꽉 찬 동전 자루를 갖고 나온다.

온갖 망상이 지나간 다음, 세르게이는 절망적으로 웃으며 비현실적으로 문제에 접근하는 자신을 책망했다.

그는 흥분하지 않기로 다짐하고 순서대로 엄격하게, 서둘지 않으면서도 유혹적인 환상에 빠지지 않고 가능한 모든 방법을 헤아려보았다.

그러나 갑자기 침대도 방도 베개도 견딜 수 없게 되었다. 세르게이 페트로비치는 거의 달리듯이 거리로 뛰쳐나왔다.

그는 뭐라고 중얼거리며 성큼성큼 대로를 따라 걸었다.

자신도 모르게 그는 시계 상점 앞에 서서 창에 걸려 있는 시계의 둥글고 흰 숫자판을 오랫동안 바라보았다.

그는 오랫동안 서서 큰 바늘이 움직이는 것을 보았다. 바늘은 아주 천천히 움직였다. 바늘이 움직일 때마다 세르게이 페트로비치의 목이 타들어갔다.

저녁 여섯시가 되었다.

큰 바늘이 12를 약간 지났다.

세르게이 페트로비치는 휙 몸을 돌려 앞으로 걸어갔다. 국립은행을 지날 때 그는 쓸쓸하게 웃고 손가락으로 간판을 두드렸다.

그는 쓴웃음을 지으며 계속 걸었다.

그는 이름 모를 거리를 따라 오랫동안 걸었다. 그러다 갑자기 다시 아주머니의 집을 발견했다.

5

세르게이 페트로비치는 잠시 아주머니의 집 앞에 서 있더니, 결연한 걸음으로 마당으로 들어가 계단을 올라갔다.

막연한 생각이 갑자기 분명한 형태를 갖추기 시작했다.

그랬다, 당연했다. 대체 무엇이 문제란 말인가? 그는 아주머니에게 가서 그냥 아무것이나 집어들고 나올 것이다. 아니면 그녀를 깨워서 부탁할 것이다. 그는 절대 그녀로부터 숨고 싶지 않았다. 누가 뭐라 해도 그는 상속인으로서 그렇게 할 수 있는 것이다. 예를 들면 옷장이나 침실용 탁자를 열고, 아무 물건이나 집어들고 나올 수 있다. 대체 무엇이 문제란 말인가? 마지막으로 멍청한 두 집주인에게 미리 언질을 줄 수도 있다.

세르게이 페트로비치는 2층으로 올라갔다. 그런 다음 문으로 다가가 이 분 정도 망설이며 서 있었다.

그다음 손잡이를 살짝 당겨보았다. 문은 잠겨 있었다.

세르게이 페트로비치는 손잡이를 큰 소리 나게 흔들어대고 싶었다. 그런데 갑자기 부엌에서 발걸음 소리가 들렸다. 누군가 문 쪽으로 오고 있었다.

세르게이 페트로비치는 자기도 모르게 화들짝 놀랐다. 그는 훌쩍 뛰어 다락방으로 연결된 계단 쪽으로 비켜섰다.

문고리가 달그락거리더니 문이 열렸다. 나이 많은 집주인 벨로우소바가 구정물이 가득한 양동이를 들고 계단으로 갔다. 그녀는 세르게이 페트로비치를 보지 못하고 아래로 내려갔다.

부엌에는 아무도 없었다.

세르게이 페트로비치는 발끝으로 살금살금 걸어서 복도를 지나 아주머니 방으로 들어갔다. 방은 어두웠다.

이유 없는 두려움, 거의 공포 같은 것이 세르게이를 사로잡았다. 그는 아주머니의 침대 쪽으로 세 걸음 다가갔다. 그런 다음 부드러운 펠트 천으로 된 노인용 실내화를 밟고는 걸음을 멈추었다. 온몸이 부르르 떨렸다.

아주머니의 거칠지만 안정되고 고른 숨소리가 세르게이 페트로비치를 조금 안정시켰다. 그는 침대에 바싹 다가가 손으로 자기 앞쪽을 더듬었다. 침실용 탁자가 만져지자 그는 그쪽으로 갔다.

손이 떨려 실수로 탁자 위에 있던 작은 병을 하나 넘어뜨리고 말았다. 병에 이어서 숟가락 하나가 엄청 큰 소리를 내며 떨어졌다. 아주머니는 머리를 흔들더니 뭐라고 중얼거렸다.

세르게이 페트로비치는 꼼짝 않고 서서 숨조차 쉬지 않으려고 노력했다.

갑자기 근처에서 발소리가 들렸다. 누군가 질질 끄는 불안정한 발로 복도를 걷고 있었다.

세르게이 페트로비치는 방 안을 달렸다. 그는 창문으로 달려갔다. 그다음 뒤로 몸을 돌렸다. 그는 방문을 열고 어두운 복도로 쏜살같이 내달렸다. 급히 달리다가 그는 동생 벨로우소바를 밀어 넘어뜨렸다. 그는 그녀를 뛰어넘어 계속 달려갔다.

노파가 무섭게 소리를 지르기 시작했다. 그녀의 비명이 온 집 안에 울려 퍼졌다.

세르게이 페트로비치는 부엌으로 뛰어들어 불을 끄고 층계참으로 몸을 날렸다.

세르게이 페트로비치는 단숨에 밑으로 내려가고 싶었다. 그런데 갑자기 밑에서 황급한 발소리들이 들렸다. 노파의 무시무시한 비명 소리가 집 전체, 아니, 거리 전체를 놀라게 한 것이다.

아래에 있던 사람들이 계단을 뛰어올라오고 있었다. 세르게이는 층계참에서 몸을 던져 처음에 그랬던 것처럼 다시 위쪽 다락방으로 연결된 계단으로 달려갔다. 그리고 그곳의 잠긴 문 옆에 쪼그리고 앉았다. 계단에 쓰러질 것만 같았다. 심장이 절망적으로 두근거렸다. 숨이 찼다. 세르게이 페트로비치는 입을 벌린 채 계단에 앉아 아래에서 일어나는 일에 귀를 기울였다. 무서웠다.

어떤 사람들은 방으로 뛰어들어갔고, 어떤 이들은 필사적으로 비명을 질렀다. 누군가는 흑흑 흐느꼈다.

십여 명이 갑자기 방에서 뛰어나와 아래로 달려내려갔다.

한동안, 아마 삼십 분 정도 기다린 후 세르게이 페트로비치는 계단 밑으로 내려갔다. 그는 깊은 생각에 잠긴 듯 뒷짐을 지고 얼음처럼 완벽한 침착성을 유지하며 마당을 천천히 가로질렀다. 그는 누구와도 마주치지 않고 길로 나갔다.

대문 옆 길가에 사람들이 모여 있었다.

"무슨 일이오?" 그들이 세르게이 페트로비치에게 물었다. "잡았소?"

세르게이 페트로비치는 대답으로 뭐라고 웅얼거리고는 조용한 걸음으로 조금씩 휘청거리며 자기 집으로 갔다.

그는 그림자처럼 자기 방으로 들어갔다. 그다음에 부엌으로 가 집주인의 자명종을 보았다.

여덟시 십오분이었다.

세르게이 페트로비치는 쓴웃음을 짓고는 상의와 바지를 벗고 팬티 바람으로 방 안을 한참 걸어다녔다. 자신이 저녁 일곱시에 어디에 있었는지 생각해보았다. 전혀 알 수 없었다.

갑자기 피가 머리로 치솟았다. 그는 한 시간 이상 자기를 기다렸을 처녀의 낙담한 얼굴을 마음속에 그려보았다.

잠시 후, 세르게이 페트로비치는 다시 쓴웃음을 짓고 침대에 누웠다. 그는 제대로 잠잘 수 없었다. 자주 잠꼬대를 했고, 베개를 이리저리 옮겼다.

6

세르게이 페트로비치는 일찍 잠을 깼다. 오전 일곱시였다.

그는 팬티만 입고 침대에 앉아서 생각에 잠긴 채 구두끈을 맸다. 바로 그때 문 두드리는 소리가 나더니, 동생 벨로우소바 할머니가 조용히 방으로 들어왔다.

세르게이 페트로비치는 몹시 창백한 얼굴로 침대에서 내려섰다. 그는 떨고 있었다. 북을 치듯 이가 부딪쳐 소리가 났다. 할머니는 그에게 손을 흔들며, 그는 자기에게는 증손자뻘이니 옷차림 때문에 부끄러워할 것 없다고, 자신은 평생 동안 정말 여러 가지 팬티를 입은 남자들을 수없이 보았다고 말했다.

노파는 의자에 앉자 애처롭게 머릿수건에 코를 풀고는, 오늘 새벽녘에 그의 아주머니 나탈리야 이바노브나 투피치나가 사망했다고 의기양양하게 말했다.

세르게이 페트로비치는 처음에는 무슨 소리인지 전혀 이해할 수 없었다. 그는 노파가 어제 저녁에 일어난 소동에 대해 언급하거나 의심을 피력할 거라 예상했다. 그런데 노파는 전혀 다른 이야기를 하고 있었다.

손님은 예의상 불시에 사망한 아주머니를 몇 분 동안 애도하더니, 어제의 무시무시한 소동에 대해 오랫동안 자세히 이야기했다.

세르게이 페트로비치는 겸손하게 듣고, 그다음에는 자기 자신에 대해 생각하기 시작했다.

물론 지금 카튜샤를 만나 어제 아주머니가 돌아가셨다고 말할 수도 있다고 세르게이는 생각했다. 말하자면 집안일 때문에 어제 즐거운 시간을 가질 수 없었으며, 죽어가는 친척의 침대 곁을 지켰다고 말이다.

물론 그렇게 할 수 있다. 그러나 어제의 흥분, 어제의 끔찍한 전율이 세르게이 페트로비치의 의욕을 무디게 만들었다. 그는 다시 노파의 말을 듣기로 했다.

노파는 어제의 강도사건에 대해 장황하고 뻔뻔하게 거짓말을 늘어놓았다. 이 사건에 대해 알고 있는 사람이 자기 앞에 앉아 있다고는 전혀 생각지 못했다. 노파는 강도는 셋이었고, 대담하게도 한 여자가 그들을 지휘했다고 확신했다. 그리고 이 네 명 외에 다섯번째로 수염도 나지 않은 새파란 녀석이 있었는데, 그가 바람잡이 노릇을 했다는 것이다.

이 대목에서 세르게이 페트로비치는 견디지 못하고, 노파가 너무 놀라 잘못 생각하여 벨로우소프 집안의 친척을 수염 없는 바람잡이로, 자신의 존경하는 자매를 지휘관으로 오해한 것 같다는 가정을 발설하고 말았다.

그러자 노파는 화가 나서, 그는 쓸데없는 설교를 그만두어야 하며, 자신의 기지와 용기 덕분에 자신들과 세르게이 페트로비치의 재산을 약탈하려는 강도들을 막을 수 있었다고 선언해버렸다.

바로 이 대목에서 노파는 가장 흥미진진하고 첨예한 문제로 바싹 접근했다. 남겨진 재산 문제를 아주 세련된 방식으로 언급한 것이다.

아, 그렇지! 세르게이 페트로비치는 불안 때문에 그 유산에 대해서는 까맣게 잊고 있었다. 그것 참 잘됐네!

세르게이 페트로비치는 다시 활기와 행복에 휩싸였다. 무지갯빛 전망과 행복한 지평이 다시 그의 앞에 열렸다. 그는 마음속으로 아주머니 소유의 정장과 조끼를 입어보았다. 그는 마음속으로 새 정장을 입고 카튜샤 체르뱌코바의 손을 잡고 걸어보았다. 그는 아주머니의 온갖 불필요한 고물들을 속여 팔아치우기 위해 타타르인과 홍정하는 자신을 마음속에 그려보았다.

우울은 가라! 멜랑콜리와 우중충한 날씨는 가라! 홍겨운 말, 홍겨운 생각, 행복한 생각, 아름다운 소망이여, 오라! 이 세상에 산다는 것은 얼마나 아름답고 좋은가! 다른 인생을 상상하지 않고, 인생을 있는 그대로 본다는 것은 얼마나 멋지고 행복한 일인가!

세르게이 페트로비치는 17세 소년이 된 것 같은 느낌이 들었다. 친척의 죽음 직후에 춤을 추는 것이 예의 바른 행동이었다면, 그는 덩실덩실 몸을 흔들고 동생 벨로우소바와 함께 사교춤을 추러 갔을 것이다.

세르게이 페트로비치는 노파와 정중하게 작별하면서, 오늘 있을 영결식에 반드시 참석하겠노라고 상류사회의 방식으로 선언하였다. 출근은 하지 않기로 했다. 물론 그는 지금 당장 총알같이 카튜샤 체르뱌코바에게 달려가서, 최고의 사죄가 담긴 편지를 전달할 것이다. 그런 다음 마지막 의무를 다하기 위해 친척의 집으로 갈 것이다.

세르게이 페트로비치는 어느 정도 걱정스럽기도 했다. 마지막 순간에 두 노파가 자신의 유산을 슬쩍하지나 않을까 겁이 났다.

그는 급히 책상에 앉아 손가락을 두드리며 편지 내용을 어떻게 할지 생각하기 시작했다.

기쁨과 행복이 가슴을 눌렀고, 집중하는 것을 방해했다.

세르게이 페트로비치는 창밖을 내다보고는 황홀한 광경에 정신이 아찔해졌다. 찬란한 아침이 밝아오고 있었다. 푸른 하늘과 평온한 나무 꼭대기는 멋진 하루를 예고하고 있었다.

"산다는 것은 참 좋은 일이야." 세르게이는 통풍구를 열면서 중얼거렸다. "아침의 신선함을 호흡한다는 것, 이 얼마나 좋은가. 상냥한 여인을 사랑하는 것, 이 얼마나 좋은가."

세르게이 페트로비치는 결연히 책상에 앉았다. 그는 일곱시에 어제 약속한 장소로 꼭 나와달라는 부탁과 함께 설명으로 몇 자 적었다. 그는 봉투를 붙인 후 옷을 입고 집을 나섰다.

그는 오만하게 머리를 세우고 걸었다. 어제의 공포와 불안은 어디론가 영원히 사라지고 없었다. 어제의 자잘한 두려움은 삶 앞에서 사라졌고, 이제 역동적인 용기가 그 자리를 대신했다.

그런데 도대체 뭐가 문제란 말인가? 그렇다. 사실 어제 그는 좀 나약한 상태였다. 어제 그는 약간 동요했다. 하지만 모든 것은 전과 다름없다. 멋진 인생이 계속될 것이다. 그의 즐거운 사랑 모험은 계속되고 있다. 행복과 성공이 그의 뒤를 따르고 있다.

세르게이 페트로비치는 편지를 카튜샤 체르뱌코바에게 전해달라고 문지기에게 부탁하고, 아침의 신선한 공기를 가득 호흡하며 가볍게 춤추듯 걸어 아주머니 집으로 갔다.

세르게이가 도착하니 영결식이 진행되고 있었다. 늙은 신부는 영결식을 지루하게 질질 끌고 있었다. 벨로우소바 노파 자매는 조용히 흑흑거리며 자신들의 마지막 세입자를 애도하였다. 그러나 동시에 그 모든 것에서 활기찬 기운과 일상적 생기가 느껴졌다.

고인이 된 아주머니는 탁자 위, 레이스가 달린 최고급 담요 위에 편안히 누워 있었다. 평안과 행복이 그녀의 선량한 얼굴 위에 드리워져 있었다. 노인은 마치 살아 있는 듯했다. 심지어 그녀의 누런 피부가 약간 홍조를 띠기도 했다. 그녀는 마치 피곤해서 잠시 탁자에 누웠다가 휴식을 취한 뒤 '여보게들, 나 여기 있어'라고 말할 것만 같았다.

세르게이 페트로비치는 부드러운 눈길로 그녀를 오랫동안 바라보았다.

'아주머니, 아주머니.' 그는 생각했다. '아, 아주머니, 이렇게 죽어버리셨군요……'

세르게이 페트로비치는 고개를 숙인 채 움직이지 않고 서 있었다. 그는 덧없는 인생과 인간 유기체의 나약함에 대해 생각했고, 인생을 갖가지 멋진 일들과 즐거운 모험으로 꽉 채워야 한다고 생각했다. 이런 생각 덕분에 마음이 아픔과 멜랑콜리로 가득 차지는 않았다. 마음속에 평화와 고요가 깃들었다.

세르게이는 영결식이 끝나기를 기다리지 않고, 움직이지 않는 아주머니에게 조용히 인사한 뒤 밖으로 나왔다.

그는 복도를 따라 아주머니의 방으로 갔다. 그곳은 모든 것이 반듯하게 정리되어 있었다. 그 어느 것도 죽음을 말하고 있지 않았다.

세르게이 페트로비치는 재빨리 방 안을 훑어보면서 물건 가격을 대충 계산해보았다. 우수리를 떼고 모두 합해 100루블은 되었다. 그는 조용히 미소를 지으며 방을 나왔다. 그런 다음 열쇠로 문을 잠그고 거리로 나갔다.

그는 길을 따라 걸으며 기쁨의 미소를 지었다. 가을임에도 불구하고, 점점 커지는 흑점에도 불구하고, 태양은 맹렬한 열기로 그를 태웠다. 바람 한 점 없는 날이었다.

7

그날 저녁 세르게이 페트로비치는 처녀와 만났다.

그녀는 그보다 조금 늦게 왔다. 그는 흥분한 상태에서 예의에 어긋나지 않는 표현을 생각해내려 애쓰며 그녀의 손을 잡았다. 그리고 그곳 모퉁이에서 어제 나갈 수 없었던 이유를 설명하기 시작했다.

그렇다, 그는 단 한순간도 떠날 수 없었다. 그의 친척 아주머니가 죽는 순간에 그의 손을 잡기를 원했던 것이다.

그는 아주머니의 죽음을 엄청나게 포장해서 묘사했다. 그런 다음 남겨진 유산에 대한 이야기로 화제를 바꾸었다.

처녀는 사랑스럽게 속눈썹을 깜박거렸다. 그녀는 다정하게 미소지으며, 자신은 어제 정말 기분이 나빴지만 오늘은 아무런 불평도 하지 않겠다고 말했다.

그들은 사랑스럽게 포옹하고 객석에 앉았다. 영사기 돌아가는 소리를 들으며 세르게이 페트로비치는 자신의 감정과 의도에 대해 온갖 듣기 좋은 말들을 속삭였다. 처녀는 감사의 표시로 팔과 다리를 그에게 밀착시키며 처음 볼 때부터 그의 편안한 모습이 좋았다고 말했다.

영화가 끝난 후, 세르게이 페트로비치는 자신의 여인과 함께 오랫동안 거리를 거닐었다. 좀더 늦은 시각에 그녀는 변변치 않은 그의 숙소를 방문했다.

밤 열한시 삼십분에 세르게이 페트로비치는 그녀를 보내주었다. 장애인인 주코프 씨가 그것을 확인했다. 그때 그는 계단에서 고양이를 찾고 있었고, 세르게이 페트로비치가 "적어도 혼인신고는 할 수 있습니다"라고 말하는 것을 들었다.

이 주 후에 그들은 혼인신고를 했다. 반년이 지났을 때, 세르게이 페트로비치와 젊은 아내는 죽은 아주머니가 남긴 농민채권에서 이익금 20루블을 받았다.

그들의 기쁨은 끝이 없었다.

라일락 꽃이 핀다

1

자, 이 새 작품 때문에 작가는 또다시 욕을 먹겠지.

인간에 대한 조잡한 험담이라느니, 대중으로부터 유리되었다느니 등등의 말을 또다시 해대겠지.

틀림없이 사람들은 별로 거창하지 않은 자질구레한 소재를 선택했다고 말할 것이다.

물론 주인공들도 사람들이 바랐던 것보다는 훨씬 변변치 않을 것이다. 사회적으로도 그리 대단한 것이 없는 것 같다고 말들을 할 것이다. 대체로 주인공들의 행위는 노동자 대중의 뜨거운 공감을 이끌어내지 못할 것이다. 노동자들도 그런 인물들을 무조건 따르지는 않는다니 말이다.

물론 앞에서 언급한 것처럼, 실제로 높은 신분의 인물들이 선택되

라일락 꽃이 핀다 189

지는 않았다. 그들은 그저 기타 등등의 평범한 인물들이고, 일상의 삶과 걱정거리를 갖고 있다. 그리고 인간에 대한 험담이니 하는 것은 절대 여기에 없다.

예전 같으면 험담이 아니라 멜랑콜리의 과잉, 그리고 자연과 인간에게서 여러 어둡고 슬픈 면을 보려는 욕망 때문에 작가를 욕할 수 있었다. 실제로 전에 작가는 몇몇 근본적인 문제들을 크게 오해하여 형식적 비문화주의에 빠졌었다.

한 이 년 전만 해도, 이것저것 모두 작가의 마음에 들지 않았다. 작가는 모든 것을 절망적 비판과 파괴적 판타지 앞에 세웠다. 지금 독자의 면전에서 고백하기는 쑥스럽지만, 작가는 인간 유기체의 나약함과 유한성에 대해, 그리고 예를 들어 인간은 주로 수분, 즉 체액으로 구성되어 있다는 사실에 대해 화를 내는 지경에 이르고 말았다.

"미안하지만, 버섯이나 과일과 뭐가 다르단 말인가!" 작가는 이렇게 소리 질렀다. "왜 물이 그렇게 많아야 한단 말인가?"

인간이 무엇으로 구성되었는지 안다는 것은 정말 모욕적인 일이다. 수분, 노폐물, 진흙, 그리고 가장 평범하기 짝이 없는 그런 것들로 구성되었다. 탄소도 있는 것 같다. 게다가 이 하잘것없는 물질에서 미생물들이 번식한다. "도대체 이게 뭐야!" 그 시절 작가가 이렇게 외칠 때 고뇌가 없지는 않았다.

그런 거룩한 것, 즉 인간의 외적인 모습에서도 작가는 조야하고 좋지 않은 것들만 보려 했던 것이다.

"우리는 이제야 겨우 인간에게 익숙해졌어요." 작가는 가까운 친척들에게 이렇게 말한 적이 있다. "조금 물러나보면, 아니면 예를 들어

한 오륙 년 동안 사람들을 보지 않으면 나중에 사람들의 외모에서 흉측한 것들을 발견하고 놀라 자빠질 겁니다. 입이란 것은 면상에 뚫린 무심한 구멍이고요. 거기서 이빨이란 것은 부챗살처럼 솟아나오지요. 귀는 옆에 걸려 있고요. 코는 아주 이상한 글씨 같은 것을 일부러 얼굴 중앙에 갖다 붙인 듯하고요. 흉하잖아요! 보고 싶지 않아요."

그 시절 지독한 멜랑콜리에 빠져 있던 작가는 그토록 어리석고 건강에 해로운 생각에까지 이르렀던 것이다. 심지어 이성과 같이 전혀 의심의 여지가 없고 근본적인 것들까지도 절망적으로 비판했던 것이다.

"흠, 이성을 한번 봅시다." 작가는 말했다. "사실 논쟁의 여지가 없어요. 인류는 이성 덕분에 여러 가지 신기하고 재미있는 것들을 발명했습니다. 현미경, '질레트' 면도기, 사진 등등을 말이에요. 그런데, 그런 것을 발명했다고, 인간 하나하나가 더 마음 편히 살게 되었을까요? 절대 그렇지 않습니다. 백년이 지나고 수세기가 지났습니다. 벌써 태양도 흑점으로 덮여있고요. 보시다시피, 식어가고 있습니다. 우리가 사는 지금은 일천구백이십구년이에요. 보세요, 정말 시간이 많이 흘렀습니다."

예를 들어 이런 생각들이 작가의 마음속에 어른거렸던 것이다.

그렇지만 이런 생각들이 어른거린 것은 작가의 병 때문이었다. 이것은 의심의 여지가 없다.

작가의 예민한 멜랑콜리와 인간에 대한 짜증은 작가로 하여금 형식적으로 펜을 들게 만들었지만, 많은 아름다운 것들, 지금 우리 주변에서 일어나고 있는 것들에 대한 지평을 차단하고 눈을 감게 만들었다.

이 애처로운 이삼 년간 소설을 써서는 안 되었다는 것, 지금 작가는 그것에 기뻐하고 만족한다. 만약 소설을 썼다면 큰 수치감이 작가의 어깨에 매달려 있을 것이다. 그 소설은 정말로 악의적인 비방이 되었을 것이고, 세계 시스템과 인간질서에 대한 조잡하고 야비한 험담이 되었을 것이다.

그러나 지금 이 모든 멜랑콜리는 사라졌고, 작가는 다시 자신의 눈으로 모든 것을 있는 그대로 보게 되었다.

게다가 앓는 동안 작가는 결코 대중과 유리된 적이 없었다. 반대로 작가는 인간사회 한복판에서 살고 아팠다고 할 수 있다. 작가는 화성에서 일어난 사건이 아니라, 우리의 존경해 마지않는 지구에서 일어난 사건, 우리 지구의 동쪽 절반에서 일어난 사건에 대해 쓰고 있다. 그곳의 집들 중 하나에는 공동 숙소가 있고, 작가는 그곳에 거주하며 아무런 윤색 없이, 의복이나 덮개도 없이 사람들을 두 눈으로 직접 보고 있다.

그런 생활 덕분에 작가는 무엇이 무엇을 위해, 무엇 때문에 필요한지 파악하게 되었다. 그러니 인간에 대한 험담과 모욕을 구실로 작가를 욕해서는 정말 아니 될 일이다. 더구나 최근 작가는 온갖 악덕과 결점 그리고 그 외의 아주 존경할 만한 특징을 가진 사람들을 특히 뜨겁게 사랑했다.

물론 다른 지식인들은, 정말 그리고 실제로, 여러 가지 말들을 쏟아놓고 있다. 인간은 확실히 쓰레기란 것이다. 잘라내 평평하고 그리고 질서 있게 만들어야 한다는 것이다. 그들에게서 조잡한 요소들을 흔들어 떨어내야 한다. 그들을 다리미로 다려야 한다. 그럴 때에 비로소 삶은 완전하고 원초적인 광채 속에서 빛날 수 있다. 그런데 하찮은 것 때문에 일을 망친다는 것이다. 그러나 작가의 생각은 절대 다르다. 그는 그런 입장을 결단코 거부한다. 물론 관료주의, 속물근성, 관공서 업무의 지체, 집단성폭행 등과 같은 메커니즘의 슬픈 결함들은 무조건 근절되어야 한다. 그러나 모든 다른 것들은 당분간 자기 자리를 지킬 것이고, 삶의 지속적인 개선을 방해하지 않을 것이다.

만일 작가에게 "자네가 원하는 게 뭐야? 자네는 왜 그렇게 필사적으로 가장 가까운 사람들의 삶을 바꾸려는 거야?"라고 묻는다면, 아마 작가는 대답하느라 난감해할 것이다.

아니다. 작가는 절대 바꾸고 싶어하지 않는다. 다만 아주 약간 그렇다. 욕심이라는 것, 물질적 이해타산과 관련된 일상적 난폭함이 바로 그것이다.

자, 예컨대 사람들이 즐거운 영혼의 교류를 위해서 누구를 방문할 때, 그럴 때 사람들은 어떤 숨은 의도나 이해타산을 갖지 않는다. 물론 이런 모든 것은 아전인수이고 공허한 판타지이다. 배에 기름기가 끼어서 작가가 방자하게 구는 것인지도 모르겠다. 그러나 작가의 성정은 감상적이며, 작가가 소망하는 것은 보도 위에 제비꽃이 자라는 것이다.

2

물론 방금 말한 모든 것은 우리의 예술작품과 직접적인 관계가 없다고 할 수도 있다. 하지만 이 모든 것은 고통스러운 현안 문제이다. 아직 독자에게 말하지는 않았지만, 작가의 힘겨운 성격은 알다시피 허접스러운 이야기에는 전혀 어울리지 않는다.

그리고 그런 경우라면 앞서 한 말들도 우리 소설과 어느 정도 관계가 있다고 할 수 있다. 더구나 우리는 여기에서 여러 가지 이해타산에 대해 대화를 나누었다. 이 소설에도 그런 상황들과 정면으로 맞닥뜨리고 이야기를 하는 주인공이 등장한다. 그는 그런 상황에서 발생한 사건들의 회오리바람에 녹초가 되는 인물이다.

인생이 가로수 길을 걷는 아침 산책처럼 보이던 젊고 아름답던 시절에, 작가는 인생의 어두운 면을 많이 보지 못했다. 그저 그것을 알아채지 못했던 것이다. 작가의 두 눈이 그런 것을 보려 하지 않았다. 작가의 눈은 여러 가지 즐거운 것들을, 여러 가지 아름다운 대상과 경험만을 보았던 것이다. 꽃이 자라는 모습, 꽃봉오리가 벌어지는 모습, 하늘에 구름이 떠가는 모습, 사람들이 서로 뜨겁게 사랑하는 모습만을 보았다.

이 모든 것이 어떻게 발생하고, 무엇이 무엇으로 움직이고 무엇에서 자극을 받는지, 작가는 어린 나이와 우둔한 성격과 순진한 관점 때문에 제대로 보지 못했다.

물론 훗날 작가는 눈여겨보기 시작했다. 그러자 갑자기 여러 가지 것들이 보이게 되었다.

자, 이런 것이 보인다. 머리가 백발인 사람 하나가 다른 사람과 악수하고, 그의 눈을 응시하며 말을 건넨다. 예전이라면 작가는 이런 장면을 보고 영혼의 기쁨을 느꼈을 것이다. '이 얼마나 사랑스럽고 특별한 일인가. 이토록 서로를 사랑하다니, 인생은 얼마나 멋진가'라고 생각했을 것이다.

그렇지만 지금 작가는 시선의 착각을 믿지 않는다. 의심이 작가를 삼켜버렸다. 작가는 그 백발의 사람이 악수를 하고 상대방의 눈을 응시하는 것은 위태로운 자신의 일자리를 살려보려 하거나 교수 자리를 얻어 미와 예술에 대해 강의하려는 것이 아닐까 하고 걱정한다.

작가는 지금까지 살아오면서 아주 최근에 일어난 한 가지 크지 않은 사건을 기억하고 있다. 이 사건은 칼도 아닌 것이 글자 그대로 작가를 난도질하고 있다. 여기 사랑스러운 집이 한 채 있다. 손님들이 그곳을 들락날락한다. 낮과 밤을 지샌다. 카드를 친다. 크림을 탄 커피도 마신다. 그리고 젊은 아내에게 정중히 듣기 좋은 소리도 하고, 그녀의 작은 손에 입을 맞추기도 한다. 그러다 결국 기사인 남편이 체포당한다. 아내는 병들고, 못 먹어 거의 죽을 지경이 된다. 그런데도 한 놈도 들여다보지 않는다. 아무도 작은 손에 입을 맞추지 않는다. 전에 알던 이들이 코빼기도 내밀지 않는 것을 보고 사람들은 놀란다.

그러나 나중에 기사가 풀려났다. 그에게서 아무런 혐의도 발견하지 못한 것이었다. 그러자 모든 것이 다시 전처럼 돌아가기 시작했다. 하지만 기사는 슬픔에 잠겼고, 손님들 앞에 늘 나타나지도 않았다. 만일 모습을 보인다고 해도, 깜짝 놀란 표정으로 그들을 바라보았다.

그런데 뭐 어쨌단 말인가? 이것을 험담이라 할 수 있단 말인가? 이것이 악의적 날조란 말인가? 아니다. 우리의 생활 속에서 이런 일은 부지기수로 찾아볼 수 있다. 이것에 대해 솔직히 말해야 할 때다. 아시다시피 미(美)라고 하면 대단해 보이지만, 자세히 알고 보면 사실

별것 아니다.

하지만 작가는 기죽지 않는다. 더구나 오 년에 한 번 정도 작가는 다른 모든 시민들과 확연히 구분되는 기인들을 만나기도 한다.

그러나 이런 모든 것은 이론적인 상념일 뿐이고, 작가가 이야기하고 싶은 그것은 독창적인 이야기로, 생활의 샘에서 얻은 것이다.

그러나 사건을 서술하기에 앞서 작가는 몇 가지 의심을 함께 나누고자 한다.

문제는 소설의 플롯이 진행되는 중에 공감이 잘 되지 않는 여자들 두세 명이 등장한다는 것이다.

작가는 색깔을 전혀 아끼지 않고 그들에게 참신하고 있는 그대로의 모습을 부여하려고 노력했다. 그럼에도 원했던 것이 제대로 되지는 않은 것 같다. 이런 이유로 여성들의 형상이 이도 저도 아닌 형편없는 모습이 된 것 같다.

이 여성들의 모습에 특히 많은 여성 독자들이 화가 잔뜩 나서, 여자에 대한 좋지 않은 접근방식을 이유로, 법적인 권리에서 여성이 남성과 평등해지는 것을 원치 않았다는 이유로 작가를 단죄하려 할 것이다. 더구나 작가가 아는 몇몇 여자들은 이미 모욕감을 느끼고 있다. 그들은 평소에도 당신이 창조한 여성 유형은 별로 호감을 주지 못했다고 말한다.

그러나 작가는 그런 일로 욕하지는 말아달라고 간절히 부탁한다. 왜 작가의 펜에서 그런 별로 재미없는 여성들이 나오는지 작가 자신도 놀라울 뿐이다.

더욱 이상한 것은, 작가는 평생 아주 훌륭하고 선량하며 악하지 않은 여자들을 주로 만났다고 할 수 있다는 점이다.

대체로 작가는 심지어 여성이 남성보다 훨씬 나을 거라고 생각한다. 어쨌든 그들이 더 성의 있고, 부드럽고, 동정적이고, 유쾌하다.

그런 관점을 갖고 있으므로, 작가는 결코 여성을 모욕하지 않는다. 때로 소설에서 이 문제와 관련하여 애매한 내용이 나오더라도, 그것은 그저 오해일 뿐이니 그런 것에 신경 쓰지 말고, 나아가 아무것도 아닌 일로 마음 상하지 말아달라고 간청하는 바이다.

작가에게는 결단코 모든 것이 평등하다.

웃자고 하는 말이지만, 동물의 세계에서는 다르다.

그곳에는 차이가 있다. 새들도 나름대로 차이가 난다. 어쨌든 동물의 세계에서는 수컷이 암컷보다 늘 어느 정도 더 값이 나간다.

예를 들어 되새 수컷은 현재 시세로 2루블인데, 암컷은 같은 상점에서 대략 40~50코페이카이다. 아니면 20코페이카인 경우도 있다. 겉으로 보면 되새 수컷과 암컷은 마치 두 개의 물방울 같다. 말 그대로 이것과 저것을 전혀 구별할 수 없다.

그런데 그 새들이 새장에 앉아 있다고 하자. 둘은 먹이를 먹고, 물을 마시고, 홰에서 뛴다. 그러다 되새 수컷이 더이상 물을 마시지 않으려 든다. 그놈은 꼿꼿하게 서서 높은 곳을 응시한 채 노래를 시작한다.

이것 때문에 그렇게 가격이 비싼 것이다. 이런 이유로 돈을 더 내야 한다.

노래와 행동에 대한 대가.

그러나 새들의 세계에서 품위 있는 것이 인간 세상에서도 마땅히 그런 것은 아니다. 우리의 여성들은 남성과 같은 가치를 지닌다. 더구나 우리 세계에서는 여성도 노래하고 남성도 노래한다. 이것에 대한 모든 문제와 의심은 이렇게 사라진다.

이것 외에도, 우리 소설에서 여성에 대한 거친 공격과 여성의 탐욕에 대한 의심은 바로 우리의 주인공, 확실히 의심 많고 병든 인간의 관점에서 진행된다. 더구나 황제 군대의 전(前) 소위보는 머리에 약간 타박상을 입고 혁명으로 녹초가 된 인물이다. 1919년 그는 여러 차례 갈대밭에서 밤을 새우기도 했다. 체포되어 총살당할까 두려웠기 때문이다.

이 모든 공포는 그의 성격에 비극적인 형태로 반영되었다.

1920년대에 그는 신경이 예민하고 쉽게 흥분하는 사람이었다. 그는 손도 떨었다. 손이 떨려서 부딪히지 않고는 물잔을 탁자에 내려놓을 수도 없었다.

그럼에도 불구하고 생활을 위한 투쟁에서 그의 손은 떨리지 않았다.

바로 이런 이유로 그는 죽지 않았고, 명예롭게 살아남았다.

3

인간은 절대로 그렇게 쉽게 죽지는 않는다. 작가도 사람이란 그렇게 간단히 굶어죽을 수 없다고 생각한다. 가장 극한의 상황에서도 말이다. 의식이 약간만 있다면, 손과 발이 있고 어깨 위에 머리통만 붙어 있다면, 수단과 방법을 가리지 않고 무슨 수를 써서라도 틀림없이 먹을 것을 구할 수 있다. 극단적인 경우 구걸이라도 할 것이다.

혁명 처음 몇 년 동안 볼로딘은 형편이 상당히 어려웠다고는 해도 구걸을 할 지경은 아니었다.

더구나 그는 여러 해를 전선에서 보냈고, 그래서 말하자면 생활로 부터 완전히 격리되었으므로, 표적이나 사람을 향해 총질하는 것 외에는 특별히 쓸모 있는 일을 할 줄 몰랐다. 그래서 어떻게 적응해 살아야 하는지도 몰랐다.

물론 그는 친척이 없었다. 방도 없었다. 글자 그대로 아무것도 없었다.

어머니가 있었지만, 전쟁중에 죽어버렸다. 어머니가 죽은 후 그녀의 작은 방은 약삭빠른 다른 이의 손에 넘어가버렸다. 그래서 우리의 군인 출신 시민이 돌아왔을 때, 그는 직업도 출근가방도 없는, 그야말로 완전한 빈털터리였다. 더구나 혁명이 그를 안장에서 끌어내렸고, 그래서 그는 소위 국외자로 지냈으며, 심지어 쓸모없고 해로운 존재가 되어버렸다.

그러나 인생의 중차대한 순간에 그는 그다지 엄청난 패닉에 빠지지는 않았다. 그는 무엇이 무엇을 위한 것인지, 무엇 때문인지 맑은 눈으로 헤아렸다. 보니 도시가 거기에 있었다. 그는 도시를 독수리의 시선으로 훑어보았다. 보니 생활은 늘 예전과 거의 같은 방식으로 순환하고 있었다. 사람들은 거리를 따라 걸어다닌다. 시민들은 이리저리 바쁘게 움직인다. 처녀들은 우산을 들고 다닌다.

그는 생각했다.

'흠, 호수에 뛰어들 필요는 없어. 전력을 다해 무엇인가 생각해내야 해. 의심의 여지가 없어. 적어도 장작을 싣거나, 부서지기 쉬운 가구를 운송하거나, 혹은 시험 삼아 작은 장사를 할 수도 있겠지. 아니면 끝으로 결혼하는 것도 손해가 되지는 않을 거야.'

이런 상념으로 그는 마음이 즐거워지기도 했다.

'마지막의 경우가 특별한 이익을 주지는 않을 거야. 하지만 방, 난방, 그리고 식사는 틀림없이 해결되겠지.'

물론 그는 여자가 먹여살려야 할 정도로 형편없는 사람은 아니지만, 인생의 어려운 순간에 한 번 도움을 받는 것은 흠도 아니었다.

더구나 그는 늙지 않고 젊었다. 서른을 갓 넘은 나이였다.

그의 중앙 신경 시스템이 격동과 생활고로 심각하게 훼손되었다고 해도, 하여튼 그는 여전히 남자였다. 그는 금발이었지만, 누가 뭐래도 아주 남성다운 모습의 금발이었다.

그 외에도 그는 뺨에 크지 않은 이탈리아식 볼수염을 하고 다녔다. 덕분에 그의 얼굴은 악마적이고 대담한 인상을 주었고, 여성들은 그의 앞에서 온몸을 부르르 떨고, 눈을 아래로 내리깔고, 재빨리 치맛자락을 무릎 밑으로 끌어내리곤 했다.

삶과의 투쟁을 시작했을 때, 그는 상당한 장점과 우월한 지위를 갖고 있었다.

제대한 후 그는 도시로 돌아와서 아는 사진사 파트리케예프의 문간방에 임시로 머물렀다. 사진사가 그를 받아들인 것은 마음씨가 좋아서이기도 했지만, 그를 이용해먹을 속셈 때문이었다. 사진사는 문 옆의 방 하나를 그에게 내주었고, 볼로딘이 진정한 감사의 뜻으로 이따금 손님들을 맞이해주기를, 즉 문을 열어주고 손님들의 이름을 기록해주기를 기대했다. 그러나 볼로딘은 방 주인의 희망을 이루어주지 않았다. 어디인지는 모르지만 그는 하루 온종일 쏘다녔고, 때로는 밤 시간에 초인종을 울려대기까지 해서 집 전체를 불안하고 무질서하게 만들었다.

사진사 파트리케예프는 이 일로 몹시 마음이 상했고 건강까지 나빠졌다. 가끔 그는 밤중에 내복 바람으로 뛰어나와 병신새끼, 구체제 출신 장교, 파산한 지주귀족이라고 그에게 험한 욕을 해댔다.

그러나 채 반년이 지나지 않아 볼로딘은 후원자에게 확실한 이익을 가져다주기 시작했다. 그가 문간방을 떠나 순조롭게 결혼하던 그때까지.

사연인즉슨, 그는 어린 시절부터 미술에 취미와 애착을 갖고 있었다. 아주 어린 꼬마였을 때에도 연필과 크레용으로 여러 가지 그림을 그리기를 좋아했다.

그런데 오늘에 와서 이 예술적 재능이 생각지도 않게 쓸모 있는 것이 되었다.

그는 처음에는 장난 삼아서, 그러다 나중에는 상당히 진지하게 사진사 파트리케예프를 도와 필름과 인화지의 상(像)을 고쳐 그리기 시작했다.

다양한 여성 고객들은 무조건 잘 나온 얼굴을 요구하곤 했다. 그래서 유감스럽게도 사람의 자연스러운 외모에서 늘 발견되는 주름, 여드름, 잡티, 그리고 여타의 기분 나쁜 특징들을 제거해야 했던 것이다.

볼로딘은 연필로 사진에 음영을 표현함으로써 그런 여드름과 잡티를 없앴다.

볼로딘은 짧은 시간에 그 분야에서 상당한 성공을 거두었고, 부수적으로 돈까지 벌기 시작했다. 그는 이런 상황 변화를 진심으로 기뻐했다.

4

이 교묘한 기술을 습득한 후 그는 인생에서 일정한 지위를 얻게 되었으며, 사람들이 그 지위에서 그를 밀쳐내기는 몹시 어렵고 심지어 거의 불가능하다는 것을 알게 되었다. 그러기 위해서는 사진을 모두 없애버리거나, 시민들이 사진 찍는 것을 무조건 금지하거나, 시장에서 인화지가 완전히 사라지게 만들어야 했다.

그러나 유감스럽게도 인생이 수지맞는 방향으로 전환된 것은 볼로딘이 결정적 일보를 내디딘 직후였다. 즉 그는 한 여자와 결혼하게 되었는데, 그것은 자신의 기술로 완전히 홀로 설 수 있다는 것을 아직 생각할 수 없던 때였다.

사진사의 집에 살면서 여전히 아무런 전망이 없던 시절, 그는 자연스럽게 주변 사람들에게, 특히 부인과 여자들에게 시선을 던졌다. 그들이 그에게 도움의 손길과 우정, 그리고 관심을 제공할 수 있었던 것이다.

그는 그런 여자를 찾았고, 그녀도 파멸하고 있는 남자의 호소에 응답하였다.

그녀는 이웃 아파트에 사는 마르가리타 바실리예브나 고프키스였다.

그녀는 여동생 렐랴와 함께 아파트 한 호 전체를 차지하고 살았다. 여동생 렐랴는 자선병원의 남자 간호사인 시푸노프 동무와 결혼했다.

그 두 자매는 아직 상당히 젊었으며, 셔츠, 내복, 그리고 기타 등등의 생활용품을 바느질하는 일에 종사했다.

그들은 그런 일을 하지 않을 수 없었다. 그러나 혁명 전 여자 고등학교 과정을 졸업했을 때는 그런 형편없는 운명을 기대하지 않았다.

훌륭한 교육을 받았으므로 당연히 그들은 대단한 남자들 혹은 교수들과 결혼해서 존경받는 삶을 살고 싶었다. 그런 남자들은 자신의 삶을 사치, 자유분방, 그리고 아름다운 생활방식으로 장식하기 때문이었다.

그러나 그사이에 세월이 흘러갔다. 폭풍우 같은 혁명의 세월은 오랫동안 살펴본 다음 원하는 곳에 닻을 내리는 것을 허락하지 않았다.

운명의 변덕에 시달린 동생 렐랴는 좀 먼저 시푸노프에게 시집갔다. 그는 면도를 하지 않는 몹시 사나운 인물로, 자선병원 간호사, 더 정확히 말하면 시립병원의 간호사였다.

언니 마르가리토치카는 불가능한 것을 동경하느라 오랫동안 가슴앓이를 했다. 하지만 그녀는 서른 즈음에 정신을 차리고, 인생 실패자라도 좋으니 아무라도 남편으로 맞이할 수 있기를 바라며 이리저리 수소문하기 시작했다.

그때 그녀가 쳐놓은 그물에 우리의 친구 볼로딘이 걸려든 것이다.

그는 오랫동안 더 나은 삶, 어느 정도의 가정적 안락, 독립된 방, 펄펄 끓는 사모바르, 그리고 온갖 생활용품들을 꿈꿔왔다. 그런 것들이 삶을 아름답게 장식하고, 소부르주아적 삶의 조용한 매력을 제공해야 했다.

그런데 그런 모든 것이 거기에 다 있었다. 추가로 확실한 지위와 독립적인 돈벌이까지 있었다. 그것은 지참금 같은 것으로, 거래를 활기 있게 만들어주었다. 또한 틀림없이 그것 때문에 볼로딘도 그녀에게 확실하고 적극적인 관심을 갖게 되었던 것이다.

물론 이 만남이 더 늦게 이루어졌다면, 자신의 수입을 갖게 된 볼로딘이 그렇게 성급하게 일보를 내딛지는 않았을 것이다. 게다가 흐리멍덩하고 단조로운 얼굴의 마르가리타 고프키스는 그의 타입도 전혀 아니었다.

볼로딘은 다른 타입의 아가씨들, 인중에 가뭇가뭇한 털이 있는 아가씨들을 좋아했고, 그들에게 마음이 끌렸다. 명랑하고 활기차고 움직임이 빠르며, 춤, 수영, 잠수를 할 줄 아는 데다가 온갖 잡다한 것에 대해 수다를 떨 줄 아는 그런 아가씨. 그런데 그의 마르가리토치카는 직업상 움직임이 적고, 행동거지가 지나치게 얌전했다.

그러나 운명의 주사위는 던져졌고 용수철은 쉬지 않고 움직였다.

옆집을 지나다니며 볼로딘은 매번 그녀의 창문 근처에서 걸음을 멈추고 오랫동안 이런저런 대화를 나누었다. 그녀 앞에서 완전히 옆으로 혹은 사분의 삼 정도 비켜서서 볼수염을 잡아당기며 고상한 생활과 훌륭한 운명에 관한 여러 가지 비유를 말했다. 그녀와의 대화를 통해서 그는 그녀 집의 방 하나는 온전히 그를 위한 것임을(물론 까놓고 말하자면) 확실히 알게 되었다.

그는 재빨리 머리를 굴려 모든 사안을 검토하고 더욱 주의 깊고 까다로운 시선으로 자신의 여인을 관찰하고 나서, 승리의 함성을 지르며 전투에 돌입했다.

이렇게 해서 그 유명한 결혼이 이루어졌다.

볼로딘은 고프키스의 집으로 이사했다. 공동 재산으로 그는 소박한 베개 하나와 변변찮은 가재도구를 가져갔다.

사진사 파트리케예프는 볼로딘을 배웅했다. 그는 악수를 나누며 이제 겨우 시작한 사진 수정 기술을 포기하지 말라고 충고했다.

마르가리타 고프키스는 화가 나 손을 흔들며 볼로딘에겐 그런 골치 아픈 직업은 필요 없다고 했다.

그렇게 볼로딘은 새로운 생활을 시작했다. 그는 정확하고 올바른 계산에 기초한 아주 유익한 결합이었다고 자평했다.

그는 활기차게 두 손을 비비고 마음속으로 자신의 어깨를 두드리며 말했다.

"이보게, 볼로딘, 괜찮아. 이제 인생이 자네를 향해 미소짓기 시작한 것 같네."

그러나 그 미소는 대단히 즐거워 보이지는 않았다.

5

물론 우리 볼로딘의 생활은 더 좋은 쪽으로 바뀌었다. 그는 사람들이 드나들던 불편한 방에서, 여러 가지 선반, 베개, 그리고 장식물이 있는 멋진 침실로 옮겨갔다.

이외에도, 전에는 남은 온갖 음식과 구질구질한 것들로 소박하고 형편없이 연명했지만 이제는 형편이 엄청나게 좋아졌다. 그는 수프, 고기, 경단, 토마토 등 여러 가지 번듯한 음식을 먹게 되었다. 그것 말고도 일주일에 한 번 식구들과 함께 코코아를 마셨다. 그는 이 기름진 음료에 놀라고 열광했다. 여기저기 떠돌며 불편하게 산 지난 팔구 년간 그 맛을 잊고 있었던 것이다. 그렇다고 볼로딘이 법적인 아내에게 얹혀산 것은 아니었다.

그는 그만두지 않고 사진 분야에서 일을 계속했다. 그는 큰 성공을 거두었고, 감사의 마음뿐만 아니라, 말하자면 현금까지 받게 되었다.

신선하고 좋은 음식은 특별한 영감을 갖고 일에 몰두하게 만들었다. 젊은 아내에게서 별다른 행복을 얻지는 못했지만, 그 덕분에 더 열심히 일했다. 그의 솜씨가 얼마나 섬세하고 예술적이었던지, 사진에 나온 얼굴들이 그의 손에서 완전히 천사로 변해버렸다. 사진의 주인들은 뜻밖의 행복한 사건에 진심으로 놀라워했고, 돈을 아끼지 않고 사진을 더 많이 찍고 싶어 했을 뿐만 아니라, 새 손님들을 자꾸자꾸 몰아다주었다.

사진사 파트리케예프도 이제 볼로딘을 극도로 높이 평가하게 되었고, 고객들이 예술적 완성도에 특히 열광하는 날에는 볼로딘에게 보너스를 주었다.

이제 볼로딘은 기반을 확실하게 닦았다고 느꼈고, 지금의 위치에서 밀려나는 일은 생각도 할 수 없다는 것을 알게 되었다.

그는 살이 올라 통통해졌으며, 안정되고 자신만만한 외모를 갖게 되었다. 그는 지칠 줄 몰랐다. 그의 유기체가 불행한 날과 만일의 사태를 대비하여 현명하게 기름기와 영양을 축적하기 시작했던 것이다.

물론 볼로딘은 특별히 안정과 만족을 느끼지는 못했다.

마음껏 물건을 사고, 아내와 집안일에 대해 대화를 나누고, 내일 점심에 대해 아내에게 지시를 내리고 나면, 그는 서글픈 고독에 빠졌다. 솔직히 말해 그는 젊은 아내에게 특별히 다정한 애착을 갖고 있지 않았다. 삶을 가치 있게 장식하고, 평범하기 짝이 없는 온갖 개 같은 일상사를 행복한 생활의 아름다운 정밀(精密) 사건으로 만드는 그런 애착 말이다. 그런 생각을 하며 볼로딘은 모자를 쓰고 거리로 나왔다. 물론 그는 사전에 면도를 하고 우아한 코에 화장을 했으며, 이탈리아식 볼수염을 고르게 정리했다.

그는 거리를 따라 걸으며 지나가는 여자들을 구경했다. 그들이 어떻게 생겼는지, 그들의 걸음걸이는 어떤지, 그들의 얼굴과 상판대기는 어떤지에 적극적인 관심을 가졌다. 그는 걸음을 멈추고 여자들의 뒷모습을 바라보며 휘파람을 불었다. 멜로디가 특이했다.

그렇게 시간은 속절없이 흘러갔다. 하루, 한 주, 한 달이 지났다. 그렇게 속절없이 삼 년이란 세월이 흘렀다. 젊은 아내 마르가리타 고프키스는 비범하게 훌륭한 남편을 보고 또 보아도 싫증을 내지 않았다.

그녀는 글자 그대로 허리도 펴지 않고 한결같이 코끼리처럼 일했다. 그녀는 남편에게 최고의 이익을 가져다주기만을 원했다. 그녀는 그의 존재를 아름답게 장식하기를 원했으므로, 온갖 고상하고 재미있는 물건들, 근사한 멜빵, 가죽 시곗줄, 그리고 가정생활에 필요한 여타의 잡동사니들을 사들였다. 그러나 그는 침울한 눈길로 바라보며 아내의 차고 넘치는 키스에 인색하게 뺨을 내밀곤 했다. 때로는 퉁명스럽게 대답하고, 끈질긴 모기를 쫓듯 아내를 쫓아냈다.

그는 드러내놓고 수심에 빠지고, 생각에 잠겨 자기 인생을 저주하기 시작했다.

"그래, 내 인생은 실패야." 우리의 볼로딘은 자신의 인생과 계획에 무슨 잘못이 있었는지 파악하려고 애쓰며 중얼거렸다.

6

기억이 우리를 배반하지 않는다면, 1925년 봄 우리의 친구 니콜라이 페트로비치 볼로딘의 인생에 엄청난 사건이 일어났다. 그는 아주 귀엽게 생긴 처녀의 꽁무니를 따라다니다, 그만 그녀를 뜨겁게 사랑하게 되었다. 아니, 더 간단히 말해 그녀에게 홀딱 빠져서, 인생을 근본적으로 바꾸는 것을 고민하기 시작했다. 이제 수입도 괜찮았으므로 새롭고 더 행복한 인생을 생각할 수 있게 되었던 것이다.

그 젊은 처자의 모든 것이 그에게는 사랑스럽고 매혹적이었다. 한마디로 그녀는 그의 정신적 요구를 완전히 충족시켰고, 더구나 외모도 그가 평생 꿈꿔온 바로 그것이었다.

그녀는 날씬하고 시적인 인물로, 머리는 검고 눈은 별처럼 반짝였다. 그는 특히 그녀의 아주 짧고 귀여운 수염털에 열광했고, 그래서 새로 발생한 상황에 대해 더욱 심각하게 고민하게 되었다.

그러나 가정적인 여러 복잡 미묘한 일들과 엄청난(심지어 귀싸대기를 맞는 일까지 포함하여) 스캔들을 예감하자 그는 냉정해졌고, 단호한 결심을 내리지 못했다.

어쨌든 그는 아내를 좀더 친절하게 대하게 되었다. 집을 나설 때면 급히 친구들을 만나야 한다면서 그들과 관련된 이야기를 아무렇게나 꾸며댔다. 그러고는 아내의 등을 두드리며 여러 가지 친절하고 기분 나쁘지 않은 말을 지껄였다.

볼로딘의 아내는 무엇인지 모르지만 아주 중요하고 특별한 일이 진행되고 있음을 알아챘다. 비명을 지르며 소란을 피울 것인가, 아니면 좀 기다리면서 폭로를 위한 재료와 증거를 미리 수집할 것인가? 그녀는 어떻게 해야 할지 몰라 멍청하게 눈을 껌벅였다.

집을 나서면 볼로딘은 자신의 아기를 만났다. 재치 있는 말, 영감, 그리고 폭풍같이 끓어오르는 생명력으로 충만한 볼로딘은 그녀를 의기양양하게 이 거리 저 거리로 데리고 다녔다.

아가씨는 그의 팔에 매달려 자신의 순진무구하고 자잘한 일들에 대해 재잘댔다. 그녀는 결혼한 많은 신사들이 보통 여러 가지 실현 불가능한 환상을 추구한다, 그러나 자신은 현재 약간의 탈선을 보이고 있긴 하지만 모든 것을 전혀 다른 방식으로 보고 있다고 말했다. 진지한 상황만이 일정한 사실을 따르도록 그녀를 설득할 수 있으며, 물론 거부할 수 없을 정도로 강력한 사랑이라면 그녀의 원칙들이 흔들릴 수도 있다고 했다. 이 말이 사랑의 고백이라고 느낀 볼로딘은 유난히 힘차게 아가씨를 끌어당겨 책임질 수 없는 여러 가지 생각과 희망사항들을 주절댔다.

그들은 저녁마다 호수로 가서 그곳의 높은 물가에, 벤치에, 혹은 간단하게 라일락 밑의 풀밭에 앉았다. 그들은 다정하게 포옹한 채 매 순간 자신들의 행복을 즐겼다.

5월이었다. 이 놀라운 계절의 아름다움과 신선한 색, 그리고 가볍고 찬란한 공기가 특히 그들을 고무시켰다.

유감스럽지만 작가의 시적 재능은 대단치 않다. 작가는 시어를 능수능란하게 구사할 능력도 없다. 솔직히 말하면, 예술적 묘사와 현대의 예술산문 일반에 대한 능력도 별로 없다.

그런 능력이 있었다면 작가는 경이로운 봄경치, 풍요로운 자연, 향기로운 라일락을 배경으로 사랑에 빠진 두 마음의 신선한 감정을 묘사하여 위대한 풍경을 창조했을 것이다.

작가는 예술적 묘사의 비밀에 도달하려고 여러 번 시도했음을 고백한다. 우리 시대 문학의 거인들은 그 비밀을 가볍게 다룰 줄 안다. 무척 부럽다.

그러나 언어의 창백함과 사유의 우유부단함 때문에 작가는 러시아 예술산문의 처녀림 속에 깊이 침잠하지 못했다.

작가는 우리 친구들의 조우에 관한 마법 같은(시적 애수와 떨림으로 충만한) 장면을 묘사하면서 탁월한 예술적 솜씨의 달콤하고 금지된 물속에 빠지고 싶은 유혹을 물리칠 수 없다.

그리하여 한밤의 파노라마에 대한 묘사 몇 줄을 우리의 연인들에게 사랑의 표시로 헌사하는 바이다.

다만 노련한 문학가들이 이 보잘것없는 문장을 평가함에 있어 지나치게 엄격한 태도를 보이지 않기를 바랄 뿐이다.

아무튼 작가도 한번 고상한 예술문학 속에 빠져보도록 하겠다.

바다가 우르르 쾅쾅 요동친다…… 갑자기 주위에서 무엇인가가 머리털처럼 말려 휘몰아치고, 학대하듯 뒤흔들고, 가시처럼 찔러댄다. 젊은이는 말 멍에의 가죽끈을 풀듯 어깨를 펴고, 손은 멍에를 가죽끈으로 묶듯 옆 주머니에 쑤셔넣는다.

세상에 벤치가 있었다. 그리고 갑자기 예상치 않게 세상에 궐련이 들어왔다. 젊은이는 처녀를 사랑스럽게 바라보며 궐련을 피운다.

바다가 우르르 쾅쾅 요동친다…… 풀은 말없이 수다를 떤다. 사질 점토와 사질토가 연인들의 발밑에서 찬란하게 흩어진다.

처녀는 눈을 모로 뜨고 장난스럽게 미소지으며 라일락 향기를 쿵쿵거린다. 다시 주위에서 무엇인가가 예술적으로 가시처럼 찔러대고, 학대하듯 뒤흔들고, 머리털처럼 말려 휘몰아친다. 그리고 스펙트럼 분석에 따라 경이롭고 형언할 수 없는 빛이 구릉 지대를 환히 비춘다……

에이, 다 집어치워야겠다! 제대로 되지 않는다. 용기를 내어 고백하건대, 작가에게는 소위 예술문학이라는 것에 대한 재능이 없다. 사람마다 받은 것이 다른 법이다. 신은 어떤 사람에게는 단순하고 거친 혀를 주었지만, 또 어떤 사람에게는 몇 분 만에 섬세하고 예술적인 전주곡을 만들어낼 수 있는 혀를 주었다.

그러나 작가는 대단한 솜씨를 타고나지는 못했으므로, 이제 다시 어설픈 혀로 묘사하도록 하겠다.

한마디로, 언어의 기술에 얽매이지 않고 말하자면, 우리의 연인들은 호숫가에 앉아 길고 끝없는 사랑의 대화를 나누었으며, 때로 한숨을 쉬고, 바다가 우르르 쾅쾅 요동치고 풀들이 수다 떠는 소리를 말없이 들었다.

사람들이 본질이나 원인을 깊이 생각하지도 않고 어떤 사물에 대해 말할 때면, 작가는 언제나 몹시 놀라곤 한다.

많은 유명 작가들, 그리고 심지어 걸출한 풍자가들도 예를 들어 '연인들은 한숨을 쉬었다'와 같은 표현을 아무렇지도 않게 사용한다.

그런데 왜 한숨을 쉰단 말인가? 무엇 때문에 그들이 한숨을 쉬는가? 무슨 이유로 연인들은 한숨을 쉬는 일정한 버릇을 갖고 있는가?

만일 그대가 작가라는 이름을 달고 다닌다면 미숙한 독자들에게 설명하고 답해야 할 것이다. 그런데 답변이 없다. 안녕이라고 말하고는 다른 주제로 도망가버린다. 이런 태만은 범죄다.

이것이 작가의 일은 아니지만 작가는 이것을 규명해보고자 한다. 어느 독일 치과의사의 인기 있는 설명에 따르면, 한숨은 즉 차단이다. 그는 말한다. 이렇게 말해도 된다면, 유기체에서는 어떤 힘의 차단, 제동이 발생하고, 그것은 그 힘들이 고유의 곧은 길을 따라 정해진 곳을 향해 가는 것을 방해한다. 즉 한숨이 발생한다.

사람이 한숨을 쉰다는 것은, 방해를 받아 소원 성취가 어려워짐을 의미한다. 사랑이 충분히 허용되지 않았던 옛날에, 연인들은 푹푹 한숨을 쉬지 않을 수 없었다. 그러나 지금은 한숨 쉬는 일이 가끔씩 있을 뿐이다.

우리 삶의 흐름은 그토록 단순하고 멋지게 진행되고, 우리 유기체의 소박하고 평범하고 영웅적인 움직임도 그렇게 이루어진다.

그러나 이 모든 것은 작가가 많은 탁월한 사물과 소망들에 사랑스러운 태도를 취하는 것을 방해하지는 않는다.

아무튼 우리의 젊은 한 쌍은 대화를 나누며 한숨을 쉬곤 했다. 그러나 호수 위로 라일락이 만개하던 6월에 그들은 한숨을 점점 덜 쉬게 되었고, 마침내 한숨을 전혀 쉬지 않게 되었다. 그들은 서로에게 몸을 기댄 채 벤치에 앉아 있곤 했다. 그들은 행복과 환희에 도취했다.

바다가 우르르 쾅쾅 요동친다. 사질점토와 사질토가……

에이, 다 집어치워……

그런 영광되고 진심 어린 만남들 중 어느 한 만남에서 볼로딘은 아가씨와 함께 앉아 여러 시적인 비유와 운(韻)을 읊어대고 있었다. 그는 지극히 아름다운 문구를 내뱉었다. 틀림없이 그것은 어떤 작품집에서 도용한 것이었지만, 그는 그녀를 속였다.

그는 그런 기기묘묘하고 시적이며, 전(前) 시대의 위대한 거장들의 펜에나 어울릴 만한 문구를 도저히 만들어낼 수 없었을 것이다.

그는 아가씨 쪽으로 몸을 굽히고, 동시에 그녀와 함께 라일락 가지의 향기를 맡으며 말했다.

"한 주 동안 라일락은 피고 시드네. 당신의 사랑도 그러겠지."

아가씨는 정신을 잃을 정도로 열광하며 이 경이롭고 음악적인 문구를 다시 한번 말해달라고 간청했다.

그래서 그는 저녁 내내 같은 문구를 반복했고, 사이사이 「새는 가지에서 뛰어오르네」와 같은 푸시킨의 시와 블로크* 등 다른 저명한 시인들의 시를 읊어주었다.

---

* Aleksandr Aleksandrovich Blok(1880~1921), 러시아의 시인. 후기 러시아 상징주의를 대표하는 시인 중 한 사람으로, 11월 혁명 직후 구세계의 파멸과 신세계의 탄생을 노래한 장시(長詩) 「열둘」(1918)을 발표하여 소비에트 시문학의 첫 장을 열었다.

그 들뜬 저녁, 집에 돌아온 볼로딘은 찢어질 듯한 비명과 고함, 그리고 거친 욕설을 듣게 되었다.

악명 높은 자선병원 남자 간호사 시푸노프를 포함한 고프키스 가족 모두가 한꺼번에 달려들어 사기꾼, 병신새끼, 색골이라며 볼로딘에게 사정없이 욕설을 퍼부었다.

자선병원 간호사 시푸노프는 글자 그대로 방을 바퀴처럼 굴러다니며, 여자가 약하다면 내가 그녀를 대신해서 볼로딘의 골통을 부숴버릴 수 있다고, 필요하다면, 볼로딘 같은 배은망덕한 개자식이 밤마다 꼬리를 빳빳이 세우고 쏘다닌다면, 그래서 잘 정돈된 가정의 평화를 깨뜨린다면 기꺼이 그럴 수 있다고 소리 질렀다.

마르가리타 자신도 불행을 피할 수 없음을 느끼고 찢어지는 듯한 비명을 질렀다. 그리고 비명과 신음 소리 사이에 이런 무정하고 흉측한 짐승은 그저 내쫓아버려야 하지만, 사랑과 낭비해버린 젊음 때문에 그렇게 하지 않을 뿐이라고 소리쳤다.

그와 아무런 이해관계가 없는 것 같은 처제 렐랴가 울부짖는다는 사실이 특히 불길했고 볼로딘을 놀라게 했다. 그녀의 울부짖음 때문에 불안한 분위기가 조성되었고, 부부의 불행이 거창한 가족 스캔들로 증폭되고 말았다.

이 무지막지하고 비교양적인 사건이 볼로딘의 온갖 고양된 감정을 지워버렸다. 그는 가장 심오하고 우아한 인상과 고상한 감정 그리고 라일락 향기에 흠뻑 취해 집으로 돌아왔지만, 이제는 머리를 움켜쥔 채, 이 포학한 여편네와 결혼한 자신의 무지막지한 행동을 마음속으로 저주했다. 이 여인이 이제 그의 젊음을 망치고 있는 것이다. 그는 온 가정을 완전히 못쓰게 만들어버린 다음, 스캔들과 고함 소리에 대한 답으로 언성을 높이지 않고 자기 방에 틀어박혔다. 이튿날 아침 동이 틀 무렵, 그는 집 나갈 준비를 위해 조용히 자기 물건과 옷을 챙겼다.

자선병원 간호사가 출근하자, 볼로딘은 자신의 귀한 반쪽의 탄식과 끊임없는 히스테리와 발작성 졸도에도 불구하고 짐 보따리를 들고 집을 떠났다.

그는 사진사에게로 갔다. 사진사는 진정으로 기뻐하며 두 팔 벌려 그를 맞이했다. 그는 볼로딘이 이제 공짜는 아니지만 훨씬 더 싼 값으로 사진 수정 일을 맡을 거라고 생각했다.

자기 자신의 행동에 흥분한 볼로딘은 자신의 말을 생각해보지도 않고 여러 가지 우정의 무료봉사를 약속했다. 그는 가능하면 빨리 자신의 아기를 만나, 새롭고 행복한 반전을 함께 나누고 싶은 마음으로 불탔다.

오후 두시에 그는 늘 그랬던 것처럼 호숫가의 작은 교회에서 그녀를 만났다.

그는 어린 아가씨의 손을 움켜쥐고는 들떠서 이야기를 시작했다. 그는 자질구레한 무용담으로 자신의 행동을 미화했다. 그렇다. 그는 혐오스러운 사슬을 끊고 자선병원 간호사의 면상에 한 방 먹인 뒤 집을 나왔다는 것이다.

아가씨는 그런 이야기를 듣고 몹시 기뻐했다. 그는 드디어 자유로운 시민이 되었으며, 드디어 자신의 귀여운 송사리를 사실상의 아내라 부를 수 있게 되었다고 말했다.

그들이 함께 한방에, 한 지붕 밑에 살게 되면 모든 것이 황홀해질 것이다. 그는 손을 내려놓지 않고 코끼리처럼 일하고, 그녀는 집안 살림으로, 바느질로, 쓰레기 청소로, 그리고 그와 비슷한 일들로 바쁠 것이다.

그러나 볼로딘은 소스라치게 놀랐다. 그를 남편으로 받아들인 다음, 그의 코를 꿰어 평생 돈 버는 일꾼으로 만들어버리려는 극도로 노골적인 욕심을 그녀에게서 감지했기 때문이다.

그는 약간 눈살을 찌푸리며 아가씨를 바라보더니, 모든 것이 아주 좋지만 여전히 문제들을 다각적으로 살펴보아야 한다, 왜냐하면 자신은 사랑하는 사람이 가난과 결핍에 노출되는 것에 익숙하지 않기 때문이라고 말했다.

솔직히 말해서 그는 물질적 이해관계를 따지는 아가씨의 기를 꺾고 그녀를 더 고결한 상태에 올려놓기를 원했기 때문에 그렇게 말했다. 아가씨가 실질적이고 이해타산적인 관점에서 자신을 보는 것이 불쾌했던 것이다.

한순간 볼로딘은 자신의 결혼과 이해관계를 기억해내고 아가씨를 주의 깊게 바라보았다. 그녀의 생각과 마음을 뚫고 들어가, 그가 전에 갖고 있던 생각을 그녀도 갖고 있는 것은 아닌지 알아내고 싶었다.

볼로딘이 보기에 처녀의 두 눈에는 탐욕스러운 욕심과 수지타산, 그리고 당장에 팔자를 바꾸려는 욕망이 불타고 있는 것 같았다.

"나중에. 지금 당장은 결혼할 돈이 없어."

그는 말했다. 갑자기 행동원칙이 머리에 떠올랐다. 그는 가난한 실업자 행세를 하기로 결심했다.

"그래." 이제 그는 더욱 확실하게, 이렇게 말해도 된다면, 심지어 의기양양하게 말하기 시작했다. "돈이 없어. 돈이 없단 말이야. 미안하지만, 내 일과 재산으로 널 먹여살릴 수는 없어."

물론 이것은 진실이 아니었다. 그는 잘살고 있으며, 직업도 있었다. 그러나 그는 처녀의 입에서 사심 없는 멋진 말을 듣고 싶었다. '어떻게든 될 텐데 돈 계산은 왜 해요?'라든가 '마음이 중요하지 돈은 왜요?'라는 말을 듣고 싶었다.

그런데 올렌카 시샤예바는 마치 악의가 있는 것처럼, 그의 고백보다는 어조에 더 놀라서 숨을 거칠게 내쉬며 간단한 단어 몇 개를 중얼거렸다. 그것은 분노와 깨진 꿈으로 해석할 수 있는 단어들이었다.

마침내 그녀가 말했다.

"어떻게 그럴 수가. 전에는 완전히 다르게 말씀하셨잖아요. 그래서 여러 가지 계획을 세웠었는데, 지금은 정반대로 말씀을 하시네요. 어떻게 그럴 수가 있어요?"

"아주 간단해." 그는 퉁명스럽게 말했다. "존경하는 여성 동무, 알다시피 내가 국가기관에서 일하는 것도 아니고, 형편이 상당히 불안하고 고립되어 있어. 현재로서는 직업이 거의 없다고 말할 수 있지. 일자리를 찾아야 한다는 말이야. 앞으로 무엇으로 어떻게 먹고살아야 할지 나도 잘 모르겠어. 맨발로 거리를 배회하며 먹을 것을 구걸해야 할 수도 있어, 존경하는 여성 동무."

아가씨는 무슨 일이 일어났는지 제대로 파악하지 못한 채 유리알 같은 눈을 동그랗게 뜨고 그를 바라보았다.

그는 되지도 않는 말들을 지껄이고, 가난과 고단한 생활과 눈앞의 빈곤을 보여주는 이야기를 여자 앞에 쏟아냈다.

나중에 헤어지기 전에야 그들은 이 크지 않으면서도 조잡하기 짝이 없는 해프닝을 좀 완화해보려고 노력했다. 그들은 십 분 정도 산책을 하면서 아무런 상관이 없는 것들에 대해, 심지어 시적인 것들에 대해 대화를 나누었다. 하지만 그들의 대화는 활기가 없었다. 그들은 헤어졌다. 그녀는 놀랐고 이해할 수 없었으며, 그는 그녀의 치밀한 이해타산과 의도를 더욱더 확신하게 되었다.

빈 문간방으로 돌아온 후, 볼로딘은 소파에 누워 아가씨의 감정과 욕심을 분석하려고 애를 썼다.

'감쪽같이 해치웠어.' 그는 생각했다. '날 비웃어! 하지만 내가 가난하다는 말을 듣고 틀림없이 놀랐을 거야.'

아니, 그는 그것이 어떤 사랑인지 알게 될 것이다. 아니면 단순히 계산속만 확인하게 될지도 몰랐다.

그녀의 계산을 정확하고 완전하게 확신할 수는 없었지만, 그래도 그는 그렇게 생각했다. 물론 그는 그녀로부터 반대의 말을 듣고 싶었다. 진실한 사랑은 가난과 빈곤 속에서도 사라지지 않는다. 그를 사랑한다면, 그녀는 그의 손을 잡고 '뭐가 문제예요? 뭘 걱정하세요? 당신이 가난하다고 해도 난 놀라지 않아요. 우리 일해요. 목표를 위해 노력해요'라고 말할 것이다.

이런 생각을 하며 그는 누워 있었다. 불안하고 막막했다. 그때 갑자기 계단에서 벨이 울렸다. 자선병원 간호사 시푸노프였다. 그는 단호한 어조로 중립적인 장소, 즉 마당으로 따라 나오라고 말했다. 발생한 일과 행동에 대해 마당에서 자유롭게 이야기하자는 것이었다.

불안했지만 거절할 용기도 없어서 볼로딘은 모자를 쓰고 마당으로 내려갔다.

그곳에는 이미 온 가족이 모여 열띤 대화를 나누며 한껏 달아오르고 있었다.

자선병원 간호사 시푸노프는 귀중한 시간과 말을 낭비하지 않고 볼로딘에게 다가가 1푼트도 더 되어 보이는 돌로 그를 후려갈겼다.

볼로딘은 머리를 미처 뒤로 빼지 못하고 겨우 옆으로 살짝 돌렸다. 덕분에 충격이 좀 약해졌다. 돌은 모자를 따라 미끄러져 귀와 뺨을 살짝 찢었다.

볼로딘은 손으로 얼굴을 감싼 채 뒤로 몸을 날렸다. 그 순간 돌 두세 개가 그의 뒤를 따라 날아왔다. 연약한 여성의 보호자가 힘찬 팔로 던진 돌이었다. 볼로딘은 단숨에 계단을 뛰어올라가 급히 방문 뒤에 숨었다.

자선병원 간호사는 쏜살같이 그의 뒤를 쫓아와 깡패들이 난동 부리듯 몇 분 동안 문을 발로 찼다. 그는 얼굴을 때리지도 않고 소란도 피우지 않을 테니 나와서 이야기하자고 볼로딘에게 말했다.

볼로딘은 다친 귀를 움켜쥐고 숨을 죽인 채 문 뒤에 서 있었다. 그의 심장이 필사적으로 팔딱거렸다. 너무 놀라 다리가 움직이지 않았다.

자선병원 간호사는 또다시 문을 차더니, 이런 식으로 나오면 가족들이 네 녀석을 붙잡아 유산(乳酸)을 부어버릴 거라고 말했다. 물론 볼로딘이 생각을 고쳐먹지 않고, 자신의 의무를 다하기 위해 돌아오지 않는다면 말이다.

얻어터지고 충격을 먹은 볼로딘은 소파에 누워 모든 것이 무너지고 허사가 되고 말았다고 생각했다.

그는 아무런 위로도 발견할 수 없었다. 이제 사랑조차도 의심스러웠다. 그의 감정은 조잡한 수지타산과 경솔한 생각에 기만당하고 모욕당했다.

이렇게 생각하자, 정말 그럴까? 하는 의심이 다시 들었다.

만일 그렇지 않다면, 그녀를 찾아가 모두 다 확인할 것이다.

그렇다. 그는 그녀를 찾아가 전부 말할 것이다. 삶은 긴박하게 돌아가고 있다. 그는 자신의 인생을 위해 위험을 무릅쓰고 정해진 이상을 향해 나아가고 있다. 대신 그녀는 결국 그에게는 글자 그대로 아무것도 없음을 알아야 한다고 말할 것이다. 그는 가난하고, 빵 한 쪽도 없고, 직장도 없다. 그녀가 원한다면, 모험이지만 결혼하자. 그러나 원하지 않는다면, 서로 악수를 나누고 바다 위의 배처럼 갈라서자.

그는 당장 그녀에게 달려가 이런 말을 털어놓고 싶었다. 그런데 이미 늦은 시간이었다. 그는 피 묻은 신사복을 벗고 찢어진 귀를 씻은 후, 수건으로 머리를 감고 잠자리에 누웠다.

그는 제대로 잠을 잘 수 없었다. 그가 뒤척이며 어찌나 큰 소리로 잠꼬대를 했던지, 사진사가 그의 잠꼬대를 막기 위해 두 번이나 소리를 질러야 했다.

8

자선병원 간호사 시푸노프, 이 사납고 교양 없는 인간은 실제로 어디선가 유산이 든 병을 구해왔다.

그는 병을 창가에 올려놓고 두 자매에게 사용법을 간단히 교육시켰다.

"소량을 뿌리면 절대 문제 되지 않아요." 그는 두 자매에게 이렇게 말하고는 뿌리는 순간을 그들 눈앞에 보이듯 묘사하였다. "특별히 주의할 것은 눈에 뿌리면 안 된다는 겁니다. 하지만 코나 다른 부분은 다쳐도 절대 아무 문제 없어요. 더구나 얼굴이 시뻘겋게 되면 당한 놈은 더이상 그렇게 잘나 보이지도 않겠지요. 젊은 여자들도 그놈에게 달려들지 않을 테고요. 확실해요. 그렇게 되면 그놈은 얌전히 자기 외양간으로 돌아올 거예요. 사법부도 물론 여러 정황을 참작해서 조건부 참회형을 선고할 겁니다."

마르가리타 고프키스는 탄식하고 한숨을 쉬었다. 그녀는 손가락을 비틀면서, 필요하다면 자신은 수염털 난 그 까무잡잡한 계집애의 얼굴에 그것을 뿌리고 싶다, 그 여자 때문에 자기의 행복이 깨졌다고 말했다.

하지만 그녀는 볼로딘을 온전하게 돌려놓을 가능성이 전혀 없다는 것을 인정하고, 다시 탄식하며 동의했다. 하지만 인도주의적 배려에서 유독한 액체를 좀 묽게 해야 한다고 덧붙였다.

자선병원 간호사는 병으로 창턱을 두드리며 우렁찬 음성으로, 그렇게 해야 한다면 적어도 두 연놈을 완전히 못쓰게 만들어버려야 한다고 말했다. 두 연놈 모두 보기만 해도 지긋지긋하고 성질난다는 것이었다. 또 그는 세번째로 그 까무잡잡한 계집애의 엄마에게 유산을 뿌리고 싶다고 했다. 엄마가 딸을 방종하게 키워서 이미 임자 있는 남자와 놀아나게 만들었다는 것이다.

액체를 묽게 만들고 싶었지만 어찌해볼 도리가 없었다. 화학이란 것은 정확한 과학이고 일정한 성분을 요구하기 때문이었다. 그들이 받은 교육을 가지고는 과학 공식을 바꿀 수 없었다.

또 하나의 대사건을 예감한 여동생 렐랴의 흐느낌이 가족간의 이 모든 소동을 무색하게 만들었다.

작가가 미리 말하지만, 존경하는 독자들은 걱정하지 않아도 좋다. 그렇게 심각한 일은 일어나지 않을 것이다. 아무 탈 없을 거라고는 할 수 없지만, 모든 일은 대체로 무사히 끝날 것이다. 그렇지만 놀라움은 아주 클 것이다. 우리의 친구 볼로딘은 이 사건으로 많은 아픔을 맛보게 된다.

다음날 볼로딘은 면도를 하고 상처 난 귀에 분을 바른 뒤, 집을 나와 서둘러 자신의 아가씨에게로 갔다.

그는 거리를 따라 걸었다. 그는 요란스럽게 제스처를 써가며 자기 자신과 대화를 나누었다.

그는 그녀에게 던질 온갖 교활한 질문들을 생각해냈다. 그 질문들로 젊은 처녀의 은밀하고 탐욕스러운 수작을 폭로하고 싶었다.

지금 그녀는 가난하다. 그녀는 엄마에게 얹혀살고 있다. 그녀는 자신의 운명을 개척하기를 원한다. 그러나 그녀는 심각한 오류를 범하고 있다. 그렇다. 그는 자기에게 아무것도 없음을 그녀가 알도록 만들

것이다. 그에게는 이것이 전부다. 넥타이 하나와 바지 한 벌. 게다가 그는 실업자이고 미래에 대한 아무런 희망도 없다. 사진관 일도 아무런 벌이가 되지 않는다. 간신히 연필과 지우개를 사고 나면 남는 것이 전혀 없다. 그가 이 일을 하는 것은 순전히 소파와 방을 내준 사진사 파트리케예프에 대한 고마움과 우정 때문이다.

그는 그녀에게 이렇게 말한 후에 상황의 추이를 관찰할 생각이었다.

그는 급히 걸어갔다. 아무도 눈에 들어오지 않고, 아무 소리도 들리지 않았다.

공터 모퉁이에서 전 아내 마르가리토치카 고프키스가 그를 향해 걸어오고 있었다.

그녀를 발견하고 볼로딘은 죽을 듯 창백해졌다. 그는 넋을 잃은 듯 그녀에게서 눈을 떼지 않고 천천히 그녀를 향해 걸어갔다.

세 걸음쯤 거리를 두고 마르가리타는 뭐라고 조용히 소리를 지르더니, 위아래로 팔을 흔들어 볼로딘에게 유산을 뿌렸다.

거리가 상당히 떨어져 있었고 병목이 좁았기 때문에 겨우 몇 방울만 볼로딘의 옷에 튀었다.

볼로딘은 날카롭게 비명을 지르며 옆으로 내달렸다. 그는 몰골이 온전한지 확인하려고 손바닥으로 얼굴을 두드려보았다.

그는 무사한 것을 확인하고 나서 다시 돌아가, 울타리 옆에 그림자처럼 서 있는 마르가리타 고프키스에게 달려들었다. 볼로딘은 그녀의 목을 움켜쥐고 흔들기 시작했다. 그는 소리를 지르며 그녀의 머리를 울타리에 찧어댔다.

이 모든 일은 인기척 없이 텅 빈 거리에서 일어났다. 볼로딘이 아가씨를 만나러 갈 때 지나가던 바로 그 길이었다.

그럼에도 불구하고, 어떤 구경거리가 생겼는지 궁금해하며 다른 쪽 길에서부터 사람들이 모여들기 시작했다.

하지만 구경거리는 거의 끝나가고 있었다. 볼로딘은 경찰서로 끌려갈지도 모른다는 생각에 흔들기를 중단하고는 한눈팔지 않고 급히 집으로 돌아갔다.

충격을 받은 그는 두려웠다. 북 치듯 이가 딱딱 부딪쳤다.

그는 뛰어서 집으로 돌아온 다음 방에 처박혔다.

물론 그런 모습으로 애인에게 갈 수는 없었다.

열이 올랐다. 두 다리가 후들거리고 이가 떨렸다.

볼로딘은 한동안 소파에 누워 있었다. 그런 다음 놀라서 창문을 힐끗거리고, 소음에 귀를 기울이며 방 안을 걸었다.

그는 하루 종일 밖에 나가지 않았다. 자선병원 간호사가 마당에서 그의 숨통을 끊거나 팔과 갈비뼈를 부러뜨려 불구자로 만들까봐 두려웠다.

그는 아무것도 먹지 않고 죽을 듯한 고통에 시달리며 하루를 보냈다. 몸 안의 열을 식히기 위해 물만 엄청나게 마셨다.

그는 밤새도록 눈을 붙이지 않고 일어나 앉아 상황에 대해 곰곰이 생각했으며, 바람직하고 모욕적이지 않은 해법을 찾으려고 애썼다. 그리고 그런 해법을 발견했는데, 그것은 전 아내 그리고 그녀의 수호천사인 시푸노프 동무와 반드시 평화조약을 체결해야 한다는 것이었다. 그가 그들을 살인미수로 고발하지 않는 대신, 그들은 그를 죽도록 패지 않는다는 조약 말이다.

이런 해법에서 안정을 찾은 후, 볼로딘은 마음속에서 상당히 중요한 또다른 전선으로 옮겨갔다. 그는 자신의 아가씨에게 어떤 새롭고도 결정적인 말을 어떻게 할 것인지 수백 번 생각했다. 그는 욕심 없는 진실한 여자, 교활하지 않고 실질적인 능력을 가진 여자를 얻고 싶었다. 이 목적을 달성하기 위해 그는 어떤 어려움과 수고도 피하지 않을 것이다. 그렇다. 그는 실업자 행세를 할 것이고, 사진관에서 일하는 것은 한동안 비밀로 할 것이다. 아가씨에게 어떤 이해타산이나 은밀한 욕심도 없다는 것을 확인하기 위해서 말이다.

이미 볼로딘은 외투의 깃을 올린 채 창문에 꼼꼼히 커튼을 치고 비밀리에 일하는 자신의 모습을 마음속으로 그려보았다. 그는 일손을 놓지 않고 밤낮으로 필름을 수정한다. 그렇게 한 달 혹은 두 달, 혹은 일 년 내내 일하고, 한 푼도 쓰지 않고 돈을 모은다. 마침내 애인에 대해 확신하게 되었을 때, 그는 그녀의 발 앞에 돈 무더기를 내려놓고 자신의 행동과 시험을 용서해달라고 간청할 것이다.

그러면 아가씨도 눈에 눈물을 머금고 그의 돈을 물리치며, 왜 이런 짓을 했느냐고, 왜 이렇게 돈을 많이 모았느냐고, 이러면 우리 관계가 더 나빠질 거라고 말할 것이다.

바로 그때 구름 한 점 없는 행복이 시작되고, 경이롭고 유일무이한 생활이 시작될 것이다.

볼로딘이 이런 사건 해결을 생각했을 때, 그의 눈에는 기쁨의 눈물이 고였다. 그가 침대에서 힘차게 몸을 돌리자, 모든 용수철이 삐걱거렸다. 그는 셔츠 소매로 눈물을 닦았다.

그러나 다음 순간 그는 자신의 불운과 따귀와 최근에 있었던 온갖 음울한 일들에 대해 다시 생각하기 시작했다.

그러자 글자 그대로 소름이 끼쳤다. 그는 자신의 외모가 온전한지 걱정되어 소파에서 벌떡 일어났다. 거울로 달려가 다시 한번 얼굴이 무사한 것을 확인하고, 구멍 난 옷을 살펴보았다.

그렇게 불안한 상태에서 힘들게 밤을 지내고, 새벽녘에야 겨우 잠깐 눈을 붙일 수 있었다.

아침에 그는 누렇게 뜬 얼굴과 흐릿한 눈으로 일을 처리하기 위해 서둘렀다. 그는 계획을 신속하게 실행하기 위해 우선 아가씨를 방문하기로 결심했다. 그다음에는 백기를 들고 자신의 친척들과 협상을 하려 했다.

계단으로 나온 그는 평소 버릇대로 구두를 비로드 천으로 눈부시게 광을 냈다.

그가 한 짝을 다 닦았을 때, 계단의 냉기 때문인지 갑자기 딸꾹질이 나왔다. 한 번 딸꾹질하고, 잠시 후 다시 한번, 그리고 몇 초가 지난 뒤 몇 차례 더 딸꾹질을 했다.

볼로딘은 헛기침을 하고 간단하게 맨손체조를 한 다음 힘차게 다른 구두 한 짝을 마저 닦으려 했다. 그런데 웬일인지 딸꾹질이 그치질 않았다. 그는 부엌으로 가 설탕 한 조각을 입에 넣고 빨아먹었다. 말을 제대로 할 수 없는 상태에서 사랑하는 여자와 대화를 나눈다는 것은 난처하기 짝이 없는 일이다.

그러나 딸꾹질은 여전히 그치지 않았다. 이제 그는 삼십 초마다, 일정한 시간이 지나면 기계처럼 규칙적으로 딸꾹질을 했다.

예기치 못했던 새로운 장애물이 소중한 사람과의 만남을 방해하고 있었다. 약간 불안해진 볼로딘은 방 안을 왔다갔다하며 마음속의 근심과 고통을 이기기 위해 목청을 다해 신나고 웃긴 노래를 불렀다.

그는 그렇게 한 시간쯤 걸어다니다가 소파 끝에 걸터앉았다. 그러나 딸꾹질이 잦아들기는커녕, 반대로 더 굵고 낭랑해졌다. 무서웠다. 다만 딸꾹질 사이의 시간만 이 분으로 늘어났다.

그 이 분 동안 그는 꼼짝 않고 앉은 채 거의 숨을 멈추고 두려움에 떨며 목구멍의 경련이 다시 시작되기를 기다렸다. 그리고 딸꾹질이 나오면 팔을 휘두르며 뛰어일어나 저승사자와 같은 눈길로 앞을 응시했다. 그러나 아무것도 보이질 않았다.

오후 두시까지 고생하다가 그는 사진사에게 곤란한 상황을 알렸다. 사진사 파트리케예프는 쉽게 생각하고 미소를 지으며 그것은 거의 매일 겪는, 정말 아무것도 아닌 일이라고 했다. 그제야 볼로딘은 마지막 남은 용기를 끌어모아 올렌카 시샤예바에게로 갔다.

그는 체면이고 뭐고 신경 쓰지 않고, 가는 길 내내 온몸을 떨며 딸꾹질을 해댔다.

처녀의 집이 가까워졌을 때, 그가 마치 악의로 그러는 것처럼 얼마나 자주, 또 심하게 딸꾹질을 했던지, 지나가는 사람들이 몸을 돌려 그에게 개자식이라는 욕과 다른 욕을 해댔다.

볼로딘은 새로운 불행 때문에 자신의 복잡 미묘한 문제들은 까맣게 잊고 있었다. 그는 창문을 두드려 처녀를 불러낸 다음, 결정적인 설명을 위한 준비를 갖추었다.

볼로딘은 틀림없이 감기와 빈혈 때문에 생긴 순수한 신경성 딸꾹질이니 이해해달라고 부탁하고, 올렌카의 손에 우아하게 키스했다. 이 복잡하지 않은 의식이 진행되는 동안 그는 두 차례 딸꾹질을 했다.

올렌카 시샤예바는 그가 속이 상해 술을 마셨다고 생각하며 호되게 나무랄 작정으로 눈썹을 찡그렸다. 그러나 그는 자기 병에 신경을 쓰느라 지리멸렬하게 말을 이었다. 자신은 실업자이며, 넥타이 하나와 바지 한 벌이 전 재산이다. 그러니 올렌카가 지금 대답해주면 좋겠다. 불쌍한 운명이 기다리고 있는 남자, 맹인을 데리고 다니듯 함께 세상을 떠돌며 먹을 것을 구걸해야 하는 남자와 결혼하는 것에 동의하는지를. 혹은 그럼에도 불구하고 그녀가 정말로 그를 사랑하는지를.

올렌카 시샤예바는 살짝 얼굴을 붉히며, 유감스럽지만 지금 그런 종류의 질문을 하기에는 너무 늦었다고 말했다. 더구나 자신의 상황은 어제 설명한 것과 같고, 그런 상황에서 이러한 이야기를 듣는 것은 충분히 이상하고 어리석은 일이라는 것이었다. 또한 남편은 남편다워야 하고, 어떻게 해서든지 미래의 가족을 먹여살리는 것이 그의 의무라는 것이었다.

볼로딘은 새로 알게 된 사실에 충격을 받았고, 동시에 자신의 생각과 의심에 대한 결정적인 답변을 듣지도 못했다. 그는 혼란한 상태에서 자기 계획의 맥락을 놓치고, 놀란 눈으로 아가씨를 바라보았다. 그리고 때때로 딸꾹질을 했다.

잠시 후, 그는 그녀의 손을 잡고 그러한 경우에라도 그녀가 그를 사랑하는지, 기꺼이 한 걸음을 내디딜 것인지 말해달라고 청했다.

아가씨는 다정하게 미소를 지으며 물론 자신은 그를 사랑한다, 그것은 의심의 여지가 없다, 그러나 그는 신경성 딸꾹질을 진지하게 치료해야만 한다, 자신은 그런 이상한 종류의 결함을 가진 남편을 생각해보지 않았다고 말했다.

그 대목에서 그들은 작별인사를 하고 헤어졌다. 그녀는 자신감에 차 있었다. 그러나 그는 불확실성에, 그리고 아가씨의 감정을 확실하게 파악하는 데 실패했다는 절망감에 빠졌다.

9

아주 이상하고 놀라운 일이었다. 볼로딘의 딸꾹질이 사라지지 않았다.

집으로 돌아와서 그는 일찍 잠자리에 누웠다. 아침이면 모든 것이 지나가고, 다시 단순하고 멋지고 인간적인 생활이 시작되기를 은근히 기대했다. 그러나 잠에서 깼을 때 그는 재난이 사라지지 않았음을 확신했다. 이제 딸꾹질하는 횟수는 삼 분에 한 번 정도로 줄었지만 여전히 딸꾹질을 했으며, 나아질 기미는 전혀 보이지 않았다.

그는 소파에서 일어나지 않았다. 이 마땅치 않은 상태가 영원히 지속될 거라는 생각에 등골이 서늘했다. 볼로딘은 밤낮으로 누워 지냈고, 가끔씩 찬물을 마시러 부엌을 들락거렸다.

다음날 아침 다시 베개에서 머리를 들었을 때, 볼로딘은 딸꾹질이 계속되고 있다는 것을 확인하고 완전히 낙담하고 말았다. 그는 더이상 자연을 거스르지 않고 순순히 운명에 따르기로 했다. 그는 시체처럼 누워 신경성 딸꾹질에 대한 중압감으로 때때로 몸을 부르르 떨었다.

한편 하숙인의 비정상적인 상태를 걱정하던 사진사 파트리케예프는 하루 24시간 딸꾹질을 하고, 그래서 손님과 방문객들을 놀라게 할 병자가 자기 목에 매달려 있는 것을 알고 심각하게 놀랐다.

그는 볼로딘에게는 아무 말도 하지 않고, 운명의 여인 올렌카 시샤예바를 병자의 침상으로 데려오기 위해 그녀의 집으로 달려갔다. 그렇게 해서 간호에 따르는 모든 도덕적, 물질적 책임과 수고로부터 하루빨리 벗어나고 싶었다.

파트리케예프는 그녀 집에 도착해서 볼로딘이 최악은 아니지만 극도로 이상한 상태에 있다고 말하고 함께 가기를 간청했다. 그에게 도움이 절실하다고 말이다.

처녀는 신랑감의 특이한 병 때문에 당황했지만, 특별히 자신의 슬픔과 걱정을 표현하지는 않았다. 그럼에도 불구하고 그녀는 환자를 방문하겠다고 선뜻 약속했다.

아가씨는 가난하고 불편한 방을 돌아보고 좀 마음이 아팠다. 그녀는 즉각 환자에게 다가가야 할지 망설이며 문 앞에 멈춰 섰다.

아가씨를 보고 환자는 소파에서 벌떡 일어나더니, 다음 순간 구질구질한 옷차림을 급히 가리고 다시 누웠다.

아가씨는 의자를 소파 가까이 옮기고 앉아 병으로 고생하는 약혼자를 슬프게 바라보았다.

삼 일 밤낮 딸꾹질을 하는 환자에 대한 소식이 주변 집들에 거주하는 시민들을 걱정스럽게 만들었다. 사랑의 드라마에 대한 소문들로 인해 시민들의 호기심은 더 강해졌다. 글자 그대로 볼로딘의 방을 향한 순례 행렬이 시작되었고, 사진사 혼자의 힘으로는 그 행렬을 막을 수 없었다. 약혼녀가 약혼자를 어떻게 대하는지, 그에게 뭐라고 말하는지, 딸꾹질하는 남자가 어떻게 대답하는지 모두가 보길 원했다.

여러 사람들 가운데 우리의 자선병원 간호사 시푸노프도 들락날락거렸다. 그러나 환자가 놀랄까봐 방에 들어갈 엄두를 내지는 못했다.

그는 가장 가까운 친척이자 간호사로서 궁금해하는 사람들에게 둘러싸여 환자의 상태에 대해, 무엇이 어떻게 돌아가고 있는지에 대해 권위 있게 설명하는 것이었다.

시푸노프는 사태의 그러한 추이를 전혀 예상하지 못했다. 물론 그는 한 사람을 위협했다. 그를 움직인 것은 정의감, 그리고 노년에 남편 없이 남겨질 마르가리타 고프키스와의 인척관계였다. 그러나 환자를 둘러싼 슬픈 장면에 그는 감동했다. 한때 그도 사랑의 감정을 가장 중요하게 생각한 적이 있었다. 그래서 이제는 아무도 한때 그의 친척이었던 니콜라이 페트로비치 볼로딘의 손가락 하나 건드리지 못하게 할 작정이었다. 마르가리토치카는 어떻게든 자기 인생을 살아가면 될 것이다. 이 병이란 것도 감기 때문에 생긴 순수한 신경증일 뿐이다. 그가 다니는 병원에도 감기 때문에 생기는, 도대체 알 수 없는 병들이 많이 있지 않은가. 그래도 괜찮다. 많은 사람들이 여전히 살아 있으니까.

사진사 파트리케예프는 사람들이 붐비는 사이에 사진기 부품을 도난당하지나 않을까 걱정이 되었다. 그는 소리를 높여 이제 그만 돌아가라고 구경꾼들을 설득했다. 그러지 않으면 경찰을 불러서 이런 작태를 강제로 중단시키겠다는 것이었다.

사진사의 지시를 받은 자선병원 간호사가 삼각대를 휘두르며 방문객들을 부엌으로, 계단으로 밀어내고 끈질긴 구경꾼들을 쫓아내기 시작했다. 그는 그만 돌아가달라고, 더 과격한 행동을 하게 만들지 말아 달라고 솔직하게 부탁했다.

그런 꼴사나운 장면과 온갖 뜬소문들, 그리고 노골적인 수치감을 겪은 후, 올렌카 시샤예바는 환자를 병원으로 옮기거나 적어도 의사를 불러서 불필요한 구경꾼들을 몰아내야 한다고 투덜댔다.

방문객 중에 구시대 지식인 출신인 아브라모프라는 작자가 있었다. 그는 이런 병에 의사는 아무 쓸모 없다, 의사들은 3루블을 받아먹고는 환자의 회복을 거의 불가능하게 만드는 짓들이나 한다고 선언했다.

그러고는 자기가 이 병을 뿌리째 뽑아버릴 수 있는 실험을 하도록 허락해달라고 말했다.

이 아브라모프란 작자는 의사나 학자의 직함을 갖고 있지는 않았지만 많은 문제에 대해 심오한 이해를 갖고 있고, 가정용 도구로 온갖 질병과 고통에 시달리는 시민들을 치료하기를 좋아했다.

말하자면 이런 식이었다. 그는 발병 원인은 빤하다고 했다. 유기체의 비정상적인 운동 때문이다. 이 운동을 신속히 중단시켜야 한다. 나아가 유기체는 소위 고유의 타성을 갖고 있으므로, 똑같은 일이 반복되면 도저히 구제할 길이 없다. 우리의 거의 모든 질병과 건강 문제는 이로부터 발생한다. 그러므로 유기체에 강한 충격을 주는 강력한 방식으로 치료할 수밖에 없다. 왜냐하면 유기체는 바퀴가 어디로 구르는지, 그런 활동으로부터 어떤 결과가 나오는지를 헤아리지 않고 맹목적으로 일하기 때문이다.

그는 환자에게 의자에 앉으라고 명령하고는 의사들과 의학을 신랄하게 비웃으며 자신만의 과학적 준비를 위해 부엌으로 갔다.

그곳에서 자선병원 간호사의 도움을 받아 양동이에 찬물을 가득 채운 뒤 발끝으로 조심조심 걸어서 가지고 나왔다. 그는 문 뒤에서 갑자기 고함을 지르며 그때까지 아무 생각 없이 감자 포대처럼 의자에 우두커니 앉아 있던 환자의 머리에 그 물을 쏟아부었다.

볼로딘은 자신이 아프다는 것도 잊고 드잡이를 하러 기어나왔다. 그는 이 치료를 받은 후 난폭해져서 사람들을 집 안에서 쫓아내고, 민간요법 치료사를 때리려고 달려들었다.

그러나 볼로딘은 이내 조용해지더니, 옷을 갈아입고 나서 애인의 무릎을 베고 잠이 들었다.

다음날 아침, 그는 완전히 건강해진 상태로 자리에서 일어났다. 그는 면도를 하고 옷차림을 단정히 한 뒤, 전과 같은 생활을 시작했다.

물론 작가는 이런 민간요법이 치료에 영향을 주었다고 주장하려는 것은 아니다. 오히려 병은 저절로 사라졌다. 더구나 삼사 일은 상당한 기간이다. 물론 의학계에 이 병으로 더 오랫동안 고생한 사례가 있기는 하지만. 아마 찬물이 우리 환자의 뒤죽박죽된 뇌에 긍정적인 영향을 주어 치료를 촉진시켰을 것이다.

10

며칠이 지나자 볼로딘은 자신의 아기와 함께 혼인신고를 하고, 그녀의 소박한 아파트 방으로 거처를 옮겼다.

그들의 밀월은 조용히, 그리고 완전한 안정 속에 지나갔다.

자선병원 간호사의 분노는 결국 호의로 바뀌었다. 그는 두 번이나 젊은 부부를 정식으로 방문했고, 3루블을 빌려가기까지 했다. 돈을 돌려주겠다는 약속은 없었지만, 대신 볼로딘을 죽이지 않는 것은 물론, 어떤 경우에도 더이상 건드리지 않겠다고 의기양양하게 약속했다.

볼로딘은 월급과 수입 일반에 대해 자기의 불순한 의도를 인정해야 했다. 그녀의 사랑을 시험해보기 위해 약간 거짓말을 했으며, 거기에 모욕적인 것은 아무것도 없었다고 말이다.

그는 이렇게 말한 뒤, 그가 일부러 거짓말하는 것을 알았는지, 아니면 모르는 상태에서 돈 욕심 없이 그와 결혼했는지 다시 한번 말해달라고 그녀에게 간청했다.

아내는 생각에 잠겨 미소지으며 그에게 단언했다. 처음에 그녀는 물론 그의 거짓말을 몰랐고 그가 정말로 무일푼인 것이 두려웠지만, 시간이 좀 지나자 유난히 빤히 들여다보이는 그의 행동을 분명히 알 수 있었다고 말이다. 그러나 미래의 아내에 대해 알려는 것은 그의 권리이므로, 그에 대한 불만은 없다는 것이었다.

여자의 이런 말을 듣고 있자니, 볼로딘의 마음속에 부아가 치밀었다. 치밀하게 여자의 약점을 잡아 시험하지 못한 자신이 한심하고 멍청하게 생각되었다.

그렇다고 그가 무엇을 할 수 있단 말인가? 더구나 그는 악성질환 때문에 곤경에 빠졌고, 병으로 에너지와 의지를 상실했고, 머릿속은 뒤죽박죽이 되었다. 이런 이유로 그는 문제를 바람직하게 해결할 수 없었다. 더구나 그녀는 게임에서 그를 완전히 압도했다. 그녀는 우위를 과시할 수 있는 확실한 패를 갖고 있었다. 하지만 모든 것은 앞으로 저절로 밝혀질 것이다.

마르가리토치카 고프키스에 대해 말하자면, 여전히 화가 나 있었다. 어느 날 그녀는 길에서 볼로딘과 마주쳤는데, 그의 정중한 인사에 답하지 않고 옆으로 몸을 돌려 외면했다.

그것은 대단치 않은 사건이었지만 볼로딘의 마음을 무겁게 만들었다. 최근 그는 생활 속의 모든 것이 매끄럽고 편안하기를, 비둘기들이 하늘을 훨훨 날아다니기를 원했기 때문이다.

그날 그는 또다시 최근의 인생사건을 떠올리고 불안해했다.

밤에 그는 잠들 수가 없었다. 그는 침대에서 몸을 뒤척이고, 음울하고 찌르는 듯한 눈길로 아내를 바라보았다.

입술을 벌린 채 잠든 아내는 입맛을 다시고 흐느꼈다.

'그녀는 나름대로 계산을 했던 거야.' 볼로딘은 생각했다. '틀림없이 그녀는 모든 것을 알고 있었다. 그가 무일푼이었다면 그녀는 그와 결혼하지 않았을 것이다.' 볼로딘은 속도 상하고 불안해서 침대에서 일어나 방 안을 왔다갔다하다가 창가로 갔다. 그는 유리에 뜨거운 이마를 누른 채 어두운 정원의 나무들이 바람에 흔들리는 광경을 오랫동안 바라보았다.

밤의 냉기 때문에 병이 재발할까 걱정되어 볼로딘은 서둘러 침대로 돌아왔다. 그는 벽지 무늬를 따라 손가락을 움직이며 오랫동안 눈을 뜬 채 누워 있었다.

'그래, 확실해. 그녀는 내가 거짓말하는 것을 알았던 거야.' 볼로딘은 잠들며 다시 생각했다.

다음날 아침, 그는 명랑하고 평온한 기분으로 일어났다. 구질구질한 일들에 대해 더이상 생각하지 않으려고 노력했다. 그래도 생각이 나면, 한숨을 쉬고 팔을 흔들었다. 그리고 아무도 욕심 없이는 절대로 아무것도 할 수 없다고 생각하는 것이었다.

첫 소설

지혜

1

이반 알렉세예비치 조토프는 십일 년 내내 고독하고 폐쇄적으로 살았다. 그는 아무 곳에도 가지 않았다. 친교 모임에 참석하는 것을 완전히 그만두었고, 친구들과 맺었던 짧은 관계들도 단호히 모두 끊어버렸다.

그는 페테르부르크 구역의 한 거리에 살았는데, 우연히 그리고 임시로 사람들 속으로 거처를 옮긴 기인이자 은둔자 같았다. 그는 점점 사람들과 대화를 나누지 않게 되었고, 말을 하더라도 괴팍하고 병적으로 흥분된 표정이 얼굴에서 떠나지 않았다. 사람들과의 교제가 그에게는 견딜 수 없을 정도로 어려운 일 같았다. 그것은 사실이었다.

옛 친구들 중 어떤 이들은 이반 알렉세예비치가 만성장염과 신경통에 시달리고 있으며, 이 병이 그에게 지울 수 없는 울적한 흔적을 남겨놓은 것 같다고 말했다. 이와 반대로, 잠시 알고 지냈거나 약간 낭만적 성향이 있는 친구들은 이반 알렉세예비치는 황소처럼 건강하지만, 그의 평탄한 삶의 흐름을 방해하고 바꾼 연애사건이나 비밀이 있었을지도 모른다고 확신했다.

그렇기는 하지만 누가 옳은지는 모른다. 양편이 다 옳을 수도 있다. 더구나 한동안 이반 알렉세예비치를 치료했던 의사는 미소를 지으며 자신도 모른다면서 대답을 피했지만 병을 원칙적으로 부정하지는 않았고, 이중적 의미의 농담으로 빠져나가곤 했다. 연애와 관련해서 말하자면, 이반 알렉세예비치의 인생에서 사랑에 관한 사항은 에피소드의 형태로 알려져 있으며, 그것은 전적으로 사실이기도 했다.

젊은 시절 이반 알렉세예비치는 잘생긴 갈색 머리의 청년이었으며, 의심의 여지 없이 확실한 남방적 기질을 갖고 있었다. 게다가 재정적으로 어느 정도 독립해 있었기 때문에, 인생의 매력과 즐거움을 상당히 누릴 수 있었다.

향락을 추구하던 시절, 그는 어느 맹한 여배우와 술집을 전전했으나, 반년 이상 지속되었던 이 관계도 불행하게 끝났다. 한 귀족학교 생도가 여러 사람이 보는 앞에서 그 여배우에게 멍청한 년이라고 했다. 이반 알렉세예비치는 여자 때문에 귀족학교 생도와 말다툼을 하게 되었고, 결국 아카데미 극장 로비에서 그의 얼굴에 주먹을 날렸다. 생도의 코안경이 떨어지고 귀가 찢겨졌다. 이 사건은 결국 결투로 끝났으며, 결투는 위수사령부 비행장 근처에서 권총으로 진행되었다. 왼쪽 다리 근육을 가볍게 다친 이반 알렉세예비치는 몇 년 동안 페테르부르크를 떠나 있었다. 그런 다음에 다시 돌아왔다. 그는 때때로 지나친 음주와 방탕에 몸을 던지며 일이 년 동안 극단적 쾌락에 빠져 살았다. 그러더니 결국 잠잠해졌다. 그는 먼 친척인 카피톨리나 게오르기예브나 시넬 할머니와 함께 페테르부르크 구역으로 이사하고 나서 모습을 감추었다.

그러나 그가 무엇 때문에 그렇게 했는지, 그의 은둔이 왜, 누구에게 필요했는지는 아무도 모른다. 한 사람이 살았으며, 갑자기 그에게 삶의 모든 것이 초라하고 불필요한 것으로 보이게 되었다는 것만 알 수 있었다. 예를 들어 고상함, 자부심, 허영심 같은 온갖 좋은 인간적 자질도 웃기는 장난이나 나무 빼내기 놀이 같았다. 사랑, 상냥함, 포도주같이 과거를 장식했던 매력들도 우습거나 심지어 모욕적인 것이 되었다.

그러나 그것이 생리적 원인에서 생긴 권태 때문인지, 아니면 정신적 일탈과 관련이 있는지는 아무도 몰랐고, 알 수도 없었다. 아무튼 해가 갈수록 사람들과의 단절은 커져만 갔다.

여러 가지 가구, 샹들리에, 그리고 온갖 값비싼 장식물들로 꾸며진 그의 거처는 곧 거미줄과 먼지로 덮였다. 언젠가 창가에 놓아두었던 꽃들도 시들었다. 커다란 모제르 시계는 더이상 움직이지 않았다. 심지어 식당에 반쯤 드리워진 커튼도 몇 년 동안 반쯤 드리워진 상태 그대로 있었다.

모든 물건에 죽음의 그림자가 드리워져 있었다. 모든 물건에, 심지어 가장 보잘것없고 중요하지 않은 물건에도 부패와 죽음이 자리를 잡았다. 때때로 집주인만이 생명의 징후를 제공했다. 그는 자리에서 일어나 담배를 피우며 이 구석에서 저 구석으로 걷거나, 왼쪽 다리를 흔들며 두꺼운 책 앞에 꾸부정하게 앉아 있거나, 마지막으로 통풍구를 연 채 감기나 폐렴에 걸리는 것도 겁내지 않고 천체 지도를 들고 하늘의 별을 관찰했다.

그렇게 십일 년이 지나갔다.

2

그러던 어느 날, 아무 뚜렷한 이유도 없이 이반 알렉세예비치의 삶에 극단적 변화가 일어났다.

아침 일찍 잠에서 깨었을 때, 그는 특별한 신선함과 건강이 밀려오는 것을 느꼈다. 그는 놀랐고, 그것을 믿을 수 없었다. 그는 급히 옷을 입고 구두끈을 매고서 거리로 나왔다. 오래된 버릇대로 얼굴에는 과거의 괴팍한 표정이 여전히 남아 있었다.

이상한 일이었다. 거리의 모든 것이 상냥하고 사랑스러워 보였다. 그는 영문을 모른 채 집으로 돌아왔다. 기분 좋은 상태가 집에서도 그를 떠나지 않았다.

이반 알렉세예비치는 자신의 행동과 움직임을 숙고하고 분석하는 버릇을 갖고 있었다. 그는 여전히 얼굴 표정을 바꾸지 않고, 일어난 일의 본질을 규명하는 작업에 착수했다. 그러나 알 수 없었다.

그는 냉소적으로 웃었고, 신체적 재생을 확인해보고 싶었다. 그것을 위한 조건도 좋았다. 그도 그럴 것이, 그는 향락과 음주를 중단한 후 십일 년 동안 안정되고 균형 잡힌 생활을 했기 때문이었다.

그러나 꼭 그런 것만은 아니었다. 더 정확히 말하자면, 또다른 것이 있었다.

생각하고 또 놀라면서, 이반 알렉세예비치는 한순간 자신의 의지와는 전혀 상관 없이 십일 년 전에 상실한 활력과 존재의 매력이 되돌아왔음을 이해하게 되었다.

예전에 그랬다면, 그러한 해부학적 의존성은 본질상 인간에게는 모욕이라고 씁쓸하게 생각했을 것이다. 그러나 지금 그는 아무래도 좋았다. 그는 자기 안에 기쁨을 느꼈다. 흐린 회색 하늘도, 굴뚝의 연기도, 지붕 위의 고양이도, 끈질기게 이마와 코에 날아와 앉는 파리들마저도 좋았다. 심지어 그는 파리를 쫓지도 않았다. 기분 좋은 상태에서 즐겁게 웃으며 무릎을 툭툭 쳤다. 그를 짜증나게 만들던 것들이 모두 사라졌다.

며칠 만에 이반 알렉세예비치는 완전히 다시 태어났다.

그는 웃으며 잠을 깼고, 자기 자신에게 농담을 건넸으며, 옷을 입거나 구두끈을 매면서 크지 않은 소리로 노래했다. 그는 자신의 활력을 부끄러워하기도 하고 기뻐하기도 했다.

그러던 어느 날, 그는 먼 친척인 카피톨리나 게오르기예브나 할머니를 방으로 불렀다. 그는 본질상 인생은 얼마나 좋고 아름다운지, 무엇을 위해서인지도 모른 채 십일 년의 세월을 위선적으로 낭비한 자신이 얼마나 지독한 바보였는지 그녀에게 이야기하기 시작했다.

그는 손짓을 해가며 이렇게 말하고, 거울 앞에 서서 오랫동안 손 한 번 대지 않았던 머리를 빗어넘기며 웃었다.

"아," 그가 말했다. "왜 그렇게 바보 같았을까! 정말 어리석었어!

나는 면도도 하지 않고, 머리카락을 어깨까지 길렀어. 그런데 누가 이런 것을 좋아하지? 나는 사람들을, 온 세상을, 모든 존재를 무시했어. 그런데 그런 짓이 누구에게 필요하지? 그래! 아무에게도 필요하지 않아. 하지만 나는 이제 어떻게 살아야 할지 알고 있어. 이제 나는 인생을 살 줄 안다고. 지혜는 사람들을 무시하는 것이 아니야. 사람들이 하는 사소한 일들에 지혜가 있어. 이발소에 가고, 바쁘게 돌아다니고, 여인과 입을 맞추고, 술을 마시고, 설탕을 사는 것. 이것이 바로 지혜야!"

나이가 많아 아무것도 이해하지 못하는 먼 친척은 손수건에 코를 풀고는 울어야 할지 웃어야 할지 몰라 방에서 나가버렸다.

그러나 이반 알렉세예비치는 그녀가 아무것도 모르도록 놔두지 않았다. 그는 다시 그녀의 손을 잡고 방으로 끌고 왔다. 그는 자신이 어때 보이는지, 너무 야위고 초췌하지는 않은지, 너무 흉하게 생기지는 않았는지, 남들과 똑같이 다시 사회생활을 할 수 있을지, 촌수가 멀다고는 하지만 그래도 정직하고 솔직하게 말해달라고 그녀에게 애원했다. 이렇게 말하며 그는 너무 당황한 나머지 입을 크게 벌리고 검지로 이가 빠진 부분을 가리켰다.

약간 기분이 좋아진 노파는 나름대로 그를 위로했다. 그녀는 외모야 아직 아주 착하고 신선해 보이고, 빠진 이빨이야 입을 벌리지 않으면 전혀 알아챌 수 없다고 말했다.

그러자 이반 알렉세예비치는 하하 웃기 시작했다. 그는 손을 비비며 자기도 한창때는 젊었고 싸움꾼이었다는 것을, 악착같이 결투에 임했고, 애인도 무척 많았다는 것을 추억해보았다.

노파는 그의 활기찬 기분을 깨고 싶지 않아서, 자기 인생에서 일어났던 연애사건을 이야기하려 했다. 그러나 처음은 기억해냈는데, 아무리 해도 결말을 만들어낼 수가 없었다. 결국 모든 것이 뒤얽혀버렸고, 그녀는 화가 나 입을 다물고 더이상 이반 알렉세예비치를 자극하지 않기로 했다.

그러나 이반 알렉세예비치는 그녀를 가만히 놔두지 않았다. 그는 그녀와 함께 아직 살아 있는 지인들을 기억해냈다. 그는 가까운 시일 내에 그들 모두를 집으로 불러서 조촐하고 즐거운 잔치를 벌이고, 모두에게 입을 맞추고, 그들 모두를 옛날처럼 사랑한다고, 살고 싶다고 말하고 싶었다. 왜냐하면 이제 인생이 무엇인지, 어떻게 살아야 하는지 알게 되었기 때문이다.

이반 알렉세예비치는 먼 친척의 손을 잡고 가장 가까운 시일 내에 잔치를, 재생의 축하잔치를 개최하겠다고 단정적으로 말했다.

노파는 그가 말하는 것을 이해하기 어려웠지만, 교활하게 머리를 흔들며 피와 촌수는 멀지만 그가 그녀를 똑 닮았다고 말했다. 이반 알렉세예비치는 조용히 감사의 웃음을 지었다.

3

그날 저녁 이반 알렉세예비치는 지인들의 명단을 작성하는 일에 착수했다. 그는 웃고, 또 그들을 조롱하기도 했지만, 그것은 호감의 표현이었다.

드디어 명단이 완성되었다. 여전히 살아 있으며 전처럼 시내에서 건강히 지내고 있다는 사람들 중에서 이반 알렉세예비치가 확인한 인원은 모두 열다섯 명이었다.

그런 다음 이반 알렉세예비치는 명단을 앞에 놓고 화려하고 명랑한 어조로 초대장을 썼고, 다음날 직접 친구들을 찾아가 나눠주었다.

그를 만난 친구들은 몹시 놀랐고 또 냉담했다. 심지어 몇몇은 적대적이었으며, 방으로 들어오란 소리는 고사하고 문의 사슬고리를 벗기지도 않았다.

친구들은 그가 완전히 몰락해서 누구에게라도 또 아무것이라도 좋으니 돈이나 물질적 도움을 얻기 위해 그들 앞에 나타났다고 생각했다. 그러나 진짜 이유를 알고 나자, 그들은 눈을 동그랗게 뜨고 미친 듯 웃어댔다. 어떤 이들은 즐겁게 윙크를 하고 그의 어깨를 잡아당기며 틀림없이 가겠다고 약속했다.

이반 알렉세예비치도 크게 웃었다. 이때 그는 입을 크게 벌리지 않으려고 애썼는데, 이가 빠진 것을 아무도 눈치채지 못하게 하기 위해서였다. 친구들은 눈치채지 못했다. 그들은 온갖 재미있는 소문과 소식을 전해주었다. 그들은 이런저런 사람들에 대해 신나게 수다를 떨었고, 이반 알렉세예비치도 맞장구치고 고개를 끄덕였다. 그는 여러 번 자기 자신에 대해 조롱하듯 말했다. 그렇게 해서 그가 전처럼 젊고 유쾌한 녀석이란 것을 보여주고 싶어서였다.

실제로 그는 진정 즐겁고 기뻤다. 지난 십일 년의 세월은 무의미하고 불필요한 꿈이며, 그래서 그것에 대해 전혀 생각할 필요가 없는 것처럼 보였다.

친구들과 헤어져 집으로 돌아왔을 때, 이반 알렉세예비치는 무지개처럼 유쾌했고 좀 젊어진 듯했다. 돌아오는 길에 그는 서너 번 이발소에 들러 이러저러한 머리 모양을 만들어달라고 요구하고, 오드콜로뉴와 화장수는 아끼지 말라고 단호하게 지시했다.

집에 돌아오자 그는 우선 간단하게 식사를 하고 낡은 옷을 입은 다음, 거미줄과 먼지를 구석구석 제거했다. 걸레를 적셔 창문과 문, 선반을 모두 닦고, 침실에는 초록색 등을 달았다.

그것 말고도 여전히 할 일이 많았다. 책을 모두 정리하고, 창가의 시든 꽃을 치우고, 집 전체에 사람이 사는 안락한 분위기를 연출해야 했다.

이반 알렉세예비치는 거의 쓰러질 정도로 녹초가 되어 안락의자에 몸을 던졌다. 잠시 후 그는 다시 벌떡 일어나 이런저런 일을 하며 가끔씩 소리를 질렀다.

"아, 왜 그렇게 바보 같았지! 정말 바보 같았어!"

이반 알렉세예비치는 이곳에서 저곳으로, 혹은 안락의자로 옮겨다니고, 꼭 필요한 것도 아닌데 식탁보를 정돈하거나 책을 정리하고, 조용히 웃고 손을 만지작거리면서 말했다.

"산다는 것은 바로 이런 거야!"

그러고는 다시 안락의자에 몸을 던지고 다시 노파를 불러 그녀를 귀찮게 하면서, 인생 경험을 통해 지혜를 얻었으니 앞으로 어떻게 살 것인지 의기양양하게 이야기했다.

노파도 그를 피하지 않았다. 노파는 그가 가구 옮기는 것을 도왔고, 그릇을 꺼내며 수백 번 물었다.

"도대체 언제지?" 그녀는 그날 저녁이라고 생각했다.

자신만만하고 지친 이반 알렉세예비치가 대답했다.

"존경하는 카피톨리나 게오르기예브나, 내일, 내일입니다!"

4

그렇게 내일이 왔다. 성대한 잔칫날, 재탄생 기념일이었다.

이반 알렉세예비치는 꼼꼼히 면도한 뒤, 아침부터 이 구석 저 구석 바쁘게 돌아다니며 모든 물건에 눈부실 정도로 반들반들하게 광을 냈다.

정오쯤 모든 준비가 끝났다.

이반 알렉세예비치의 먼 친척인 카피톨리나 게오르기예브나 시넬 할머니는 오랫동안 처박아두었지만 입기에는 아무 문제 없는, 옛날식 끈과 수많은 꽃 소매장식이 달린 어두운 샹잔*으로 만든 옷을 궤짝에서 꺼내 입었다. 오랫동안 손대지 않은 옷감과 나프탈렌의 찌르는 듯한 냄새가 집 안에 가득했다. 노파는 끝없이 재채기를 해대고 머리를 움찔거리며 이 방에서 저 방으로 돌아다녔다. 크지 않은 방은 역겨운 냄새로 가득 찼다.

차라리 이 거창한 옷을 벗는 것이 좋겠다는 생각이 언뜻 들었지만, 노파는 이반 알렉세예비치를 괴롭히고 싶지 않았다. 더구나 그는 냄

---

* 다양한 색의 날줄과 씨줄을 사용한 면직물. 색이 변하는 화려한 느낌을 준다.

새에 신경 쓸 겨를이 없었다. 사실 이반 알렉세예비치는 단 일 분도 가만있지 못하고 현관에서 식당으로, 식당에서 부엌으로, 또 그 반대 방향으로 뛰어다녔다. 심지어 그는 몸소 여러 번 거리로 나가 가게마다 돌아다니며 계속해서 새 물건들을 사들였다. 그는 성대한 잔치가 있음을 암시하며 최상품을 달라고 했다. 얼마 전까지만 해도 그는 상점에 들러 뭔가를 사게 되면 인색하게 몇 마디 던진 후 물건을 들고 옷깃을 높이 세운 채 말없이 자리를 떴다. 그런데 이제는 정반대로 가게 안을 천천히 돌아다니며 보기에도 초라한 판매원과 웃으며 대화를 나누었다. 그의 생각에는 모든 시민들이, 심지어 국외자들까지도 그의 승리를 알고 있는 것 같았다.

그는 하루 종일 믿기 어려울 정도로 들떠 수선을 피우며 돌아다녔다.

어둠이 방 안을 채우는 저녁 무렵, 이반 알렉세예비치는 촛불을 켜고 식탁을 차리기 시작했다. 스무 명에 맞게 조립식 식탁을 늘리고, 눈처럼 흰 식탁보를 깔고 장식했다. 그는 전에는 어떻게 했었지? 생각하며 욕을 해댔다.

그리고 곧 깨끗하게 닦은 접시, 나이프, 잔, 온갖 종류의 정선된 음식들이 식탁을 묵직하게 눌렀다. 모든 종류의 어란, 살짝 절인 연어, 훈제 연어, 들새 고기를 넣은 영국식 파이, 그리고 그 밖의 음식들이 있었다. 이 모든 것 한가운데에 여러 가지 포도주 병들이 음식들을 밀어내고 오만하게 서 있었다.

준비가 모두 끝나자, 지치고 땀에 젖은 이반 알렉세예비치는 식탁에 앉기 위해 의자를 잡아당겼다.

이반 알렉세예비치의 손은 떨리고, 가슴은 발작적으로 높이 부풀어

올랐다. 손님들이 오기 전까지 삼십 분 정도 좀 쉬고 싶었다. 그러나 그는 앉아 있을 수가 없었다. 아직 일이 다 끝난 것 같지 않았다. 어린 아이의 미소가 그의 얼굴에서 떠나지 않았다. 그때 그는 웃고, 또 얼굴을 찡그리며 책상 서랍에서 얇은 색종이를 꺼냈다. 언젠가 그것으로 꽃을 만든 적이 있었다. 그는 칼을 들고 색종이를 일정한 크기로 가늘게 자른 후, 그것으로 꽃같이 생긴 것들을 만들었다. 다음에는 그것들을 감아 큼직한 꽃다발을 만들어 멧닭의 꼬리 부분에 놓았다. 정말 효과가 대단했다. 적어도 식탁의 분위기가 더 나빠지지는 않았다.

이반 알렉세예비치는 분홍색 종이 한 장을 들었다. 그는 돼지 뒷다리 고기 훈제를 같은 식으로 장식하고 싶었다. 그러다 실수로 손을 베고 칼을 바닥에 떨어뜨렸다. 그는 칼을 잡기 위해 순간적으로 몸을 숙였고, 손가락이 차가운 금속에 닿았다. 그는 무겁고 짙은 피의 파도가 얼굴로 밀려오는 것을 느꼈다. 약간 머리를 떨며 몸을 펴려고 했지만, 의자에 다리가 걸려 신음 소리와 함께 바닥에 쓰러지고 말았다. 의자는 시끄럽게 멀리 튕겨나갔다.

이상한 푸른 빛이 아래쪽 어딘가로부터 고르게 밀려오더니, 조용히 그의 얼굴을 덮었다.

먼 친척인 시넬 할머니가 요란스럽게 달려와 뇌출혈에 의한 죽음을 확인했다.

놀란 노파는 손을 떨며 식탁으로, 다음에는 죽은 자에게로 달려갔다. 그녀는 무엇을 해야 할지 몰라 얼어붙은 듯 서 있었다.

불이 밝게 켜진 방, 온갖 음식이 준비된 식탁. 식탁 옆 바로 칼 근처에 얼굴을 바닥으로 향한 채 엎드려 있는 이반 알렉세예비치. 그 장면을 오랫동안 바라볼 수는 없었다. 노파는 죽은 자의 어깨를 잡고 초인적인 의지로 옆방을 향해 끌기 시작했다. 의자에 걸린 다리, 이상하게 펼쳐진 두 팔, 바닥에 닿은 머리. 노파가 아무리 힘을 써도 이반 알렉세예비치는 여간해서 움직이지 않았다.

마침내 노파는 그를 침실로 옮긴 후, 담요로 덮었다. 그녀는 어깨에 검은 삼각수건을 걸치고 식당으로 갔다. 그녀는 식당에 얼어붙은 듯 앉아 손님들을 기다렸다.

정확히 여덟시에 초인종이 울렸다. 노파는 움직이지 않았다. 그때 잠기지 않은 문이 열렸다. 두 친구가 서로 밀치며 몹시 큰 소리로 껄껄대고 구둣발 소리를 울리며 방으로 들어왔다. 그들은 이상한 표정의 노파를 발견하고 고개 숙여 인사했다. 둘은 참기 힘든 나프탈렌 냄새에 인상을 찌푸리며 집주인이 어디에 있는지, 그가 잘 있는지 물었다.

웬일인지 노파는 당황해하며 거의 입을 열지 않고 대답했다.

"죽었어."

"뭐라고요?" 그들이 한목소리로 외쳤다.

노파는 잠긴 침실 문을 손가락으로 가리켰다. 그들은 사태를 파악했다.

그들은 조용히 탄식하고 잠시 서로 부딪치며 식탁으로 걸어가더니, 연어 한 조각을 먹어치우고 살금살금 자리를 떴다.

노파는 거의 움직이지 않고 앉아 있었다.

그들에 이어 여덟시에서 아홉시까지 초대받은 사람들이 모두 왔다. 그들은 기쁘게 손을 비비며 식당에 들어왔다. 그러나 이반 알렉세예비치의 죽음을 알고는 조용히 탄식하고 놀라서 어깨를 으쓱했다. 그들은 발소리를 내지 않으려고 애쓰며 떠났다. 여자들은 식탁 옆을 지나며 배 혹은 사과를 집어갔고, 남자들은 연어를 먹거나 말라가산 포도주를 한 잔씩 마셨다.

이반 알렉세예비치와 가장 가까웠던 옛 친구 하나가 이상하게 눈을 깜박이며 물었다.

"어떻게 된 일이에요? 이 친구가 화를 낼까봐 극장에 가는 것도 포기했는데…… 그런데…… 왜 불렀을까요? 어떻게 된 일이죠?"

그는 연어가 담긴 접시를 포크로 뒤적거렸다. 그러나 한 조각을 입으로 가져가더니, 다시 내려놓았다. 그러고는 노파에게 인사도 하지 않고 무엇인가 중얼거리며 나가버렸다.

열다섯째 손님이 떠났을 때, 노파는 방으로 들어가 장에서 담요를 꺼내 거울을 덮었다.* 그다음에는 선반에서 복음서를 꺼내 소리 내어 읽기 시작했다. 노파는 이가 아파 그러는 것처럼 온몸을 흔들었다.

작고 분명치 않은 그녀의 음성이 끊어질 듯 이어졌다.

---

* 러시아인들의 관습. 사람이 죽으면 거울을 천으로 가린다.

암염소

1

네시 오 분 전, 자베시킨이 코를 얼마나 요란스럽게 풀었던지 그 소리가 여리고의 나팔처럼 우렁차게 울렸다. 회계원 이반 나즈무디노비치는 너무 놀라 몸을 부르르 떨며 펜을 바닥에 떨어뜨리고 말했다.

"한데 자베시킨 씨, 곧 구조조정이 있어. 자베시킨 씨도 구조조정에 걸리지 않으려면…… 그런데 어딜 그렇게 급히 가는 거야?"

자베시킨은 주머니에 손수건을 쑤셔넣고 걸레로 책상과 잉크병을 닦기 시작했다.

자베시킨은 이십 년 동안 이 책상 앞에 앉아 있었다. 이십 년을 말이다! 얼마나 엄청난 기간인지, 생각하는 것만으로도 끔찍하다. 이십 년 동안 책상의 먼지를 한 번도 닦지 않았다고 치자. 그러면 모르긴 몰라도 이 잉크병은 보이지도 않을 것이다!

정확히 네시가 되자, 자베시킨은 일부러 의자를 밀면서 크게 말했다.

"네시야, 네시. 주판 내려놓고 집에 가."

자베시킨은 거리가 더 멀지만 언제나 넵스키 대로로 갔다. 그가 넵스키 대로를 걷는 것은 누구를 만나고자 하기 때문은 아니었다. 그저 호기심 때문이었다. 여러 부류의 사람들과 이름 모를 상점들을 구경하는 것, 그리고 어떤 식당에서 사람들이 식사를 하는가를 알아보는 것도 재미있는 일이었다.

물론 온갖 만남이 일어날 수도 있을 것이다. 예를 들어 자베시킨이 이제 사도바야 거리로 간다고 해보자. 사도바야 거리, 얼굴이 시커먼 녀석들이 구두약으로 구두를 닦는 그곳에 갑자기 한 여인이 나타난다. 검은 옷에 베일을 쓰고 두 눈은…… 그런데 이 여인이 자베시킨에게 다가온다. 그녀는 말한다. '아, 할 수 있으시면 젊은 분께서 절 좀 도와주세요. 이 사람들이 귀찮게 따라다니면서 상스러운 말로 저를 욕되게 하고, 추잡한 제안도 서슴지 않아요.' …… 그러면 자베시킨은 범상치 않은 기사가 하듯이 그 여인의 손을 닿을 듯 말 듯하게 잡고 치근대는 사람들 옆을 당당하고 경멸하는 표정으로 지나간다. 그런데 알고 보니 그녀는 어떤 회사 중역의 딸이라는 식이다.

아니면 더 간단한 것이 노인이다. 아주 교양 있는 노인이 걸어간다. 갑자기 넘어진다. 뭐, 현기증 같은 것일 게다. 자베시킨이 그에게 가서…… '저런, 어디 사세요?'라고 묻는다. 그리고 마차…… 부축…… 그런데 노인은 미국 시민이었던 것이다…… 노인이 말한다. '자, 자베시킨 씨, 여기 1조 루블이오……'

물론 이런 것은 모두 허튼소리이고 낭만주의이며 망상일 뿐이다.

그렇다. 도대체 누가 자베시킨에게 다가온단 말인가? 자베시킨과 통하는 사람이 어디 있단 말인가? 그의 외모가 이미 많은 것을 말해준다. 뺨은 가늘고, 코는 비틀린 글자 같고, 머리 모양도 엉망이었다. 코와 뺨은 자연적인 것이니 그렇다 치자. 하지만 머리 모양은 정말 엉망이었다. 조만간 머리를 길러야 했다. 그렇지만 지금은 형편없었다.

자베시킨의 사회적 지위가 괜찮았다면 일은 다른 방향으로 발전했을 것이다. 자베시킨이 파출소장이었거나 하다못해 농업기사 정도만되었어도 외모야 봐줄 수 있었다. 그러나 자베시킨의 사회적 지위는 한숨이 나올 만했다. 아니, 비루하기까지 했다. 우스운 비유를 해보겠는데, 이 대목에서 웃어도 잘못은 아니다. 회계원인 이반 나즈무디노비치를 꼬치고기에, 젊은이의 대표라 할 수 있는 전령 미쉬카를 농어에 비유한다면, 14등관 출신인 자베시킨은 피라미나 조그만 가시고기이상은 절대로 되지 못할 것이다.

자, 이렇게 서글픈 상황에서 자베시킨이 낭만이란 것을 어찌 기대할 수 있겠는가?

2

그러나 어느 날 사건이 터지고 말았다. 어느 날 자베시킨은 병이났다. 지독한 병에 걸린 것은 아니었지만, 관자놀이가 굉장히 욱신거렸다.

자베시킨은 자로 관자놀이를 눌러보고 이마에 침을 발라보았지만,

도움이 되질 않았다. 자베시킨은 사무실 일에 몰두해보기로 했다.

이 바지는 뭐지? 왜 두 벌이지? 이거 월권 아니야? 왜 회계원 이반 나즈무디노비치에게 정량 외에 외투가 한 벌 더 갔지. 요 개코 자식이 외투를 어디다 숨겼을까? 요 비겁한 자식이 국가재산을 속여 팔아먹었나?

관자놀이가 훨씬 더 쑤셨다.

그래서 자베시킨은 이반 나즈무디노비치에게 집에 좀 일찍 가도 되느냐고 물었다.

"가보게, 자베시킨." 이반 나즈무디노비치가 말했다. 얼마나 슬픈 어조로 말했던지, 본인 스스로 눈물이 날 지경이었다. "가보게, 자베시킨. 하지만 잊지 마. 오늘 구조조정······"

자베시킨은 모자를 집어들고 나갔다.

자베시킨은 버릇처럼 넵스키 대로로 갔다. 넵스키 대로에서 사도바야 거리로 이어지는 모퉁이에서 눈이 흐릿해졌고, 그는 손으로 허공을 긁으며 비틀거렸다. 그는 이상하게 맥이 빠져 상점 문에 몸을 기댔다. 그런데 바로 그때 상점 안에서 한 사람이 나왔다(아주 평범한 모습의 인물로, 모자를 쓰고 짧은 외투를 입었다). 팔꿈치가 자베시킨과 부딪치자, 그는 모자를 벗어들고 말했다.

"미안합니다."

"저런!" 자베시킨이 말했다. "뭐가요? 실례하지만······"

그러나 그 사람은 멀리 가버렸다.

'뭐야, 이거?' 자베시킨은 생각했다. '참 이상한 사람이네. 미안하다고 말했지······ 그런데 내가 뭐라고 했나? 그 사람이 날 밀쳤어? 거

참, 그저 좀벌레, 등에, 날벌레 날개에 스친 것 같은데…… 그런데 도대체 누구지? 작가 아니면 세계적인 학자일 수도…… 그 사람이 미안하다고 말했지. 아이고, 이 답답한 사람아! 그 사람 얼굴도 못 보았잖아……'

"그렇지!" 자베시킨은 크게 말하고 급히 그 사람을 쫓아갔다.

자베시킨은 그를 따라 한참을 걸었다. 넵스키 대로를 통과해 강변 도로를 걸었다. 그런데 삼위일체 다리에서 갑자기 그를 시야에서 놓치고 말았다. 깃털 모자를 쓴 여자 둘이 걸어와 앞을 막았던 것이다. 그 이상한 사람은 마치 네바 강으로 사라진 것 같았다.

그래도 자베시킨은 팔을 흔들며 계속 앞으로 갔다. 코에서 빛이 났다. 그는 마주 오는 사람에게 미안합니다, 라고 말했고, 나중에는 모르는 사람에게까지도 윙크했다.

'아이고,' 문득 자베시킨은 생각했다. '내가 도대체 어딜 가는 거야? 카멘노오스트롭스키 골목…… 카르포브카 거리…… 돌아가야지.'

자베시킨은 카르포브카 거리로 방향을 바꾸었다.

풀밭. 수탉. 암염소 한 마리가 풀을 뜯고 있다. 대문 옆에 작은 벤치가 있다. 시골 마을, 진짜 시골 마을이다!

'좀 앉아야지.' 자베시킨은 생각하고 대문 옆 벤치에 앉았다.

그러고는 연초를 말기 시작했다. 연초를 말 때, 쪽문에 붙은 광고를 발견했다.

'방 대여, 독신남 환영, 여성 사절.'

자베시킨은 이 광고를 내리 세 번 읽었다. 네번째로 읽으려는데, 갑자기 심장이 몹시 뛰기 시작했다. 자베시킨은 다시 벤치에 앉았다.

'이게 뭐지.' 자베시킨은 생각했다. '뭐 이런 이상한 광고가 있어? 괜히 독신남이라고 쓴 것은 아닐 거야. 도대체 이게 뭘까? 아마 이것은 암시일 거야. 남자가 부족하단 말일 거야…… 남자, 즉 바깥주인이 필요하다 이거지. 오, 하느님, 감사합니다. 그러니까 이건 바깥주인이 필요하단 소리야!'

흥분한 자베시킨은 길을 따라 걷다가 쪽문을 힐끗 보았다. 그러고는 뒤로 물러섰다.

"암염소!" 자베시킨이 말했다. "확실해. 정말 암염소가 있어…… 제발 집주인의 암염소이길…… 암염소! 정말 그래. 이건 암시야. 이집주인과 결혼할 수도 있다는 거야. 난 결혼할 거야. 확실히 결혼해. 그래, 암염소가 있으면 난 결혼해. 이거면 충분해. 십 년 동안 기다렸어. 그래…… 운명이야…… 냉정하게 판단해보자. 방을 빌려준다면 방이 여러 개란 말이지. 방이 여러 개라는 것은 살림살이가 넉넉하고 곳간이 가득하다는 뜻이야. 사는 데 걱정이 없다는 뜻이야…… 창가에는 무화과나무. 명주로 만든 커튼. 명주로 된 작은 커튼들. 평안…… 이건 명절날의 냉차 같은 것이야! 그리고 아내. 안정감 있는 아내는 정리정돈을 최고로 여기고, 정리정돈에 관심이 많을 거야. 아내는 공단 상의를 입고 공작새처럼 방 안을 거닐겠지. 늘 근사하고 고상하게, '페테치카, 식사하지 않으시겠어요?'라고 물을 거야. 아, 어떻게 이런 일이! 살림살이가 넉넉해. 틀림없이 암소 아니면 젖을 내는 암염소가 있겠지. 암염소가 더 좋아. 덜 먹으니까."

자베시킨은 쪽문을 열었다.

"암염소야!" 그가 숨을 헐떡이며 말했다. "울타리 근처에 암염소가 있어. 그래, 염소가 있다면, 그러면 사는 형편이 나쁘지 않다는 거야. 암염소…… 웃기겠지. 내일 이반 나즈무디노비치가 '자베시킨, 자네 불쌍해서 어쩌나. 자네는 구조조정으로 해고됐어'라고 말해도 괜찮아. 헤헤, 정말 웃길 거야. 그런 말을 듣고도 내가 발 아래 엎드리지도 않고 애걸복걸하지도 않으면 그 개자식이 엄청 놀라 충격을 좀 받겠지…… 자, 보시게. 암염소가 있다네. 암염소라니, 완전 좋아 죽겠네! 아, 이런 망할! 아, 어찌 내게 이런 일이! 여자들은 귀싸대기를 맞은 거지 뭐. 사절이라니, 여성이 어쩌다 이렇게 되고 말았지. 모기가 콧등을 무니까 기어들지 말라는 거야. 여기서 필요한 것은 남성 폐하이시니까."

자베시킨은 다시 한번 광고를 읽어본 뒤 가슴을 산처럼 내밀고 미증유의 기쁨을 느끼며 마당으로 들어갔다.

3

염소는 쓰레기통 옆에 서 있었다. 뿔은 없고, 젖통은 땅바닥까지 축 늘어져 있었다.

'아이고 저런.' 자베시킨은 아쉬워하며 생각했다. '늙은 암염소로군. 제발 건강했으면 좋겠다.'

마당에서는 아이들이 자치기를 하고 있었다. 현관 계단에서 한 처녀가 주방용 칼을 닦고 있었다. 닦으며 얼마나 성질을 내는지, 자베시킨은 염소는 잊고 놀라서 걸음을 멈추었다.

처녀는 화를 내며 칼에 침을 뱉고는 칼을 땅에 푹 꽂더니, 꽂은 채로 웅크리고 앉아 몸을 흔들며 씩씩거리기까지 했다.

'이거 바보 아니야.' 자베시킨은 생각했다.

처녀는 기진맥진해졌다.

"에, 아줌마." 자베시킨이 크게 말했다. "여기 방 세놓은 데가 어디야?"

그러나 갑자기 자베시킨 위쪽에서 창문이 열리더니, 여자의 머리가 마당을 내다보았다. 여자는 털실로 짠 숄을 걸쳤고 얼굴에는 뾰두라지가 나 있었다.

"동무," 여자가 물었다. "팜푸시킨 농업 연구가를 만나러 오셨수?"

"아니요." 자베시킨이 모자를 벗으며 대답했다. "그런 것은 아니고요…… 어떻게 말씀을 드려야 하나. 세준다는 방 때문에요."

"팜푸시킨 농업 연구가 때문이라면," 여자가 계속 말했다. "기다려도 소용없어요. 오늘 아무도 만날 수 없거든요. 뭔지 모르지만, 논문을 써야 한대요."

여자는 뒤로 돌아가더니, 잠시 후 다시 마당을 내다보았다.

"「채소 해충 구제를 위한 소고」……"

"뭐라고요?" 자베시킨이 물었다.

"묻는 분은 누구십니까?" 농업 연구가가 직접 창가로 나와 말했다. "동무, 안녕하십니까! 보십시오. 제 논문은 「채소 해충 구제를 위한 소고」입니다…… 위로 올라오시지요."

"아닙니다." 자베시킨이 놀라서 말했다. "저는 세놓은 방 때문에……"

"방이라고요?" 농업 연구가가 명백히 아쉬운 표정을 지으며 물었다. "그럼 방을 보신 다음에…… 사양하지 마시고…… 저는 3호의 농업 연구가 팜푸시킨입니다. 개나 소나 다 알아요……"

자베시킨은 고개를 끄덕이고는 처녀에게로 갔다.

"아줌마." 자베시킨이 물었다. "이건 누구의 암염소요?"

"암염소?" 처녀가 물었다. "이 염소는 4호 것인데요."

"4호?" 자베시킨이 한숨을 내쉬었다. "그러면 그곳이 방을 세놓은 곳인가?"

"거기 맞아요." 처녀가 말했다. "그런데 방금 나갔어요."

"어떻게?" 자베시킨은 놀랐다. "말도 안 돼. 정신이 어떻게 된 것 아니야? 어떻게 그럴 수가. 방이 나가다니. 내가 여기까지 오느라 얼마나 시간을 낭비하고 고생을……"

"난 몰라요." 처녀가 대답했다. "나가지 않았을 수도 있어요."

"거 참, 모르겠다니, 뭐 이런 멍청한 게 있어. 모른다니, 그러려면 차라리 말이나 말지. 헷갈리게 하지 말고, 차라리 저기 저 닭에 대해서 말해봐. 저기 돌아다니는 것이 누구의 닭?"

"닭? 돔나 파블로브나의 닭이에요."

"그럼 돔나 파블로브나는 누구야? 그녀가 방을 세놓은 거야?"

"방 나갔어요!" 처녀는 칼을 옷자락으로 싸며 화가 나서 말했다.

"거짓말. 분명 거짓말이야. 광고가 있는데. 광고가 없다면 그건 경우가 다르지. 나도 따지지 않아. 그런데 여기 광고가 있으니 빼도 박도 못 해. 그런데 '나갔어요, 나갔어요'라고 똑같은 말만 되풀이하고. 으이그, 멍청해가지고. 차라리 이거나 말해봐. 이 칠면조도 혹시 그 여자 거야?"

"그래요."

"뭐? 정말!" 자베시킨은 놀랐다. "그럼 그 여자 부자네!"

처녀는 아무 대답도 하지 않고, 손으로 입을 가리고 딸꾹질을 하며 가버렸다.

자베시킨은 염소에게로 가서 손가락으로 얼굴을 만졌다. 그는 생각했다. '자, 이제 염소가 손을 핥으면 행운은 내 것이야. 염소는 내 것이 되는 거야.'

암염소는 손 냄새를 맡더니, 가늘고 까칠까칠한 혀로 자베시킨의 손을 핥았다.

"아, 이런, 맙소사!" 자베시킨은 숨을 헐떡이며 말했다. "빵껍질을 줄까? 방금까지 빵껍질이 주머니에 있었는데 왜 없지…… 내가 먹어버렸지. 오, 성모 마리아여, 내가 먹어버렸어. 미안하다…… 다음에 주마……"

잔뜩 흥분한 자베시킨은 4호를 찾아 찢어진 초록색 방수포를 두드렸다.

문을 열어주며 누군가가 물었다.

"무슨 일로?"

"방 때문에……"

"방 나갔어!" 누군가 문을 닫으려 하며 낮은 음성으로 말했다. 자베시킨이 손으로 문을 꽉 잡았다.

"잠깐만." 자베시킨은 놀라며 물었다. "어떻게 그런 일이? 동무, 잠깐 들어가도…… 어떻게 그럴 수 있어요? 내가 시간을 들여서……

여기까지 왔는데…… 광고도 있고……"

"광고? 이반 키릴리치! 그 광고 아직 안 뗐어?"

그때 자베시킨이 눈을 들었다. 그는 자신이 여자와 이야기하고 있으며, 그 여자의 덩치가 엄청나다는 것을 알게 되었다. 그녀의 코는 자베시킨의 코보다 절대 작지 않았다. 여자의 몸집이 얼마나 큰지 자베시킨 둘을 만들고도 남을 지경이었다.

"부인, 존경하는 부인." 자베시킨은 모자를 벗고, 웬일인지 웅크린 채로 말했다. "제게 아무거나 주시지요. 지저분한 헛간, 개집 같은 것이라도……"

"무슨 일을 하시는데?" 돔나 파블로브나가 우아한 저음으로 자베시킨에게 물었다.

"사무원……"

"흠, 그래요." 돔나 파블로브나가 한숨을 내쉬며 말했다. "그럼 들어오세요. 아직 방이 하나 있긴 있어요. 기분 나빠하진 마시고. 부엌 옆이거든요……"

이때 돔나 파블로브나는 왜인지는 알 수 없지만 다시 한번 한숨을 쉬고는 자베시킨을 방으로 안내했다.

"여기예요, 보세요." 그녀가 말했다. "솔직히 말해서 방이 더럽고 창문도 더러워요. 보기에도 그렇고, 벽도 그렇고. 좋은 방이 있었는데, 당신이 늦었어요. 좋은 방은 나갔어요. 군(軍) 전신기사에게 주었어요."

"방 참 좋네요!" 자베시킨이 함성을 질렀다. "이 부엌방, 정말 맘에 듭니다…… 저, 그런데 내일 이사해도……"

"뭐 어때요?" 돔나 파블로브나가 말했다. "그렇게 하세요. 이사해요."

자베시킨은 정중히 인사하고 나왔다. 그는 대문으로 가 서글프게 다시 한번 광고를 읽어보고 그것을 떼어 주머니에 넣었다.

그는 생각했다.

'그래, 행운을 잡는다는 게 절대 쉬운 일은 아니야…… 하긴 미국이나 인도에서는 아주 쉽게 방을 얻을 수 있겠지. 아주 간단할 거야. 그렇지만 여기서는…… 그런데 전신기사…… 무슨 전신기사? 전신기사가 방해하면 어쩌지? 행운을 잡는다는 것이 어렵긴 어렵네……'

4

자베시킨은 이사했다. 아침이었다. 자베시킨은 작은 손수레를 마당으로 몰았다. 건물의 창들이 모두 열려 있었다. 뾰두라지 있는 여자가 이번에는 허리까지 창밖으로 내밀고 "저런!" 하고 말했다. 농업 연구가 팜푸시킨도 학술논문 「채소 해충 구제를 위한 소고」를 놔두고 창가로 왔다.

돔나 파블로브나는 친절하게도 몸소 밑으로 내려왔다.

자베시킨은 짐을 풀었다.

"베개야!" 구경꾼들이 말했다.

정확히 베개 두 개, 붉은 점이 있는 분홍 베개와 줄무늬가 있는 파란 베개를 위로 옮겼다.

"구두!" 모두가 한목소리로 외쳤다.

놀란 구경꾼들의 눈앞에 구두 네 켤레가 나타났다. 구두는 새것이 었다. 구두코가 반짝거렸고 각각 나비 모양으로 묶은 끈이 매달려 있 었다. 뾰두라지 난 여자가 존경을 담아 "오!"라고 말했다. 돔나 파블 로브나도 호의를 표하며 통통한 손을 비벼댔다. 농업 연구가는 학자 다운 눈을 가늘게 뜨고, 더 잘 보기 위해서 아이들에게 손수레에서 떨 어지라고 말했다.

"책……" 자베시킨이 먼지 덮인 책 세 권을 꺼내며 황망하게 말 했다.

"책?"

농업 연구가는 불가피하게 밑으로 내려가봐야겠다고 생각했다.

"지식인을 알게 되어서 아주 반갑습니다." 구두를 흥미진진하게 바 라보며 농업 연구가가 말했다.

"그런데 이거," 그는 말을 계속했다. "이 구두들, 학자 배급 기준에 따라 받으신 것은 아닌가요?"

"아닙니다." 자베시킨이 환한 얼굴로 말했다. "이것은 일종의 사적 취득물, 즉 동산이라는 거지요. 아시다시피 보석에 돈 쓰기를 좋아하 는 사람들이 있습니다. 그런데 보석이란 게 도대체 뭡니까? 반짝거린 다는 것은 결국 빛의 무의미한 장난일 뿐이죠."

"음." 농업 연구가가 명백히 유감스러운 어조로 말했다. "도대체 뭐 가 뭔지 알아봐야겠어. 학자 배급 기준에 따르면, 저런 것은 배급하지 않는데. 뭐야, 저런 색은?"

"색!" 자베시킨이 열광적으로 말했다. "이 색은 좀 다른 겁니다. 이런 색은 한두 켤레 정도, 아주 적어요……"

"카튜셰치카!" 농업 연구가가 뽀두라지 있는 여자에게 소리 질렀다. "전에 학자 배급 기준에 따라 받은 구두 좀 갖고 와봐."

농업 연구가의 동거녀가 유난히 크고 붉은 구두를 가져왔다. 동거녀와 함께 그 집의 모든 거주자들이 마당으로 몰려나왔다. 심지어 아주 고령의 노파까지 나왔다. 그녀는 구두를 공짜로 나누어준다고 생각했다. 전신기사도 성냥개비로 이를 쑤시면서 걸어나왔다.

"자, 여기!" 농업 연구가가 자베시킨에게 침을 심하게 튀겨가며 말했다. "자, 신사 양반, 여길 보십시오!"

농업 연구가는 손으로 구두 밑창을 두드리고, 이빨로 물어보고, 구두를 위로 던져올리더니, 다시 땅으로 내던졌다. 구두는 나무토막처럼 떨어졌다.

"특별한 구두예요!" 농업 연구가가 자베시킨에게 고함을 쳤다. 자베시킨이 농업 연구가를 사형에 처하라고 명령하기라도 한 듯한 목소리였다. 농업 연구가는 고집스럽게 말했다. "제발 여길 좀 보세요! 자, 여기 있습니다! 이것을 땅에 던져보세요. 던져보라니까요. 그러면 내가 대답하겠습니다!"

자베시킨이 말했다.

"그렇군요. 참 특별한 구두입니다. 하지만 바위에 던지면 못 견딜걸요……"

"못 견딘다고? 이 구두가 못 견딘다고? 신사 양반, 당신 말이 얼마나 말이 안 되는지 정말 모르겠어요? 아, 정말 화나네. 뭐라고 말했습니까? 견디지 못한다고요!" 농업 연구가는 씁쓸하게 웃으며 자베시킨을 윽박질렀다.

"당연히 바위에는 견딜 테고," 전신기사가 앞으로 걸어나오며 자신만만하게 말했다.

"자, 그렇다면 어떻게 해야 할까…… 만일 손수레 밑이라면, 예를 들어 손수레가 획 지나가면 절대 못 견딜걸."

"지나가보세요!" 농업 연구가가 구두를 내던지며 발악했다. "이 구두 위로 지나가보라니까!"

자베시킨은 손수레를 밀어 움직였다. 구두는 일그러지고 코가 터졌다.

"터졌네!" 전신기사가 모자를 땅에 던지더니, 열광적으로 밟아 뭉개며 소리 질렀다.

"실례합니다만," 농업 연구가가 자베시킨에게 말했다. "신사 양반, 당신은 부정직한 데다 부적절합니다! 제대로 된 사람들은 곧장 지나가는데, 당신은 옆으로 비스듬하게…… 비스듬하게 지나가다니, 비겁합니다. 당신은 부적절하고, 게다가 야비해요!"

"그 사람이 대답하게 놔두세요." 동거녀가 농업 연구가에게 말했다. "그가 손수레를 움직였으니, 대답도 할 거예요. 이러다 모든 사람이 손수레를 구두 위로 몰겠어요. 구두를 충분히 모아둔 것도 아닌데."

"맞아, 맞아." 농업 연구가가 자베시킨에게 말했다. "자, 이제 죄다 대답해보십시오."

"좋습니다." 자베시킨이 전신기사에게 관심을 보이며 서글프게 대답했다. "내 것을 한 켤레 가져가십시오."

전신기사는 입에서 성냥을 뺄고 구두 위로 몸을 숙였다. 그는 겨드랑이에 누가 간지럼을 태우는 듯이 가늘게 헤헤헤 웃었다.

'미남이야!' 자베시킨이 쓸쓸하게 생각했다. '목도 멋있고, 코도 정상이고, 성격 명랑하고……'

그렇게 자베시킨은 이사했다.

5

다음날, 모든 것이 분명해졌다. 전신기사가 자베시킨을 방해하고 있었다.

돔나 파블로브나는 자베시킨에게 염소젖을 주지도 않았고, 부엌에서 자베시킨을 위해 굽지도 끓이지도 않았다. 돔나 파블로브나는 자베시킨을 위해 근사한 보라색 실내복을 입지도 않았다. 온전히 군 전신기사인 이반 키릴로비치를 위해서만 굽고, 끓이고, 일했다.

전신기사는 침대에 누워 기타나 튕기고 가증스러운 저음으로 노래를 불렀다. 노래에 웃기는 것도 없는데, 돔나 파블로브나는 웃어댔다.

'듣고 웃네.' 자베시킨은 생각했다. '아마 전신기사의 무릎에 앉아 있겠지. 웃어…… 그렇다면 저 멍청한 여자가 즐거워한다는 말이네. 즐겁다면 뭔가 느낀다는 거잖아. 시간이 좀 걸리겠는걸.'

자베시킨은 하루 종일 속이 상했다. 이튿날 아침 그는 사무실에 출근했다. 일을 할 수 없었다. 이렇게 불안한데, 일은 무슨 망할 놈의 일인가. 전신기사 걱정 말고, 집안일도 문제였다. 역시 집으로 가야 한다. 거기, 마당으로. 닭을 확인해야 한다. 어린애들이 닭을 괴롭히는지 알아야 한다. 누군가 괴롭혔으면 혼구멍을 내야 해. 암염소에게 빵껍질도 줘야 하는데…… 집안일이……

'집안 살림이라지만,' 자베시킨은 괴로웠다. '남의 살림인데. 정말 희망이 별로 없어. 전신기사가 방해해서 정말 희망이 별로 없어.'

집에 도착해서 자베시킨은 우선 헛간에 들렀다.

"마시카, 옛다." 자베시킨이 암염소에게 말했다. "먹어, 바보야. 뭘 봐? 슬프냐? 슬프구나, 마시카. 전신기사가 방해하고 있어…… 그놈을 치워버려야 해, 마시카. 치우지 않으면, 사랑의 뿌리를 내려야 해."

염소는 빵을 다 먹어치우고, 이제 자베시킨의 손을 핥았다.

"그를 어떻게 치우지, 마시카? 마시카, 그는 운동선수 같아. 강한 인간이라고. 호락호락 물러나지 않아. 그 개자식은 요즘 운동복을 입고 달리기를 해. 단련된 몸이야. 그런데 마시카, 나는 약해. 혁명 때문에 고생했거든…… 그가 직접 드러내놓고 살림살이에 관심을 갖는데 어떻게 치우지? 말해봐, 왜 요즘 그가 헛간에 드나드는 거지?"

암염소는 자베시킨을 멍하니 바라보았다.

"갈게, 마시카. 갈게. 어떻게 되겠지. 전신기사부터 시작해야 해. 전신기사가 핵심 장애물이거든. 그가 없다면, 마시카, 난 어제 돔나 파블로브나와 커피를 마셨을 거야…… 자, 가야겠다……"

그래서 자베시킨은 집으로 갔다. 그는 오랫동안 좁은 방을 서성거리고, 코밑으로 알 수 없는 말을 중얼거리고, 팔을 휘젓고, 그러고 나서는 서랍장에서 구두를 꺼냈다. 그는 서글프게 머리를 흔들며 한 켤레를 종이에 쌌다. 그러고는 전신기사에게 갔다.

자베시킨은 곧장 방으로 들어가지 않았다. 그는 전신기사 이반 키릴로비치의 방문 근처에 서서 귀를 기울였다. 전신기사는 투덜대며 방에서 빈둥거리다 의자를 움직였다.

'구두를 닦고 있어.' 자베시킨은 생각하고 문을 두드렸다.

맞았다. 전신기사는 구두를 닦고 있었다. 그는 구두에 입김을 불어 조심스럽게 천으로 닦고 한 짝을, 또 한 짝을 책상 위에 놓았다.

"미안합니다." 전신기사가 말했다. "곧 외출하려고 하는데요."

"괜찮습니다." 자베시킨이 말했다. "잠깐만…… 당신의 이웃 방에 사는 사람으로서, 또 존경하는 돈나 파블로브나의 날개 아래에 함께 사는 사람으로서, 인사를 드리는 것이 나의 의무라고 생각합니다. 14등관 출신인 이웃 표트르 자베시킨입니다."

"아, 반갑습니다. 들어오세요." 전신기사가 말했다.

"이웃으로서," 자베시킨이 말을 계속했다. "캅카스식으로 선물을 가져오는 것이 의무라고 생각합니다. 구두입니다."

"구두요? 무엇 때문에 구두를?" 전신기사가 구두에 넋을 잃은 채 물었다. "안 주셔도 되는데. 이것 참 난처하네요, 존경하는 이웃…… 아시다시피, 전 그렇게 할 수 없어요."

"제발 받아주시기 바랍니다……"

"그럼 캅카스식으로," 전신기사가 구두를 신어보며 말했다. "물어 봐도 될지 모르겠지만, 존경하는 이웃께서는 캅카스 여행을 해보셨습니까? 혹시 산에? 잘 모르겠지만 엘보루스*에? 관습이라서…… 존경

---

* 캅카스의 최고봉(5633미터)으로, 정확한 명칭은 엘브루스이다.

하는 이웃, 거긴 전보도 다음날에야 도착한다지요…… 너무 먼 고장이죠……"

"아닙니다." 자베시킨이 말했다. "제가 아닙니다. 캅카스에 간 사람은 이반 나즈무디노비치입니다. 심지어 나히체반까지 갔습니다."

자베시킨은 캅카스의 관습에 대해 더 이야기하고 싶었다. 그러나 그는 갑자기 말했다.

"존경하는 이웃! 젊은이! 자, 이제 내가 무릎을 꿇겠……"

그리고 자베시킨은 무릎을 꿇었다. 전신기사는 놀라서 입이 떡 벌어졌다.

"존경하는 동무, 날 때려주십시오. 두들겨패줘요! 아프게 때려요."

자베시킨이 자신을 때리려 한다고 생각한 전신기사는 손을 휘둘러 자베시킨을 때렸다.

"그래, 그렇게!" 자베시킨은 쓰러지며 말하고, 다시 일어섰다. "그렇게. 고맙습니다! 날 행복하게 해주셨어요. 눈물이 나오네요…… 나는 떨면서 당신의 결정을 기다립니다. 존경하는 동무, 이 집에서 이사 나가주십시오."

"어떻게 그런 말을?" 전신기사가 말하고 입을 다물었다. "농담 참 이상하네요."

"농담! 소중한 단어지요, 농담! 친애하는 이웃 이반 키릴로비치, 당신과 돔나 파블로브나에겐 장난이고 농담이지만, 내겐 실제 삶입니다. 난 당신 앞에 다 노출됐어요…… 이 집에서 이사 나가주십시오. 목요일에 떠나세요…… 마지막으로 부탁합니다. 좋지 않은 일이 생길지도 모릅니다."

"뭐라고요?" 전신기사가 물었다. "좋지 않은 일? 절대로 좋지 않은 일이 생기지는 않아요…… 하지만 당신이 정 그렇다면…… 아닙니다. 이상한 농담이군요…… 난 할 수 없어요."

"당신, 내가 또 어떻게 부탁해야……"

"난 못 합니다…… 내가 왜 이 집에서 나가야 합니까? 난 이 집이 좋아요. 그렇기는 하지만, 만일 당신이 정중히 부탁하면…… 이사 비용도 들고 하니, 포괄적으로 부탁을 하시면. 나는 누가 내게 부탁하는 것을 좋아합니다."

자베시킨은 자기 방으로 달려갔다가 일 분 후에 돌아왔다.

"여기!" 그는 숨을 헐떡이며 말했다. "여기 구두하고 예비용 끈."

전신기사는 구두를 신어보고 말했다.

"아, 괴롭네. 좋습니다. 시간을 주면 이사 나가겠습니다. 그런데 당신의 농담 참 이상하네요……"

자베시킨은 방으로 가 조용히 창가에 앉았다.

6

자베시킨은 출근하지 않았다. 그는 빵 한 쪽을 들고 헛간으로 가서 암염소 앞에 쪼그리고 앉았다.

"준비 끝났어, 마시카. 이젠 됐어. 어제 전신기사를 치웠어. 점잔 빼면서 고집을 부리고 버티더라고. 하지만 괜찮아. 내가 쓰러뜨렸지…… 마시카, 그에게 구두를 줘버렸어…… 이젠 뭘 하지, 마시카?

이제는 돔나 파블로브나가 남았어. 중요한 것은, 이제 감정을 계산해야 한다는 거야. 미학을 말이야, 마시카. 이제 장미를 사러 갈 거야. 여기 당신의 장미, 향기를 맡아보세요, 라고 할 거야…… 내일 살 거야. 오늘은 완전히 지쳤거든, 마시카…… 이제 그만. 충분해."

자베시킨은 자기 방으로 가 침대에 누웠다. 그가 장미를 사기도 전에, 돔나 파블로브나가 그에게 왔다. 그녀가 말했다.

"당신, 구두를 선물했어? 당신 왜 전신기사에게 이 구두를 준 거지?"

"내가 선물했습니다, 돔나 파블로브나. 그는 참 좋은 사람입니다. 그에게 선물을 하면 왜 안 되지? 이렇게 생각했습니다. 돔나 파블로브나, 내가 선물했어요."

"이반 키릴리치 같은 놈이 좋은 사람이라고?" 돔나 파블로브나가 물었다. "나쁜 놈. 일주일도 살지 않고 안녕이라니. 방에서 나간대…… 그런 놈이 좋아? 물었으니 대답을 해봐!"

"돔나 파블로브나, 내 생각에는……"

"생각한다고? 당신같이 어리벙벙한 사람이 뭘 생각해?"

"돔나 파블로브나, 나는 당신이 그를 좋아한다고 생각했습니다. 당신이 늘 그와 시시덕거려서……"

"내가 그를 좋아한다고?" 돔나 파블로브나는 놀라서 손을 움켜쥐었다. "그래, 그놈은 하루 종일 당구나 치고, 그다음엔 처녀애들과…… 난 볼 것 안 볼 것 다 봤어. 하지만 그는 내게 아무 관심도 없었어…… 당신 거짓말하지 마…… 이봐, 당신, 이런 팔푼이 같은 양반아, 그놈 같은 외모라면 늘씬한 애들을 맘대로 할 수 있어. 내겐 관심이 없단 말이야. 아이고, 이 멍청한 양반아……"

"돔나 파블로브나." 자베시킨이 말했다. "늘씬한 애들에 대한 건 당신 말이 맞아요. 더 말이 필요 없습니다. 그는 그런 사람입니다, 돔나 파블로브나…… 그가 어제 떠벌리더군요. 난 늘씬한 여자애들을 좋아한다, 뚱뚱한 여자에게는 아무 관심 없다고 말입니다. 돔나 파블로브나, 아마 당신을 암시한 것 같아요."

"뭐?" 돔나 파블로브나가 물었다.

"제발, 돔나 파블로브나…… 그는 날씬한 여자애들을 좋아한단 말입니다. 사실이에요. 팔꿈치가 뾰족해서 찔릴 정도로 날씬한 애들을 좋아해요, 파렴치한 놈. 그런데 저는요, 돔나 파블로브나. 저는 늘 뚱뚱한 여자에게 관심이 있었습니다. 돔나 파블로브나, 저는 당신 같은 여자에게 마음이 끌립니다."

"또 거짓말!"

"아닙니다, 돔나 파블로브나. 전 절대 거짓말 안 해요. 내게 당신은 정말 멋진 여인입니다…… 많은 사람들에게도 그렇지요…… 돔나 파블로브나, 기억하시지요? 내게 한 사람이 왔었습니다. 그 사람 역시 관심을 가졌어요. 그 사람이 저렇게 흥미로운 부인은 대체 누구요? 라고 물었답니다."

"뭐?" 돔나 파블로브나가 물었다. "그렇게 말했다고?"

"그렇게 말했습니다. 하느님, 그에게 건강을. 그는, 혹시 여배우 류콤이 아닌가요? 라고 말했어요."

돔나 파블로브나는 자베시킨과 나란히 앉았다.

"도대체 그게 누구야? 전혀 기억이 안 나. 혹시 얼굴이 불그죽죽하고 코에 여드름이 있는 사람 아니야?"

"그 사람입니다. 돔나 파블로브나. 바로 그 사람. 코에 여드름이 있어요. 하느님, 그에게 건강을!"

"이반 키릴리치에게 온 사람이라고 생각했는데…… 그런데 당신이 그 사람을 식탁에 초대했단 말이지. 돔나 파블로브나가 커피를 마시자고 합니다, 라고 당신이 말했단 말이지. 그래, 그러니 그가 또 뭐라고 했지? 눈에 대해서는 아무 말 안 했나?"

"안 했습니다." 자베시킨이 헐떡이며 말했다. "안 했어요, 돔나 파블로브나. 눈에 대해 말한 것은 나입니다. 내가 그랬어요. 저런 우월한 눈을 사랑한다고, 보자마자 넋이 빠져버린다고…… 일반적으로, 존경하옵는 두 눈이……"

"정말 당신이 나를 사랑한단 말이야?" 돔나 파블로브나는 놀라고 말았다. "너무 많이 마셔서 취했군. 사랑한다니."

"취했어요!" 자베시킨이 소리쳤다. "그래요, 내가 취했습니다, 돔나 파블로브나! 아니, 전엔 그랬어요, 돔나 파블로브나. 맞아요, 난 엄청 마셔댔고 심지어 토하기도 했습니다. 하지만 돔나 파블로브나, 요즘 저는 빵을 더 좋아합니다."

"바보 같은 양반." 돔나 파블로브나가 말했다. "당신, 내게 와서, 한다는 소리가……"

"돔나 파블로브나, 전 당신을 정말 사랑합니다!" 자베시킨이 외쳤다. '자베시킨, 창문에서 뛰어내려'라고 말씀하시면, 뛰어내리겠습니다. 돔나 파블로브나! 깔창처럼 바위 위에 누워서도 나는 그 이름을 찬양하겠어요."

"그래요, 그래." 돔나 파블로브나가 얼굴을 붉히며 말했다.

그러고는 갑자기 방에서 나가버렸다. 자베시킨이 암염소에게 가려고 했을 때, 돔나 파블로브나가 다시 돌아왔다.

그녀가 단호하게 말했다.

"맹세해. 감정에 대해 말한 것이 모두 사실이라고 맹세해……"

"십자가와 성스러운 성상 앞에서 당신에게……"

"좋아, 괜히 맹세한 것이 아니야. 결혼하려면 반지를 사야 하고…… 또 합창단도."

"합창단!" 자베시킨이 소리쳤다. "돔나 파블로브나, 합창단, 너무 멋있습니다. 너무 고상해요…… 손에 키스해도 될까요, 돔나 파블로브나? 자, 이렇게…… 돔나 파블로브나, 나는요, 왜 늘 일이 잘 안 풀릴까? 하고 생각했습니다. 직장에서 너무 견디기 힘들어서 집으로 뛰어왔는데…… 이런 감정은……"

돔나 파블로브나는 방 한가운데에 의기양양하게 섰다.

자베시킨이 그녀 주위를 돌면서 말했다.

"그래요, 돔나 파블로브나. 감정은…… 돔나 파블로브나, 어제 나는 침대에서 이리저리 뒹굴다가 지각했습니다. 출근했을 때, 이반 나즈무디노비치가 엄하고 무섭게 날 바라보았습니다. 난 앉았지만 일을 할 수가 없었습니다. 난 앉은 채 책 위에 데(Д)와 페(П)*를 그렸습니다. 이반 나즈무디노비치는 쐐기 표시를 세웠습니다. 돔나 파블로브나, 우리 사무실에서는 누군가 지각하면 이름 옆에 쐐기 표시를 합니

---

* 러시아어의 자음들.

274

다. 그러고서 이반 나즈무디노비치가 말하는 겁니다. '자베시킨에게
쐐기가 여섯 개라…… 이거면 구조조정에서 잘리겠군……' "

"그러라고 해!" 돔나 파블로브나가 말했다. "됐어."

돔나 파블로브나는 일주일 후로 결혼 날짜를 잡았다.

7

전신기사가 이삿짐을 꾸리고 "나쁜 일은 다 잊어주세요, 돔나 파블
로브나. 전 내일 이사 나갑니다"라고 말한 그날, 모든 일이 물거품이
되고 말았다.

그날 밤 자베시킨이 돔나 파블로브나 앞, 침대 위에 앉아 말했다.

"돔나 파블로브나, 행운이란 것은 쉽게 오지 않습니다. 오늘날엔
미국에 가서 방을 구하는 것도 아주 간단한데 말입니다. 그런데 내가,
돔나 파블로브나, 자, 보세요, 내가 그때 지나가던 사람을 따라가지
않았다면 아무 일도 없었겠지요. 돔나 파블로브나, 나는 당신을 보지
도 못했을 겁니다. 내가 내 귀를 볼 수 없는 것처럼 말이죠. 그런데 거
기에 광고, 여성 사절. 헤헤, 여자들에게 귀싸대기를 갈긴 격이죠, 돔
나 파블로브나!"

"자, 자라고!" 돔나 파블로브나가 퉁명스럽게 말했다. "말 다 했으
니 자!"

"아니요." 자베시킨이 몸을 일으키며 말했다. "난 잘 수 없습니다.
돔나 파블로브나, 난 가슴이 터질 것 같습니다, 뻥하고…… 돔나 파

블로브나, 생각해보면 말입니다…… 여기 있는 암염소는, 돔나 파블로브나, 그런 행복을 느끼지 못합니다……"

"뭔 소리?"

"돔나 파블로브나, 암염소는 말입니다. 그런 행복을 느낄 수 없습니다. 암염소가 뭡니까? 암염소는 바보죠. 암염소는 그저 암염소란 말입니다. 바보는 풀이나 뜯어먹죠. 염소는 아무것도 요구하지 않습니다. 염소를 넵스키 대로로 내보내보세요. 소동이 나고, 창피한 일이 생길 겁니다. 그런데 인간은, 돔나 파블로브나, 누가 뭐래도 요구하는 것이 있습니다. 자, 나를 예로 들어볼게요. 내가 넵스키 대로를 갑니다. 진열창에 호박이 있어요. 난 상점에 들어가 호박 값이 얼마일까를 생각해보고, 알아냅니다. 내가 들어가는 겁니다. 아무튼 역시 자신을 인간으로 느끼게 됩니다. 그런데 돔나 파블로브나, 염소는 뭡니까? 우리 마시카를 예로 들어봅시다. 바보죠, 바보입니다. 사람은 염소를 때릴 수도 있고, 도살할 수도 있습니다. 그렇게 해도 법 앞에 책임을 지지 않아요. 유리처럼 깨끗하죠."

돔나 파블로브나가 앉았다.

"어떤 염소," 그녀가 말했다. "염소는 때에 따라 사람을 뿔로 받아 죽일 수도 있어."

"돔나 파블로브나, 인간은 염소를, 염소 머리통을 막대기로 때릴 수 있습니다."

"그러다 젖이 나오지 않을 수도 있어. 요즘 전신기사가 그래서……"

"전신기사가 그렇다니요?" 자베시킨은 놀랐다. "왜 그가 거길 드나듭니까? 그리고 젖염소인데 어떻게 젖이 나오지 않을 수가 있죠?"

"안 나온다니까!"

"말도 안 됩니다, 돔나 파블로브나." 자베시킨이 방 안을 왔다갔다 하며 말했다. "이, 이건 정말…… 이게 뭡니까? 이것은 반란입니다."

돔나 파블로브나도 일어섰다.

"이게 뭡니까?" 자베시킨이 말했다. "정말 이건, 돔나 파블로브나, 당신은 지금 혁명을 말하고 계신 겁니다…… 언젠가 갑자기 말입니다, 돔나 파블로브나, 동물들이 혁명을 선언할 겁니다. 예를 들어 젖을 위해 키우는 암염소나 암소들이 말입니다. 그렇죠? 언젠가는 그런 일이 있을 수도 있죠? 젖을 짜는데, 머리로 받고 발굽으로 배를 찰 겁니다. 우리 마시카도 발굽으로…… 돔나 파블로브나, 우리 마시카도, 예를 들어, 이반 나즈무디니치를 받아버릴 수 있죠?"

"식은 죽 먹기지." 돔나 파블로브나가 말했다.

"돔나 파블로브나, 만일 마시카가 이반 나즈무디니치 말고 뉴시킨 동무를 받아버리면요? 뉴시킨 동무가 차에서 내리는 겁니다. 그러면 아르세니가 뉴시킨 동무, 어서 오십시오, 하고 문을 열어주죠. 마시카는 그때 문 뒤에 숨어 있습니다. 뉴시킨 동무가 한 걸음을 떼면, 그때 염소가 가까이 가서 배를 푹 찔러버리는 거죠, 무식하게."

"식은 죽 먹기지." 돔나 파블로브나가 말했다.

"그러면 사람들이 몰려들 겁니다. 사무원들이요. 뉴시킨 동무는 이제 무지막지하게 화가 납니다. 그가 말합니다. '누구 염소야, 날 받은 게?' 이반 나즈무디니치가 어느새 나타나 꼬리를 흔듭니다. '자베시킨의 염소입니다.' 그가 말합니다. '그것 말고도 이름 옆에 쐐기가 여섯 개 있고요.' '아, 자베시킨.' 위원장 동무가 말합니다. '구조조정에서 잘라버려.' 이러면 끝입니다."

"그런데 당신 왜 염소에 대해서 자꾸 엉뚱한 소릴 하는 거야?" 돔나 파블로브나가 물었다. "그게 왜 당신 염소야?"

"왜라뇨?" 자베시킨이 말했다. "물론 돔나 파블로브나, 염소는 내 것이 아니라 당신 것입니다. 하지만 결혼하면, 그것도 정식으로 말입니다. 그러면 남편으로서 어느 정도는……"

"당신이 구라를 풀고 있는 게 대체 어떤 염소야?" 돔나 파블로브나가 화를 냈다. "당신, 전신기사에게서 염소 샀어?"

"전신기사라니요?" 자베시킨은 경악했다. "당신 염소잖아요, 돔나 파블로브나."

"아니야, 내 염소 아니야…… 전신기사 염소야. 이런 병신 같은 놈, 이 호로자식, 당신 염소가 목적이었던 거야?"

"어찌 이런 일이." 자베시킨이 중얼거렸다. "당신 염소, 정말 당신 염소인데요, 돔나 파블로브나."

"당신 돌았어? 당신, 염소를 계산에 두고 있었던 거지? 이제 속이 훤히 들여다보이는군. 내장까지 다 보여……"

돔나 파블로브나는 무지막지하게 화를 내며 침대에서 일어섰다. 그녀는 풍만한 어깨에 담요를 두르고 방에서 나가버렸다. 자베시킨은 침대에 누웠다. 그렇게 그는 꼼짝도 하지 않고 아침까지 누워 있었다.

아침에 전신기사가 자베시킨에게로 왔다.

"저," 전신기사가 인사도 하지 않고 말했다. "돔나 파블로브나께서 24시간 안에 나가라고 지시하셨습니다. 그러지 않으면 고발하겠다고."

"이반 키릴리치," 부엌에서 돔나 파블로브나가 소리 질렀다. "그 개 새끼에게 전해. 내가 그놈을 보고 싶어 하지 않는다고."

"돔나 파블로브나께서," 전신기사가 말했다. "당신을 보고 싶지 않으시답니다."

돔나 파블로브나가 부엌에서 소리쳤다.

"이반 키릴리치, 그 개자식이 매트리스에 구멍을 내지 않았는지 확인해봐. 요즘 담배를 피웠거든. 어떤 사기꾼 같은 놈이 내 집에 살았는데, 매트리스에 구멍을 냈었어. 그 나쁜 새끼는 매트리스를 뒤집어놓으면 내가 모를 거라고 생각한 거야. 사기꾼들, 나는 그놈들의 내장까지 꿰뚫고 있어. 쌍놈의 새끼들!"

자베시킨은 침대에서 의자로 옮겨 앉았다. 슬펐다.

"어디로 이사하죠?" 자베시킨이 말했다. "이사할 곳이 없는데……"

"돔나 파블로브나, 이사할 곳이 없다고 합니다." 전신기사가 매트리스를 검사하며 말했다.

"가고 싶은 데로 가라고 해. 내가 알 게 뭐야! 그놈 인생에 내가 무슨 상관이야."

전신기사 이반 키릴리치는 매트리스를 살펴보았다. 그는 꼭 그럴 필요는 없는데 침대 밑을 들여다보고는 자베시킨에게 윙크를 하고 나가버렸다.

저녁에 자베시킨은 손수레에 짐을 실은 후 정처 없이 길을 나섰다.

대문 밖으로 나왔을 때, 농업 연구가 팜푸시킨을 만났다. 농업 연구가가 물었다.

"이 사람아, 어디로? 어디로 가시는가?"

자베시킨은 조용히 미소지으며 말했다.

"아시다시피…… 뭐, 돌아다니다보면……"

농업 연구가는 그의 뒤를 오랫동안 바라보았다. 손수레 위, 파란 베개 위에 놓인 잡동사니 꼭대기에 구두 한 켤레가 놓여 있었다.

9

자베시킨은 그렇게 망했다.

그의 이름 옆에 쐐기 표시가 여덟 개가 되었을 때, 회계원 이반 나즈무디노비치가 말했다.

"이제 됐네, 자베시킨. 자넨 구조조정으로 잘렸어."

자베시킨은 직업 소개소에 실업자로 등록했다. 그러나 일을 찾을 수 없었다. 그리고 그가 어떻게 사는지 아무도 몰랐다.

어느 날, 돔나 파블로브나는 데럅킨스키 시장에서 그와 마주쳤다. 고물시장이었다. 자베시킨은 외투를 팔고 있었다.

자베시킨은 다 떨어진 구두를 신고 여성용 민소매 상의를 입고 있었다. 면도도 하지 않았고, 웬일인지 불그죽죽한 수염이 자라 있었다. 알아보기가 힘들었다!

돔나 파블로브나는 그에게로 가 외투를 만지며 물었다.

"이 외투, 얼마면 돼?"

그 순간 그녀는 알게 되었다. 그는 자베시킨이었다.

자베시킨이 눈을 내리뜨고 말했다.

"그냥 가져가세요, 돔나 파블로브나."

"안 돼." 돔나 파블로브나가 얼굴을 찌푸리며 대답했다. "내가 필요한 게 아니야. 이반 키릴리치가 필요해. 이반 키릴리치가 겨울 외투가 없어서 그래…… 난 필요 없어. 그리고 말이지, 당신한테 돈은 안 줄거야. 정말이야. 대신 휴일에 와서 점심이나 먹어."

그녀는 외투를 어깨에 둘러메고 가버렸다.

일요일에 자베시킨이 왔다. 그는 부엌에서 점심을 먹었다. 그는 당황해하며 더러운 발을 걸상 아래에 감추었다. 그는 머리를 흔들며 말없이 먹었다.

"자베시킨 형제, 어때?" 전신기사가 물었다.

"괜찮습니다, 이반 키릴로비치. 참고 있습니다." 자베시킨이 말했다.

"그래, 참아, 참아야지. 참지 않는다는 것은 러시아인에게 불가능한 일이야. 참게, 자베시킨 형제."

자베시킨은 점심을 먹고 빵을 주머니에 감추었다.

"내가 생각해봤거든요." 전신기사가 웃으며 말하고는 눈짓을 했다. "돔나 파블로브나, 요 개놈의 새끼가 왜 내게 알랑방귀를 뀔까 하고 생각해보았어요. 그런데 요놈이 암염소를 가지려고 그물을 치더군요."

자베시킨이 떠날 때, 돔나 파블로브나는 조용히 물었다.

"그런데 눈을 비롯해서 모든 게 거짓말이었지? 솔직히 말해봐."

"거짓말이었습니다, 돔나 파블로브나. 거짓이었어요." 자베시킨이
한숨을 쉬며 말했다.

"그렇군. 이제 가, 가라고." 돔나 파블로브나가 쓸쓸히 얼굴을 찌푸
렸다. "여기서 어슬렁거리지 마!"

자베시킨은 떠났다.

자베시킨은 휴일마다 점심을 먹으러 왔다. 전신기사 이반 키릴로비
치는 흐흐 웃으며 눈을 찡긋거리고, 자베시킨의 배를 툭 치며 물었다.

"어때, 자베시킨 형제. 자네가 잘못했지?"

"잘못했지요, 이반 키릴리치……"

돔나 파블로브나가 엄하게 말했다.

"놔둬, 이반 키릴리치! 먹게 놔둬. 외투가 한두 푼짜리는 아니잖
아."

점심 식사 후에 자베시킨은 염소에게 갔다. 그는 염소에게 빵껍질
을 주며 말했다.

"오늘은 양파를 넣은 수프가 나왔어. 그리고 두번째는 순무가……"

염소는 멍하니 자베시킨의 눈을 쳐다보며 빵을 씹었다. 그다음에는
자베시킨의 손을 핥았다.

어느 날 자베시킨이 점심을 먹고 빵껍질을 주머니에 숨기자, 전신
기사가 말했다.

"빵껍질 내려놔. 그래! 다 처먹었으면 꺼져. 염소 근처에서 어슬렁

거리지 말고!"

"놔둬." 돔나 파블로브나가 말했다.

"아닙니다, 돔나 파블로브나. 내 염소거든요!" 전신기사가 대답했다. "허락할 수 없어요…… 내 염소를 망치고 있어요. 의도가 나빠요. 왜 염소에게 가서 마법을 거는 겁니까?"

자베시킨은 더이상 점심을 먹으러 오지 않았다.

풍자의 거장이 창조한 작은 사람들 이야기

웃음과 풍자의 거장

미하일 미하일로비치 조셴코는 1895년 페테르부르크에서 태어났다. 아버지는 귀족 출신으로 화가였고, 어머니는 배우였다. 조셴코는 1913년 고등학교를 졸업하고, 같은 해 9월 페테르부르크 대학 법학과에 입학했다. 그러나 1914년 수업료 미납으로 제적되어 파블롭스코예 군사학교에 입학했고, 제1차 세계대전이 발발하자 1915년 초 장교로 임용되어 전선에 투입되었다. 그는 수차례 훈장을 받기도 했지만, 1917년 2월 심장병이 발발하여 징집 해제된다. 독일군이 살포한 가스에 의한 중독이 병의 원인이 되었다고 한다.

페테르부르크로 돌아온 조셴코는 훗날 아내가 된 케르비츠-케르비츠카야를 만났다. 1917년 10월혁명 후 러시아는 곧 내전에 휩싸이게 되었다. 그는 1919년 1월 붉은 군대에 자원입대하여 전투에 참가

했지만, 심장병이 악화되어 같은 해 4월 제대했다. 제대 후 그는 한동 안 형사와 경찰로 일했다.

혁명과 그 뒤를 이은 내전의 시대(1917~1921년)에 먹고사는 문제의 해결은 존재의 핵심 사안이었다. 이것은 조셴코에게도 예외가 아니었다. 그는 자신의 직업이 '구둣방 도제로부터 무대 배우에 이르기까지 두루 걸쳐 있다'고 고백한 바 있다.

그는 1917년부터 1920년까지 독서와 습작에 열중하는 한편, 열 가지 이상의 직업에 종사하였다. 생계를 위해 우체국 직원, 제화공, 전화 교환수, 토끼 사육원, 양계 지도원 등의 직업을 전전했으며, 북부 지방에서는 사냥꾼으로, 남부 지방에서는 과수원 노동자로 일하기도 했다. 노동은 병약한 조셴코에게 힘겨운 것이었지만 생활고를 해결하기 위해 필수적이었고, 이런 밑바닥 체험은 나아가 그의 문학적 자양분이 되었다.

다양한 직종을 전전하는 와중에도 조셴코는 1919년 '세계문학' 출판사의 창작 스튜디오에 입학하여 문학 수업을 계속했다. 이곳에서 그는 당대 소비에트 러시아의 저명한 작가들과 친교를 맺게 되었고, 1921년 케베린, 이바노프, 룬츠, 페딘, 폴론스카야 등과 함께 문학 그룹 '세라피온 형제들'을 결성하였다. 독일 작가 호프만의 소설집 『세라피온 형제들』의 영향을 받은 이들은 문학 창작을 정치적 간섭으로부터 해방시킬 것을 요구했다.

극도로 정치화된 혁명의 시대에 예술을 이념으로부터 독립시키려는 것은 어렵고도 위험한 시도였다. 그러나 표현의 자유, 낭만적 정서, 그리고 문체와 구성 실험과 같은 공동의 목표가 그들을 하나로 결속시켰다. 그들은 혁명을 반대하지 않았고, 오히려 혁명에 참가했던 혁명의 후예였다. 다만 그들은 혁명에 대해 기록할 때 내용과 형식 그리고 방법에 대해 지시받는 것을 거부했다.

1922년 짧은 이야기들을 모은 작품집 『나자르 일리치 시네브류호프 씨의 이야기』가 출판되어 조셴코는 명성을 얻게 되었고, 이때부터 그는 전업작가의 길로 들어선다. 1920년대 중반 조셴코는 소련에서 가장 인기 있는 작가 중 하나가 되었다. 조셴코가 1920~1930년대에 쓴 수백 편의 3~5쪽짜리 짧은 이야기들은 유머와 풍자의 정서로 충만했다. 또한 그는 이들 작품에서 새로운 유형의 소비에트 인간과 언어를 창조했다. 이들은 혁명시대의 영웅적 주인공이 아니라, 비교양적이고 때로는 속물적이지만 삶의 권리를 쟁취하고 생존하기 위해 싸우는 인간 군상이다. 조셴코는 이들의 속되고 비문화적인 언어를 문학 속에 끌어들여 새로운 문화현상의 위치를 부여하였다.

조셴코는 『작가에게 보내는 편지』에서 이렇게 고백하고 있다.

사람들은 보통 내가 '아름다운 러시아어'를 훼손하고 있으며, 웃길 목적으로 일상의 의미와는 다르게 단어를 사용하고, 존경스러운 독자 대중을 비웃기 위해 고의적으로 망가진 언어로 글을 쓴다고 생각한다.

그것은 사실이 아니다. 나는 거의 아무것도 훼손하지 않는다. 나는 거리의 사람들이 현재 말하고 생각하는 언어로 글을 쓴다. 내가 이렇게 하는 것은 문학과 길거리 사이의 엄청난 균열을 일시적으로나마 메우기 위해서이다.

혁명영웅과 내전의 전사들이 언론과 문화의 중심을 차지하던 시대에, 조셴코는 소련 밑바닥 사람들의 삶과 언어, 그리고 거창한 구호 뒤에 숨은 천박하고 어리석은 욕망과 살아남기 위한 처절한 노력을 이야기 속에 담아냈다. 이야기 속의 현실은 영웅적이지도 장엄하지도 않다. 독자들은 조셴코가 그려낸 소련의 현실이 과장되어 있고 그로테스크함에도 불구하고 정확하다고 생각했다. 그리고 그것이 그의 영광과 몰락의 원인이 되었다.

짧은 이야기들 외에도 조셴코는 1920년대에 삶에서 밀려난 사람들을 다룬 중단편을 발표했다. 후에 이 소설들은 『감상소설』이라는 단행본으로 출간되었다.

조셴코는 희극적인 짧은 이야기들에서 웃음과 풍자의 재능을 발휘한 반면, 1930년대의 작품에서는 인간에 대한 탐구를 시도한다. 『되찾은 젊음』(1933)은 회춘에 성공한 노학자가 젊은 여인을 만나 결혼하려 하지만, 너무 많은 어려움 때문에 포기한다는 이야기다. 회춘의 문제를 문학적으로 다룬 이 소설은 일반 독자뿐만 아니라 학계에도 비상한 관심과 논란을 야기했고, 학술회의에서 논의된 것은 물론 과학 출판물에 서평과 비평이 발표되기도 했다. 심지어 조셴코는 조건반사에 대한 연구로 유명한 소련의 심리학자 파블로프의 학술 모임에 초대받기도 했다. 이 작품은 인간 내면에 대한 문학적 탐구인 동시에 과학에 대한 패러디였다. 조셴코는 사람들이 자신의 환상을 매우 심각하게 받아들였다는 사실을 자랑스러워하기도 했다.

『되찾은 젊음』에 대한 후속 작품으로 그는 『하늘색 책』(1936)을 발표하였다. 이 작품에서 그는 돈, 사랑, 교활, 실패, 기이한 사건과 같은 주제의 짧은 이야기들을 소개한다. 그는 이 이야기들을 '인간관계의 짧은 역사'라고 정의하였고, 철학사상이 이 이야기들을 관통하고 있다고 했다. 『하늘색 책』은 엄청난 관심과 반응을 일으켰지만, 이후 '개인의 개별적 결함에 대한 긍정적 풍자'의 범주를 넘어서는 작품의 발표는 실질적으로 금지되고 만다.

1932년 소련 공산당 중앙위원회는 기존의 모든 문학단체를 해체한 후 작가동맹을 설립하고, 동맹의 하부 조직을 시, 군, 면, 리, 나아가 작업장까지 확대했다. 모든 작가는 작가동맹에 의무적으로 가입해야 했고, 문학 정책가들은 작가동맹 조직을 통해 창작뿐만 아니라 출판, 유통, 판매와 보급, 비평, 독서 교육, 작가의 복지 등 문학과 관련된 모든 분야를 관리하고 통제했다. 또한 1934년 제1차 작가대회에서 사회주의 사실주의를 공식적인 문학 원칙으로 채택함으로써, 문학 정책가들이 문학적 삶의 조직과 내용을 완전히 장악하고 통제할 수 있게 되었다. 특히 작가는 작가동맹 조직 밖에서는 책을 출판할 수 없게 되었고, 먹고사는 문제에서 창작에 이르기까지 작가동맹의 통제를 받게 되었다.

이와 더불어 소련의 비평계는 풍자를 무력화하려는 시도를 감행했다. 그들은 혁명을 통해 계급 간의 대립과 모순이 제거되었으며, 이와 더불어 소련사회에서 풍자의 대상도 사라졌다는 주장을 전개했다. 이에 따라 소련의 공적 현실에 대한 공격적 풍자는 금기사항이 되었고, 개인의 개별적 결함에 대한 긍정적 풍자라는 개념이 만들어졌다. 이로써 풍자의 대상이 공적 영역에서 사적 영역으로 축소되었고, 풍자에서 긍정성을 요구하는 이율배반이 공공연하게 요구되었다.

또한 현실에 대한 풍자가 발견되는 경우, 정책자들과 관제 비평가들은 '소련 체제에 대한 험담'이라고 낙인찍었다. 이것은 문학에 대한 이념 재판이었으며, 낙인찍힌 작가는 작가동맹에서 축출되기도 했다. 당과 작가동맹이 문학작품의 생산과 유통 그리고 소비 망을 모두 장악한 상황에서 작가동맹에서 축출되는 것은 생존 수단의 박탈을 의미했다. 이러한 상황은 1936년을 전후한 대숙청에 의해 강화되었다.

심약했던 조셴코는 이와 같은 상황 변화에 보조를 맞추려고 노력했다. 그는 어린이를 위한『레닌 이야기』를 비롯해, 여러 편의 중립적 작품을 발표했다. 그러나 이념적 현실에 보조를 맞추려는 노력에도 불구하고, 당과 문학 정책자들은 조셴코에 대한 의심을 거두지 않았다. 특히 제2차 세계대전중인 1943년에 자기 분석적 소설『해 뜨기 전』이 발표되자 조셴코는 당의 공개적 비판에 직면하게 되었다.

모든 작가들이 인민의 영웅적 투쟁과 조국 수호를 찬미하던 시대에 조셴코는 개인적 문제에만 매달리고 있으며, 공포, 성(性), 우울과 나약함과 같은 주제는 시대의 정신과 요구에 부응하지 못한다는 것이었다. 관제 비평가들은 그에게 '해로운 프로이트파'라는 낙인을 찍었다. 같은 해 공산당 중앙위원회 선전선동부는 조셴코의 소설을 저질스럽고 비예술적이며 정치적으로 해로운 작품으로 규정하였다.

이어서 작가동맹 간부회는 조셴코를 공식적으로 비난했고, 레닌그라드 당서기 즈다노프는 선전선동부 서기 마흐노프를 움직여, 조작된 독자 편지를 당 기관지『볼셰비키』에 게재한다. 이 편지에서 네 명의 독자들은 조셴코를 다음과 같이 단죄하였다.

조셴코는 거의 술주정꾼, 사기꾼, 방탕한 사람에 대해서 쓴다. 이것은 우리 독자들의 얼굴에 더러운 침을 뱉는 행위이다. (……) 조셴코는 소설에서 우리 인민을 비방하고, 세태를 왜곡하며, 극도의 혐오감을 야기하는 내용에만 탐닉함으로써, 인간에 대한 야비하고 무시하는 태도를 선전한다.

그의 친구였던 작가동맹 의장 티호노프가 그를 공개적으로 비난했고, 1944년 7월 그는 국가안전위원회(KGB)에서 취조를 당한다. 그러나 당 조직, 정보기관, 작가동맹, 언론기관을 통한 지속적이고 집요한 공격에도 조셴코는 1946년 8월까지는 과거의 인기와 명성을 유지할 수 있었다.

제2차 세계대전의 승전국이 된 소련은 1946년에 이르러 전쟁중 느슨해진 내부의 이념투쟁과 반자본주의 선전을 강화한다. 이때 문학정책 분야에서 조셴코와 안나 아흐마토바가 공격의 표적이 되었다.

1946년 8월 9일 모스크바 중앙위원회 조직국에서 회의가 개최되었다. 이 회의에는 스탈린, 레닌그라드 당서기 즈다노프 그리고 선전선동부장 알렉산드로프를 비롯한 스물다섯 명의 관료와 작가동맹 의장 티호노프 등 여러 작가들이 참석했다. 스탈린이 십 년 만에 직접 조직국 회의에 참석했다는 사실은 이 회의의 중요성을 잘 보여주고 있다. 레닌그라드의 문학정책 일반을 비판적으로 다룬 이날 회의에서 조셴코에 대한 발언은 그의 동화 「원숭이의 모험」을 중심으로 이루어졌다.

원래 「원숭이의 모험」은 어린이를 위한 짧은 이야기로 1945년 아동

문학 잡지 『무르질카』에 발표되었고, 1946년 문학잡지 『별』에 다시 게재되었다. 동물원을 탈출한 원숭이가 도시에 나와 겪는 모험이 이야기의 중심 내용을 이룬다. 이 모험은 진지하거나 위험한 사건이 아니라, 원숭이와 주변 인물들이 만드는 유쾌하고 희극적인 소동들로 구성된다. 희극적인 목적을 위해 많은 인물들의 성격과 행동이 우스꽝스럽고 엉뚱하게 묘사된다.

그러나 문학정책 담당자들은 인물들의 희극적 면모를 소련 인민에 대한 모욕으로 생각했다. 즈다노프는 조셴코와 그의 동화 「원숭이의 모험」을 실명을 거론하며 비판하였다. 특히 스탈린의 비판은 신랄했다. 스탈린은 "작가는 어떻소? 어떤 동물류에 속하는 거요?"와 같은 경멸적인 언급으로 즈다노프의 비판을 거들었고, 이어서 「원숭이의 모험」에 대해 "그것은 공허하기 짝이 없는 이야기요. 그것은 이성과 감성에 아무것도 주지 않아. 그것은 술 취한 머리에서 나온 이야기요. 광대놀음 같은 이야기요"라고 평했다. 스탈린이 절대권력을 휘두르던 당시의 정치 상황을 고려할 때, 스탈린의 이 같은 발언은 조셴코에 대한 사형선고나 다름없었다.

조직국 회의의 직접적인 결과는 1946년 8월 14일의 소련 공산당 중앙위원회의 결정으로 나타났다. 레닌그라드의 문학정책 전반을 비판한 이 결정문에서 조셴코는 '이질적' '반소비에트적' '비소비에트적' '속물적' '무사상적' '비정치적' '부르주아적'이라는 비난을 받았다. 조셴코의 비난에 동원된 이들 수식어는 향후 소련 관제 비평의 상투어로 자리잡게 된다. 중앙위원회의 결정이 발표되자 모든 기관과 언론매체가 조셴코에 대한 마녀사냥에 나섰고, 작가동맹은 조셴코의 제명을 결정했다. 조센코는 스탈린과 즈다노프에게 탄원과 사죄의 편지를 썼으나 답은 없었다.

중앙위원회의 결정은 조센코에게 치명적인 결과를 가져왔다. 모든 출판기관이 사실상 당의 통제하에 있었음을 고려할 때, 작가동맹에서의 축출은 작품 발표의 가능성과 경제적 기반을 박탈당했음을 의미했다. 작품을 출판할 수 없게 된 조센코는 1946년 이후 먹고살기 위해 주로 번역에 종사했다. 그러나 많은 경우 역서들은 역자인 조센코의 이름 없이 출판되었다. 그는 작가동맹에서 제공한 집을 반납해야 했고, 때로 돈을 벌기 위에 이런저런 일들을 하기도 했다. 그중 하나가 구두 수선이었다. 그의 아내도 에르미타쉬 박물관의 해설사와 타이피스트로 일했고, 생계를 위해 가재도구와 귀중품 그리고 옷을 팔아야 했다.

그리고 조센코는 친구들에게 돈을 빌렸다. 예를 들어 조센코는 1950년 6월 23일 페딘에게 보낸 편지에서 500루블을 빌려달라고 부탁하고 있다.

이런 현실적 변화가 없었다면 자네에게 돈을 꿔달라고 부탁하지는 않았을 걸세. 그러나 호전되고 있는 상황을 보면서 나는 빚을 청산할 수 있을 거라는 희망을 갖게 되었네. 난 자네에게 1500루블의 빚이 있네. 올해 안에 꼭 갚도록 하겠네.

난 지난 사 년간 불행을 헤쳐오면서 적지 않은 손실을 입었네. 그래서 새로 시작해야 하네. 그동안 지독하게 늙어버렸고, 성격도 나빠졌지. 보다시피 돈까지 빌리게 되었어. 전에는 없던 일이지.

여보게, 이런 변화에 대해, 그리고 나의 애처로운 간청에 대해 화내지 말게.

편지에 언급된 '현실적 변화'는 수차례의 탄원 끝에 1950년부터 작품을 발표할 수 있게 된 것을 말한다. 조셴코는 경제적 형편이 호전될 거라고 설명한 뒤 돈 이야기를 시작한다. 비록 호전된 상황과 그에 따른 자신감을 암시하고 있지만, 그것은 채권자를 안심시키려는 가련한 시도로 읽힌다. 더구나 이미 1500루블을 빌리지 않았는가! 이 편지는 그동안 조셴코가 겪은 경제적 어려움과 상처받은 자존심과 낭패감을 분명하게 보여주고 있다.

그는 스탈린 사망 후 1953년 7월 작가동맹에 복귀한다. 새로운 작품들을 발표했지만, 예전의 유머와 풍자는 사라졌고, 1956년에는 작품선집이 발행되었지만 제한적이었다. 작가동맹 복귀 후에도 그에 대한 통제와 간섭은 여전했으며, 경제적 어려움도 사라지지 않았다.

상징적인 것은 조셴코의 연금 문제였다. 1956년 코르네이 추콥스키를 비롯한 그의 동료들은 조셴코에게 연금을 지급할 것을 요청하는 탄원서를 제출한다. 처음에 관련 기관들은 즉각적인 반응을 보였으나, 소련 관료주의 체제에서 연금 문제의 해결은 지지부진했다. 1958년 2월 11일 조셴코는 추콥스키에게 쓴 마지막 편지에서 연금 문제 해결을 위해 노력해준 것에 대해 고마움을 표시했다.

당신의 다정한 편지에 진심으로 감사드립니다. 당신이 작가동맹을 방문해 모두가 나의 연금 문제에 대해 알게 된 것에 대해서도 그렇습니다.

그렇게 보잘것없는 연금에 대해서도 이토록 기뻐하다니, 내 인생이 정말 구질구질하다는 슬픈 생각이 듭니다. 이 연금은 (난 그렇게 생각합니다) 많은 고뇌에서 나를 보호하고, 내게 직업적 자신감을 줄 것입니다.

지난 십오 년 동안 나는 너무 많은 겁박을 당했습니다.

겁먹은 영혼의 작가. 이것은 자격 상실을 의미합니다.

문학에 대한 지난날의 열정을 이제 나는 느끼지 못합니다.

늙었지요! 당신의 젊음과 열정이 부럽습니다.

1958년, 자격 상실을 고백하는 겁먹은 영혼의 작가 조셴코는 정신적으로도 육체적으로도 완전히 소진되어 있음을 보여준다.

사망하기 이 주 전, 그는 처음이자 마지막으로 연금을 수령한다.

조셴코는 1958년 7월 22일 레닌그라드에서 사망했다.

창작 스튜디오 시절 추콥스키는 조셴코에 대해 "그토록 슬퍼 보이는 사람이 놀랍게도 다른 사람들을 웃게 만드는 경이로운 능력을 갖고 있었다"고 썼다. 실제로 그는 사색이 깃든 슬퍼 보이는 용모를 가졌으며, 불안으로 괴로워했고, 감성적이면서도 신경질적이었다. 그는 육체적으로나 정신적으로 나약한 인물이었다. 육체적 병 외에도 스스로 의사들을 찾아다니며 가상의 병을 만들어내기도 했다. 『되찾은 젊음』『하늘색 책』그리고 특히 『해 뜨기 전』은 자기 자신의 정신을 분석하고 진단하고 치료하는 작품이었다.

그러나 동시에 그는 유머와 냉소 그리고 풍자의 정서로 충만한 작가였다. 그의 많은 소품과 중단편은 웃음과 풍자의 프리즘으로 혁명 후의 러시아를 보여주는 작품들이며, 삭막한 이념의 시대를 풍요롭고 다채롭게 만든 기록이 되었다.

조셴코가 활동했던 혁명 후의 소련사회는 이념이 삶의 모든 가치를 지배하던 고도로 정치화된 사회였다. 특히 1946년의 중앙위원회의 결정과 그것을 전후로 한 사건들은 당(혹은 국가)에 의한 문학세계의 식민화 과정을 보여주는 전형적인 예이다.

스탈린주의로 정의되는 중앙집권적 사회주의는 조셴코와 같이 나약하면서도 인간적이고 자존심이 강했던 풍자작가에게는 견디기 힘든 체제였다. 선전선동부와 작가동맹에 소속된 문학정책 관료들의 전횡과 횡포는 조셴코에게 치명적이었다. 유쾌하고 희극적인 아동문학을 정치이념의 기준으로 평가하여 단죄하는 것도 문제가 있지만, 더 심각한 것은 정치권력이 권력과 제도를 동원하여 작가를 탄압했다는 사실이다.

작가로서 조셴코는 웃음과 풍자의 거장이었으나, 삶에서 그는 비극적 주인공이었다. 마치 웃음을 주지만 비극적 삶을 사는 작품의 주인공들처럼.

『감상소설』, 작은 사람들에 대한 이야기

『감상소설』이 발표된 1920년대는 일종의 과도기였다. 소련 정권은 혁명과 내전으로 붕괴된 경제의 회복을 위해 자본주의적 요소가 가미된 신경제정책을 실시하지만, 혁명의 역동성은 여전히 소련사회를 이끄는 동력이었다. 이 시기 러시아 혁명은 정치권력을 장악하는 정치혁명을 완료하고 사회혁명의 단계로 이행하고 있었다. 사회혁명은 인간의 의식을 포함한 사회, 문화, 교육 등 인간의 사회적 삶을 총체적으로 변혁시키는 것을 목표로 했다. 물론 인간과 삶의 사회주의적 개조가 사회혁명의 핵심 내용이었다.

문학도 이러한 목적을 위해 봉사하라는 요구를 피할 수 없었다. 문학에서 가장 특징적인 현상은 사회주의 투쟁과 건설의 선봉이 되는 혁명적 주인공들의 등장이었다. 고리키의 소설 『어머니』의 주인공 파벨을 통해 문학적으로 체현된 위대한 혁명세대는 오스트롭스키의 소설 『강철은 어떻게 단련되었는가』의 코르차긴에서 절정을 이루게 된다. 온갖 고난과 역경을 이겨내고 혁명을 위해 투쟁하는 영웅적 주인공과 거대한 혁명적 주제는 사회주의 문학 진영의 공통된 요구였다. 대표적 문학단체는 노동자 문학의 헤게모니를 선언한 라프였으며, 이들은 당이 제기한 과제를 해결하기 위한 당의 도구로 자처하였다.

신경제정책이 사회에 가벼운 자유의 바람을 일으켰음에도 불구하고, 1920년대는 여전히 혁명의 시대였고 사회의 모든 분야에서 사상투쟁이 치열하게 진행되었다. 안정된 삶을 위해서는 사회주의에 대한 신앙고백이 절실했으며, 그러지 않을 경우 심각한 불이익을 받거나 적으로 몰리는 것도 감수해야 했다.

『감상소설』 1판의 서문은 이러한 사회문화적 배경을 갖고 있고, 조셴코는 자신이 소련 문학의 주류와 대립하고 있음을 조심스럽지만 분명하게 밝힌다.

　이 책, 이 『감상소설』은 신경제정책과 혁명이 절정일 때 썼다.
　물론 독자들은 진실한 혁명적 내용, 거대한 주제, 지구적 과업과 영적 페이소스, 한마디로 충만하고 고상한 이념을 작가에게 요구할 권리가 있다.
　작가는 부유하지도 않은 독자들이 낭비하는 것을 원하지 않는다. 그래서 작가는 마음속 깊이 아픔을 느끼며, 이 감상소설집에는 영웅적인 것이 많지 않다는 사실을 미리 알려주는 바이다.
　특별히 이 소설집은 별로 잘나지 못한 작은 사람에 대한, 서민들에 대한 것이다.
　이런 변변찮은 주제를 택했다고 해서 작가를 욕하지 말기 바란다. 어쩌면 작가의 성격이 변변찮기 때문이다. 어쩔 수 없는 일이다. 능력이 이것밖에 안 되니 이렇게 할 수밖에 없다. (1판 서문)

　변명조의 서문에서 조센코는 자신의 성격이 변변치 않다고 말하고 있지만, 그렇다고 자신의 입장을 감추지는 않는다. 자신을 낮추면서도 할 말은 다 하는 독특한 문체 역시 위험한 시대를 살아야 했던 작가의 처지를 반영한다. 우리의 관점에서는 아무런 문제가 되지 않을 것 같은 소설을 쓰면서 굳이 콜렌코로프라는 가상의 작가를 내세운 것을 보면 소심한 조센코가 가졌던 걱정이 적지만은 않았던 것 같다.
　그가 분명하게 언급한 것처럼 『감상소설』은 거창한 주제와 영웅적 주인공 대신 일상의 자잘한 주제와 작은 사람들에 대한 이야기이다.

조셴코와 동시대인인 소설의 인물들은 제정 러시아에서 태어나 혁명을 겪고 내전에서 살아남아 1920년대를 살아가고 있다.

「아폴론과 타마라」의 아폴론 페레펜추크는 제1차 세계대전과 혁명 그리고 내전에서 돌아와 애인에게서 버림받고 공동묘지의 산역꾼으로 생을 마감한다. 「사람들」의 이반 이바노비치 벨로코피토프는 부유한 귀족의 자식으로 태어났으나 대책 없는 박애주의로 재산을 탕진하고, 근거 없는 추적 망상증으로 프랑스로 망명한 후, 다시 러시아로 귀환하여 현실 부적응자로 살다가 아내와 사회로부터 버림받고 행불자가 된다. 「무서운 밤」의 보리스 이바노비치 코토페예프는 극단적 비관주의와 과대망상증에 시달리다 무서운 밤에 벌어진 소동의 장본인으로 법정에서 벌금 25루블을 선고받지만, 아무 일 없었다는 듯 트라이앵글 연주자로 살아간다. 「꾀꼬리는 무엇을 노래할까」의 빌린킨은 혁명과 내전에서 산전수전 다 겪고 젊고 아름다운 약혼녀까지 얻었지만, 서랍장 때문에 홧김에 파혼하고 엉뚱한 여자와 결혼하여 후회막급한 인생을 산다. 「즐거운 모험」의 세르게이 페트로비치 페투호프는 데이트 비용 때문에 애태우다, 제때에 죽어준 친척 아주머니의 유산을 상속받아 아가씨와의 결혼에 성공한다. 「라일락 꽃이 핀다」의 볼로딘은 어린 아가씨에게 빠져 조강지처의 가족들에게 테러와 수모를 당하다 딸꾹질 덕분에 어린 애인과 결혼하지만, 그 와중에도 아내가 돈 욕심 때문에 결혼했을 거라는 의구심을 떨치지 못해 번민한다. 「지혜」의 이반 알렉세예비치는 오랫동안 두문불출하고 살다가 어느 날 갑자기 삶의 지혜를 발견했다면서, 잊었던 친구들을 초대하고 만찬을 준비하지만, 극도의 흥분 때문에 뇌출혈로 사망한다. 「암염소」

의 자베시킨은 우연한 기회에 돈 많고 못생긴 여인과 결혼하려다 염소 때문에 파혼당하고 파멸한다.

이처럼 『감상소설』의 모든 주인공들은 조셴코가 말한 것처럼 작은 사람들이다. 이들은 인생의 귀감이 되는 인물들이 아니다. 그들은 어리석거나 무능하고, 동시에 속물적이며, 때로 파렴치하기도 하다. 그들의 희망이라는 것도 자잘하고 부조리하고, 그나마 대부분의 경우 실현되지 않는다.

그러나 그들은 1920년대 소련의 거리에서 쉽게 마주칠 수 있거나 혹은 조셴코가 실제로 만났을 법한 현실적인 인물들이다. 그러므로 조셴코의 서문은 솔직하고 진솔하다.

그러나 어쩔 수 없는 일이다. 혁명 후 처음 몇 년간의 상황 그대로를 써야 한다. 나아가 우리는 이 사람들이, 위에서 언급한 계층이 아직은 세상에 아주 광범위하게 존재한다고 감히 생각한다. 이런 까닭에 우리는 비슷비슷한 작은 주인공들이 등장하는 소설집을 여러분의 높은 관심 앞에 내놓는다. (1판 서문)

인물들은 위대하지는 않지만 현실적이며, 광범위한 계층을 이루고 있었다. 그리고 조셴코는 동시대 문학의 주변에 속한 이들을 중심으로 끌어들였다.

『감상소설』을 읽을 때 인상적인 것은 화자의 역할이다. 여느 소설의 경우와 달리 화자는 몹시 수다스럽고, 장황하고, 감정적이다. 그는 가끔 허황되기도 하며, 자신의 불만과 불평을 노골적으로 드러내고,

냉소적이다. 예를 들면 이런 식이다.

> 물론 여섯 가지 외국어를 지껄일 줄 알고 많이 배운 어떤 비평가가
> 작가는 자신을 둘러싼 보잘것없는 인물들과 크지 않은 지방 무대를 기
> 피해서는 안 된다고 지적할 수도 있다. 작은 지방 사람들을 소재로 크
> 지는 않지만 다채로운 소품을 그려내면 더 좋다는 것이다.
> 아, 존경해 마지않는 비평가님! 어설픈 충고는 이제 그만! 당신 말이
> 아니더라도 이미 모든 것에 대해 깊이 생각했고, 이 길 저 길 돌아다니
> 느라 구두가 여러 켤레 해졌거든요. (「사람들」)

이처럼 화자는 때로 이야기를 전달하는 역할에 충실하지 않고, 이
야기에서 빠져나와 독자에게 직접 말을 걸거나 사적인 경험과 불만스
러운 의견을 토로하기도 하며, 이야기의 주제와 인물을 선택한 이유
를 설명하기도 하고 그에 대한 변명을 털어놓기도 한다.

개성화된 화자를 통해 조셴코는 독자와 대화를 시도하고, 주류 비
평가들을 비판하고, 동시대의 문학을 논하며, 창작의 방식과 주제 선
택의 과정을 드러내 보인다. 당시 공산당의 전위대를 자처했던 라프
가 문학과 비평의 헤게모니를 장악하던 시기에, 관제 비평에 불평불
만을 품은 화자의 수다는 위험한 일이었다. 조셴코는 자신과 화자 사
이에 콜렌코로프라는 허구의 작가를 배치함으로써 이 위험을 완화하
고 싶었던 것 같다. 이러한 시도가 모든 위험을 제거할 수는 없었겠지
만, 콜렌코로프를 내세움으로써 심리적 부담을 덜고 자유롭게 자신의
견해와 입장을 피력할 수 있었다.

『감상소설』의 모든 작품들은 좌절하고 실패한 주인공과 삶에 대한 이야기이며, 해피엔딩의 경우에도 서툴게 패러디된다. 조셴코는 자신의 고통과 우수 그리고 절망과 고뇌를 자신의 인물 속에 투영했는지도 모른다. 그러나 인물들의 좌절과 실패, 그들의 비극적 삶은 고전 비극의 비장미와 카타르시스를 제공하지 못한다. 오히려 그들의 말과 행동은 속물적이면서도 우스꽝스럽고, 소망과 음모는 유치하고 안쓰럽다. 그들의 실패와 죽음까지도 실소와 측은한 감정을 야기한다.

이런 하찮은 인물들과 삶에 대한 이야기를 읽는 것이 독자들에게 어떤 의미가 있을까? 독자로서 우리는 각각의 이야기 끝에서 다음과 같은 성격의 구절을 발견한다.

열다섯째 손님이 떠났을 때, 노파는 방으로 들어가 장에서 담요를 꺼내어 거울을 덮었다. 그다음에는 선반에서 복음서를 꺼내 소리 내어 읽기 시작했다. 노파는 이가 아파 그러는 것처럼 온몸을 흔들었다.

작고 분명치 않은 그녀의 음성이 끊어질 듯 이어졌다. (「지혜」)

인용은 친구들을 초대하고 파티 준비를 하다가 갑자기 죽어버린 이반 알렉세예비치에 대한 이야기의 마지막 부분이다. 수다스럽고 경박하기까지 하던 화자의 어조는 모든 이야기의 결말에서 진지하게 변화한다. 이반의 친구들은 파티에 초대를 받아 왔지만, 졸지에 초대한 친구의 문상객으로 변한다. 울 수도 웃을 수도 없는 이런 어처구니없는 상황이 종료된 뒤, 홀로 남은 노파는 복음서를 읽으며 이반의 죽음을 애도한다. 보잘것없는 인물들의 삶에 우월감을 느끼고 실소를 흘리던 독자들은 이 지점에서 자신의 삶과 죽음을 돌아보게 될 것이다. 그리고 문학작품이 독자의 내면을 비추는 거울이 될 수 있다면, 독자들은 자신의 모습 중 한 부분을 이 인물들 속에서 발견할 수도 있을 것이다. 1920년대의 소련 소설에서 자신의 모습을 발견하고 자신의 삶을 반추할 기회를 갖게 된다면, 바로 그것이 조셴코의 『감상소설』을 읽는 의미가 될 것이다.

백용식

1895년   페테르부르크에서 화가인 아버지와 배우인 어머니 사이에
         서 태어남.

1913년   고등학교를 졸업하고 페테르부르크 대학 법학과에 입학함.

1914년   학비를 내지 못해 학업을 중단하고, 같은 해 군사학교에 입학함.

1915년   제1차 세계대전 발발로 속성 군사과정을 이수한 후 전선에
         배치됨.

1917년   장교로 근무하며 훈장을 받기도 했지만, 독일군이 살포한
         가스에 중독되어 심장병이 발발하여 징집 해제됨. 페테르
         부르크로 귀환. 후에 아내가 된 케르비츠-케르비츠카야를
         만남. 우체국장으로 근무함. 러시아 혁명과 함께 러시아에
         내전이 시작됨.

1919년   1월 말에 붉은 군대에 자원입대하지만, 같은 해 4월 심장병
         이 악화되어 제대함. 그후 형사, 제화공, 전화 교환수, 토끼
         사육원, 양계 지도원, 사냥꾼, 과수원 노동자 등의 직업을
         전전함. '세계문학' 출판사의 창작 스튜디오에서 문학 수업
         을 시작하고 그린, 구밀료프, 만델시탐 등의 작가들과 친교
         를 맺음.

1920년   어머니 사망. 케르비츠-케르비츠카야와 혼인신고.

1921년   1월에 문학 그룹 '세라피온 형제들' 결성.

1922년   여러 소품을 쓰고 발표함. 첫번째 단행본 『나자르 일리치
         시네브류호프 씨의 이야기』가 출판됨.

1923년   훗날 『감상소설(Сентиментальные повести)』에 수
         록된 「암염소(Коза)」를 비롯하여 많은 소품과 단편을 발
         표함.

1924~1929년	1924년 짧은 이야기를 모은 단행본 『귀족부인(Аристокр атка)』, 1927년 『감상소설』 초판이 출간되는 등 작가로서 성공을 거둠.
1930년	네 권으로 된 선집 출간.
1931년	다섯 권으로 된 선집 출간. 구시대 지식인의 몰락을 다룬 『미셸 시냐긴』 발표.
1932년	『되찾은 젊음(Возвращенная молодость)』을 위한 자료를 수집하고, 프로이트, 파블로프의 저작을 비롯하여 생리학, 심리학, 의학 관련 서적을 연구함.
1933년	『되찾은 젊음』이 발표되고, 같은 해 리가 망명문학 서클에서도 출판됨.
1934년	고리키가 『되찾은 젊음』에 대한 검열사항을 취소해달라는 청원서를 제출함.
1936년	『하늘색 책(Голубая книга)』 출판. 고리키 사망. 추모사 「큰 슬픔」 발표.
1937년	대숙청이 진행되는 동안(1936~1938년) 처남 부부가 체포되자 그들의 아들을 양육함.
1938년	작가동맹 레닌그라드 지부 간부회 임원으로 선출됨.
1939년	노동의 붉은 기치 훈장 받음.
1941년	『레닌 이야기』 출판. 6월 독일군이 소련을 침공함. 신문에 반파시즘 에세이 발표. 카자흐스탄의 알마아타로 피란.
1942년	알마아타에서 모스크바 영화사 '모스필름'을 위해 작업함 (영화 〈군인의 행복〉, 시나리오는 1946년 출판됨), 소설 『해 뜨기 전(Перед восходом солнца)』 집필 시작. 반파시즘과 제2차 세계대전에 대한 글을 발표함.
1943년	소련 공산당 중앙위원회 문화분과의 초청으로 모스크바 도착. 풍자잡지 『악어』의 책임 편집자 직책을 제안받지만 거

절하고, 대신 편집위원으로 일하기로 함.『해 뜨기 전』의 연재를 완료함.『해 뜨기 전』의 출간 중단 소식을 듣고, 스탈린에게 도움을 요청하는 편지를 씀. 중앙위원회 조직국은 『해 뜨기 전』을 정치적으로 해롭고 반예술적인 작품이라고 비판함. 작가동맹 확대회의가『해 뜨기 전』을 인민의 이익에 반하는 작품이라 규정함. 조셴코는 풍자잡지『악어』의 편집위원회에서 제명됨.

1944년 1월 당 기관지『볼셰비키』에 조셴코의 오류를 비판하는 독자 편지「한 해로운 소설에 대하여」가 게재됨. 2월 작가동맹 의장 티호노프가『해 뜨기 전』을 비난함. 4월 허락을 얻어 레닌그라드로 돌아감. 7월 국가안전위원회(KGB) 레닌그라드 지부에 소환되어『해 뜨기 전』과 관련된 30여 개의 질문에 답함. 단편과 에세이를 썼지만 신문과 잡지가 게재를 거부함. 조셴코 가족은 극도의 심리적 불안과 가난을 겪으며 물건을 팔아 생계비를 조달함.

1945년 어린이 잡지『무르질카』에「원숭이의 모험(Приключения обезьяны)」발표.

1946년 희극「돛천(帆布) 가방」초연. 제2차 세계대전 공로메달을 받음. 7월 문학잡지『별』에「원숭이의 모험」이 게재됨. 8월 '잡지『별』과『레닌그라드』에 대한 중앙위원회 결정'이 발표됨. 스탈린에게 탄원 편지 발송. 작가동맹에서 제명됨. 식량 배급표 발급 중단. 출판사, 잡지, 극장은 계약을 파기하고, 선금 반환을 요청함. 조셴코는 물건을 팔아 연명하고 구둣방에서 일함.

1947~1952년 생계를 위해 주로 번역에 종사함. 이야기와 희곡을 썼지만 대부분 출판되지 않았고, 연극 공연도 실현되지 않음.

1953년 1월 문학재단이 대출금 반환을 요구함. 3월 스탈린 사망. 4월 작가동맹 지도부의 권유로 복권을 요구하는 성명 발표. 7월 작가동맹에 가입이 허락됨(복권이 아니라 새롭게 가입하는 형식을 취함). 계속 번역에 종사하는 한편, 몇몇 작품을 발표함.

1954년   5월 작가의 집에서 영국 대학생 방문단과 만나는 행사중에 『별』과 『레닌그라드』에 대한 중앙위원회 결정의 부당함을 역설함. 다시 비판받고 출판과 라디오 출연 기회를 봉쇄당함. 건강이 악화됨. 12월 문학재단에서 3000루블과 소치 무료여행권을 제공받아 휴양소에서 요양함.

1955년   1월 레닌그라드로 돌아옴. 작가동맹 레닌그라드 지부에 연금 지불을 요청함.

1956년   3월, 추콥스키, 이바노프, 카베린 등 일련의 작가들이 조셴코의 복권을 요구하는 편지를 소련 공산당 중앙위원회에 발송함. 12월 『중단편 선집 1923~1956』 발간.

1957년   질병과 극도의 의욕상실로 고생함. 페딘이 『작가, 예술, 시대』에서 조셴코가 러시아 문학에 공헌한 바를 높이 평가함. 이후 잠시 활동 재개.

1958년   마지막으로 모스크바를 여행함. 3월 고리키 추모 모임에 참석함. 레닌그라드로 귀환. 5월 니코틴 중독, 가벼운 뇌혈관 발작, 언어장애, 사람을 알아보지 못하고 말을 이해하지 못함. 7월 2일 연금 지불 결정을 통보받음. 7월 7일 연금 수첩을 받음. 7월 8일 건강이 급격히 악화됨. 7월 22일 사망. 7월 24일 '마야콥스키 작가의 집'에서 시민장으로 장례식이 거행됨. 세스트로레츠크 공동묘지에 안장됨.

문학동네 세계문학전집 발간에 부쳐

세계문학은 국민문학 혹은 지역문학을 떠나 존재하는 문학이 아니지만 그것들의 총합도 아니다. 세계문학이라는 용어에는 그 나름의 언어와 전통을 갖고 있는 국민문학이나 지역문학의 존재를 인정하면서 그것을 넘어서는 문학의 보편적 질서에 대한 관념이 새겨져 있다. 그 용어를 처음 고안한 19세기 유럽인들은 유럽문학을 중심으로 그 질서를 구축했지만 풍부한 국민문학의 전통을 가지고 있는 현대의 문학 강국들은 나름의 방식으로 세계문학을 이해하면서 정전(正典)의 목록을 작성하고 또 수정한다.

한국에서도 세계문학 관념은 우리 사회와 문화의 변화 속에서 거듭 수정돼왔다. 어느 시기에는 제국 일본의 교양주의를 반영한 세계문학 관념이, 어느 시기에는 제3세계 민족주의에 동조한 세계문학 관념이 출현했고, 그러한 관념을 실천한 전집물이 출판됐다. 21세기 한국에 새로운 세계문학전집이 필요하다는 것은 명백하다. 우리의 지성과 감성의 기준에 부합하는 세계문학을 다시 구상할 때가 되었다.

문학동네 세계문학전집은 범세계적으로 통용되는 고전에 대한 상식을 존중하면서도 지난 반세기 동안 해외 주요 언어권에서 창작과 연구의 진전에 따라 일어난 정전의 변동을 고려하여 편성되었다. 그래서 불멸의 명작은 물론 동시대 세계의 중요한 정치·문화적 실천에 영감을 준 새로운 작품들을 두루 포함시켰다.

창립 이후 지금까지 한국문학 및 번역문학 출판에서 가장 전문적이고 생산적인 그룹을 대표해온 문학동네가 그간 축적한 문학 출판 경험을 바탕으로 새로운 세계문학전집을 펴낸다. 인류가 무지와 몽매의 어둠 속을 방황하면서도 끝내 길을 잃지 않은 것은 세계문학사의 하늘에 떠 있는 빛나는 별들이 길잡이가 되어주었기 때문이다. 우리가 자부심과 사명감 속에서 그리게 될 이 새로운 별자리가 독자들의 관심과 애정에 힘입어 우리 모두의 뿌듯한 자산이 되기를 소망한다.

문학동네 세계문학전집 편집위원
민은경, 박유하, 변현태, 송병선, 이재룡, 홍길표, 남진우, 황종연

지은이 **미하일 조셴코**

1895년 페테르부르크에서 태어났다. 페테르부르크 대학 법학과에서 공부하던 중 제1차
세계대전이 발발하자 학업을 중단하고 자원병으로 입대했으나, 심장병 악화로 제대한
이후 여러 직업을 전전하다가 단편들을 쓰기 시작했다. 첫번째 단편집이 출간되자마자
큰 인기를 얻었고, 이후 소시민근성이나 속물근성, 소련 사회의 관료주의와 부패를 풍
자하는 소설로 명성을 떨쳤다. 주요 작품으로 『감상소설』 『귀족부인』 『되찾은 젊음』 『해
뜨기 전』 등이 있다. 1958년 건강 악화로 사망했다.

옮긴이 **백용식**

고려대학교 노어노문학과를 졸업하고 독일의 베를린 자유대학에서 석사, 로스토크 대
학에서 소련 보드빌 연구로 박사 학위를 받았다. 현재 충북대학교 노어노문학과에 재직
하고 있다. 러시아 희곡에 대한 논문을 다수 발표했고, 옮긴 책으로는 투르게네프의 『첫
사랑』, 두딘체프의 『하얀 옷』, 크로포트킨의 『아나키즘』, 마르크 슬로님의 『소련의 작가
와 사회』(공역)가 있다.

세계문학전집 073
감상소설

초판 인쇄 2011년 5월 13일
초판 발행 2011년 5월 25일

지은이 미하일 조셴코 | 옮긴이 백용식 | 펴낸이 강병선
책임편집 김수현 | 편집 최정수 오동규 | 독자모니터 강정은
디자인 엄혜리 최미영 | 저작권 김미정 한문숙
마케팅 정민호 김도윤 박보람 정진아 | 온라인 마케팅 이상혁 한민아 장선아
제작 안정숙 서동관 김애진 | 제작처 한영문화사(인쇄) 우진제책사(제본)

펴낸곳 (주)문학동네
출판등록 1993년 10월 22일 제406-2003-000045호
주소 413-756 경기도 파주시 교하읍 문발리 파주출판도시 513-8
전자우편 editor@munhak.com | 대표전화 031) 955-8888 | 팩스 031) 955-8855
문의전화 031) 955-3576(마케팅), 031) 955-8857(편집)
문학동네카페 http://cafe.naver.com/mhdn

ISBN 978-89-546-1489-4 04890
      978-89-546-1020-9 (세트)

www.munhak.com

● 문학동네 세계문학전집은 계속 출간됩니다